ドーナツ事件簿②

動かぬ証拠はレモンクリーム

ジェシカ・ベック　山本やよい 訳

Fatally Frosted

by Jessica Beck

コージーブックス

挿画／てづかあけみ

E&Pへ、

そして、この何年かのあいだにわたしたちが一緒に食べてきた

すべてのドーナツへ!

あなたの目をドーナツに向けましょう。ドーナツの穴にではなく！（出典不明）

動かぬ証拠はレモンクリーム

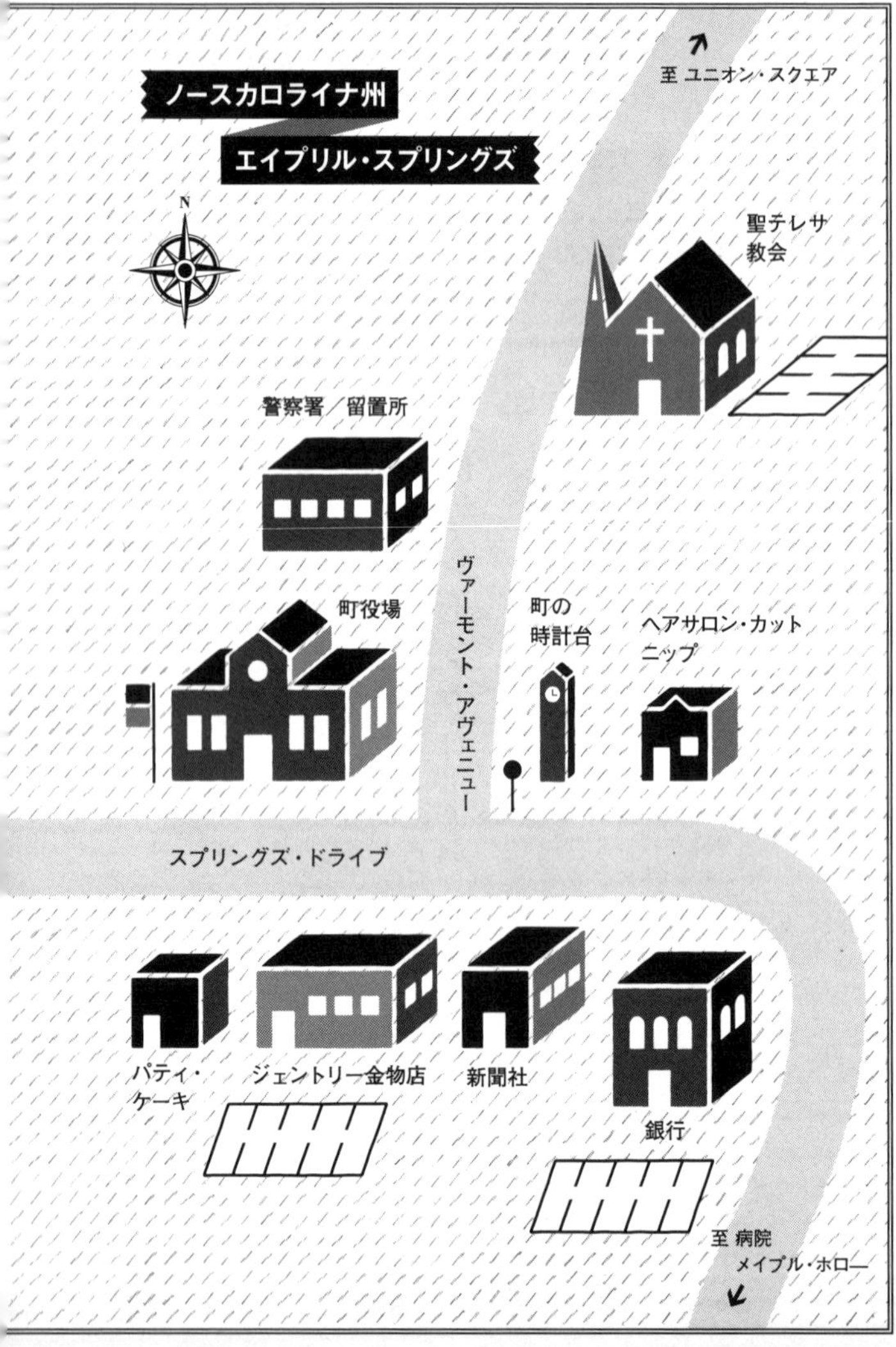

ノースカロライナ州
エイプリル・スプリングズ
N
至 ユニオン・スクエア
聖テレサ
教会
警察署／留置所
町役場
ヴァーモント・アヴェニュー
町の
時計台
ヘアサロン・カット
ニップ
スプリングズ・ドライブ
パティ・
ケーキ
ジェントリー金物店
新聞社
銀行
至 病院
メイプル・ホロー

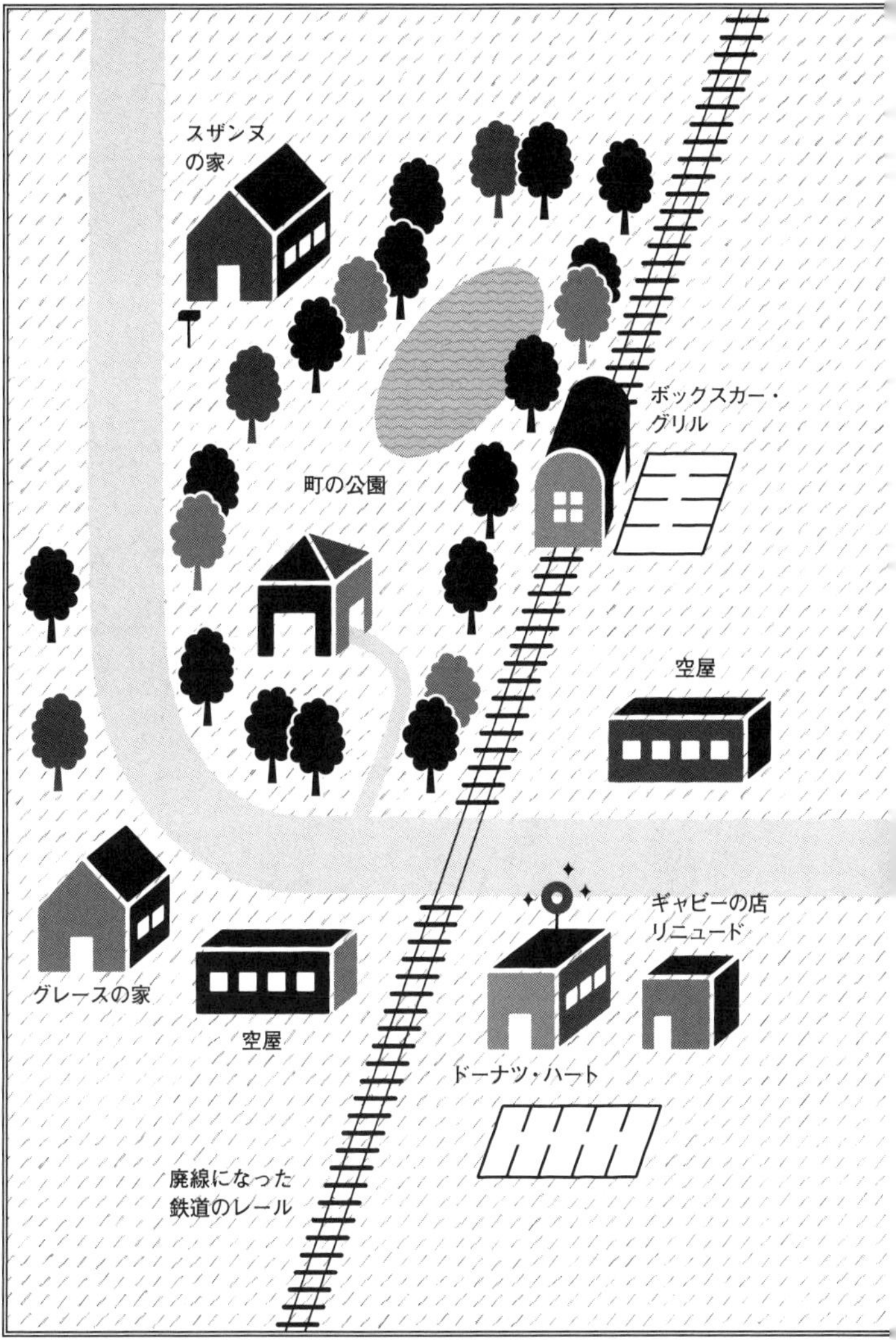
スザンヌの家
ボックスカー・グリル
町の公園
空屋
ギャビーの店リニュード
グレースの家
空屋
ドーナツ・ハート
廃線になった鉄道のレール

主要登場人物

スザンヌ・ハート……………………………………………〈ドーナッツ・ハート〉オーナー
ドロシー・ハート……………………………………………スザンヌの母
ジェイク・ビショップ…………………………………………州警察捜査官。スザンヌの恋人
マックス・ソーンバーグ………………………………………スザンヌのもと夫。俳優
グレース・ゲイジ……………………………………………スザンヌの親友。化粧品販売員
エマ・ブレイク………………………………………………〈ドーナッツ・ハート〉のアシスタント
ジョージ・モリス……………………………………………もと警官。裁判所廷吏
フィリップ・マーティン………………………………………地元警察の署長
スティーヴン・グラント………………………………………警官
マージ・ランキン……………………………………………スザンヌの友人
ペグ・マスタースン…………………………………………キッチンツアーの主催者
ヘザー・マスタースン………………………………………ペグの姪
ギャビー・ウィリアムズ………………………………………〈リニュード〉のオーナー
ジャニス・ディール…………………………………………〈パティ・ケーキ〉のオーナー
バート・ジェントリー…………………………………………金物店のオーナー
デイヴィッド・シェルビー……………………………………〈ドーナッツ・ハート〉の客

1

自分の店――〈ドーナツ・ハート〉――から二、三日離れてみるのも楽しいかも、とわたしは思った。でも、友達の一人に頼まれてグルメなドーナツを作ることを承知したときには、またまた殺人事件の渦中に巻きこまれることになるなんて思いもしなかった。

〝すてきなキッチン拝見ツアー〟を九月に開催、という記事が地元紙《エイプリル・スプリングズ・センティネル》に掲載されて以来、ノースカロライナ州にある人口五千一人の町エイプリル・スプリングズでは、わたしの知りあいのほぼ全員が（わたしも含めて）それを待ち焦がれていた。友達のマージ・ランキンから、改装したばかりの自宅キッチンでとびきりおいしいものの作り方を実演してほしいという話があったとき、わたしはドーナツ生地とポータブルフライヤーを使ってどこまでやれるかを披露するチャンスに飛びついた。イーストドーナツやアップルフリッターでは物足りない。人々の記憶に残るものを精魂こめて作ることにしよう。

「ジェイク、ほんとにベニエの作り方を習いたい？」

わたしの恋人——三月からつきあっている州警察の警部で、名前はジェイク・ビショップ——は〈ドーナツ・ハート〉の厨房に立ったまま、わたしに向かって微笑した。エプロンをつけたその姿はキュートだけど、彼には言わないことにした。ジェイクは背が高くて、ほっそりしていて、髪は砂色がかった豊かなブロンド。わたしは彼のそばにいるだけで笑顔になれる。

「いや、きみと二人でのんびりするほうがいいな」ジェイクは正直に答えた。彼が事件捜査でノースカロライナ州のあちこちへ出かけているため、会える機会があまりない。彼の正直さに点数をあげなくてはならないが、わたしには仕事がある。

「じゃ、こうしましょ」わたしは言った。「そこにすわって、見ててくれればいいわ。そしたら、作りたてのベニエを試食させてあげる。わたしの公式の味見役になってちょうだい」

ジェイクはエプロンをはずした。まるで、犯してもいない罪の恩赦を受けたかのようだった。「ここ何週間かのうちで最高の申し出だ」

「そんなホッとした顔で言わないでよ」わたしは笑いながら言った。

「どう言えばいい？　大変な仕事はエキスパートにまかせるのがいちばんだ」

わたしはできあがった生地を見てしかめっ面になった。ほぼ希望どおりの硬さに仕上がったが、本当の勝負は味だ。「エキスパートと言えるかどうか、自信がないわ」

「おいおい、きみは世界最高のドーナツ屋だろ。ベニエってのはおしゃれなドーナツにすぎない、これを自分よりうまく作れる者はどこにもいないって、きみ自身がぼくに言ったじゃないか。いいかい、ぼくは警官、ドーナツにはうるさいんだぞ」

「元気づけてくれてありがとう。でも、ツアーのときはイースト生地の発酵を待つ時間がないから、かわりにベーキングパウダーを使うしかないの。ドーナツ作りって、あなたが想像する以上に化学的なものなのよ」

それは事実だ。料理のレシピは少しぐらい変更を加えても大丈夫だが、ドーナツとなると、まったく次元が違う。熱した油に投入したときに生地を膨らませるためには、充分な量のベーキングパウダーが必要だが、多すぎるのは禁物。悲劇になりかねない。わたしに我慢できないことがひとつあるとすれば、それは人前でのデモンストレーションに失敗することだ。

ジェイクは笑った。「そう謙遜《けんそん》するもんじゃないって。ぼくなんか、できっこないんだから」

わたしは作業台に軽く打ち粉をして、生地を伸ばし、厚さが四ミリぐらいになったところで正方形にカットした。デモンストレーションのときはラビオリカッターを使う予定でいる。縁がスカラップ模様になった道具で、生地を完全な円形にカットすることができるが、今日の試作は外見より味が優先だ。

最初の何個かを油に投入し、息を止めた。片面を二分揚げてひっくり返し、そのあとさらに二分揚げてからとりだした。皿を用意しておき、熱いうちに粉砂糖をまぶした。

「わあ、うまそうな匂い」ジェイクの前に皿を押しやると、彼は言った。

「さてと、味を見てみましょう」

二人が同じものに手を伸ばしたので、わたしは笑いだした。「二人で食べても充分にあるのよ」

「きみがそう思ってるだけだろ」ジェイクがひと口かじり、わたしは彼の表情を見守った。彼のうれしそうな顔を信じていいなら、ようやく満足のいくレシピが完成したようだ。

「傑作だ」つぎのベニエに手を伸ばしながら、ジェイクは言った。

彼の反応はうれしかったが、わたし自身の判定はもっときびしかった。かじってみると、口のなかにベニエのフワッとした感触が広がる。風味はイメージどおりで、空気を含んだような軽さがあり、バザーで売っているファネルケーキを洗練させた味わいだ。うん、たしかにおいしい――それは間違いない――でも、イーストを使ったベニエに負けないおいしさだろうか。

「ほんとにそう思う?」

「うーん、自信をもって判断するには、あとのも全部食べたほうがいいかもしれない」

ジェイクの鼻に粉砂糖がちょっぴりついていたので、わたしが手を伸ばして拭きとったそのとき、ジェイクの携帯が鳴りだした。

「ビショップです」電話に出たとたん、ジェイクは真剣な声になった。どうすればこんな切り換えができるのか、わたしには理解できない。

「はっ。了解。ただちにそちらへ向かいます」

彼が電話を切ってから、わたしは尋ねた。「悪い知らせ?」

「事件が起きた。アウター・バンクスのほうで。ツアーは見送ることになりそうだ。ごめん」

「仕事だもんね」わたしのデモンストレーションを彼に見にきてもらえないのが、ちょっぴり残念。

ジェイクは肩をすくめ、それからわたしを腕で包みこんだ。「あとで電話する」

「嘘ばっかり」わたしはにっこりした。事件を抱えた彼がどれだけ捜査に没頭するか、よく知っているので、一日一回、いえ、週に一回の電話も期待しないことにしている。

「ばれたか」ジェイクはそう言うと、お詫びのキスをしてくれた。

ジェイクが出ていったあと、彼の息に含まれていたベニエの香りがまだ感じられるような気がした。

ツアーの前日、店を閉めてからベニエ作りの手順をもう一度おさらいするつもりでいたら、その三十分前にマージが〈ドーナッツ・ハート〉にやってきた。六十代初めの小柄な女性で、微笑がいつもわずかにゆがんでいて、笑顔になると唇の左のほうが少しだけ吊りあがる。でも、いまはそれを見ることができなかった。笑みらしきものがまったく浮かんでいなかったからだ。

「スザンヌ、明日の本番の準備はほんとに大丈夫？　よけいなプレッシャーをかけるつもりはないんだけど、大事なことだから」

わたしはうなずき、マージを安心させようと最善を尽くした。

「マージ、準備オーケイよ。この一週間、毎日閉店してから一時間ずつお店に残って、試作に励み、ポータブルフライヤーを使いこなすテクニックに磨きをかけ、完璧にやれるようになったわ。心配しないで。きっと大成功よ」

マージ・ランキンは数年前に父親が亡くなったとき、莫大な遺産を相続した。町の噂によると、少なく見積もっても純資産は二百万ドルにのぼるという。ほかに話題のない夏の暑い日などは、その額が一千万ドルにまで跳ねあがる。でも、服装を見るかぎり、マージがお金持ちだなんて誰も思わないだろう。駅舎を改装して現在はわたしのドーナツショップになっている建物のとなりに、ギャビー・ウィリアムズの店があり、マージはそこで服を買っている。〈リニュード〉というその店は、ノースカロライナ州のこのあたりで最高のリサイクル衣料を扱っていて、古着を買っていることをみんなに知られても、マージは平然としている。

「とにかく、完璧にやってほしいの」関節が白くなるほどきつく両手を握りあわせて、マージは言った。「二十年のあいだ、いまのようなキッチンを夢に見つづけてきたのよ。やっと手に入れたことが信じられないぐらい。みんなにそれを知ってもらいたいの」

わたしはきのう、改装ずみの彼女のキッチンを隅々まで案内してもらったばかりで、マージが自慢したがるのも当然だと思った。バイキング社の料理コンロからプロ仕様のデラックスな六口のガスレンジ、そして、光沢ある大理石の調理台からエレガントな硬材の床に至るまで、たしかにみごとなキッチンだった。

「ショーの花形スターになるわ」わたしは言った。「デモンストレーションが終わったら、誰もがきっとその話で持ちきりよ」

マージは微笑した。「ぜひそう願いたいわ。わたしのためにドーナツを作ってくれて、ほんとにありがとう」

今回の催しのテーマとなっているのは〝ワーキング・キッチン〟で、ツアー参加者に自宅キッチンを披露する人々は、あらかじめプロのシェフを雇い、創作料理を見せびらかすことになっている。そうしたシェフのなかで調理師学校を出ていないのはわたし一人なので、神経がピリピリしている。でも、そんなところをマージに見せるわけにはいかない。

彼女に負けない微笑を浮かべて、わたしは言った。「何言ってるの？　あんなエレガントなキッチンで働くチャンスが、この先何回あるかしら。とっても楽しみにしてるのよ」

マージは店のなかを見まわし、軽く眉をひそめた。

「このお店だって、趣があるわ。古い駅舎を愛さない人がどこにいるの？」

わたしはプラム色に塗った床と、一方はスプリングズ・ドライブに、もう一方は鉄道の廃線に面した大きな窓にちらっと目をやり、これまでとは違う目で〈ドーナツ・ハート〉を見た。ときとして、空気のような存在になっている店だが、日々をすごすにはやはりうってつけの場所だ。たとえ、その日々が午前一時に始まって、正午を少しまわったころに終わるとしても。

「誤解しないでね」わたしは言った。「わたしは自分の店の大ファンなの。そもそも、店名だって自分の苗字からとったんだし」

マージはうなずいた。「気の利いたやり方ね。苗字にEを入れるっていうのは。Hart を Heart に。完璧だわ」

「自分でも気に入ってるのよ」わたしは認めた。「ねえ、明日の準備が山ほどあるんじゃない？　わたしが頼んでおいた材料のリストは持ってる？」

明日のベニエ作りに必要な材料は自分のほうでそろえるとマージが主張したので、その言葉に甘えることにした。おかげで、これまで本で読んだだけだったレシピをいくつか試すことができたし、材料費を切り詰めたり、二流の材料でごまかしたりする必要がなくなった。

「どの材料も頼まれた量の三倍ずつ用意したから大丈夫よ。でも、食器のほうを確認しておかなきゃ。わたしの家にもう届いたかどうかチェックしたほうがよさそうね」

ドアのほうへ行きかけたところで、マージは足を止めて尋ねた。

「ドーナツ作りをひきうけてもらったことに、わたし、ちゃんとお礼を言ったかしら」

「数えきれないぐらい」わたしはニコッと笑った。「リラックスして楽しむことを忘れないでね。明日のお披露目は町の大きな話題になるわ。じゃあね」

マージが帰ったあと、わがアシスタントのエマ・ブレイクが厨房から出てきた。エマはもうじき十代に別れを告げようとしている愛らしい若い女性で、キュートなスタイルと燃えるような赤毛の持ち主。一年半前からうちの店でバイトをするようになり、大学進学のための資金を貯めながら、コミュニティ・カレッジで夜間クラスをとっている。わたしはエマが大学へ行くのが近い将来のことでないよう、自分勝手に願っている。いつしかエマを頼りにするようになり、彼女にわたしの人生を預けることを覚えた。女性二人でやっている店なので、エマは小麦粉の納入業者と店の得意客全部を合わせたよりも大切な存在だ。

エマは自分の目を信用していいものかという表情で店内を見まわして尋ねた。

「あの人、やっと帰ったのね」

「マージ・ランキンのことが好きじゃないなんて言わないでね。世界でいちばん温厚な女性なのよ」

エマは下唇を噛み、それから言った。「正直なところ、あの人にしょっちゅう店のなかをうろつかれるのには、もううんざり」

「心配しないで。あと少しで終わるから。町のみんなが家に押しかけてくるから、マージは当然ながら少々神経質になってるの」

わがアシスタントはわたしに向かって眉をひそめた。

「マージの家のキッチンの写真、前に見せてもらったけど、何を心配することがあるのかしら。どこからどこまで完璧なのに」

わたしは肩をすくめた。「かもしれないけど、明日のデビューまで、あの人、たぶん一睡もできないでしょうね」

エマはためいきをついた。「あたしもそういうことで悩んでみたい」

「それはどうかしら。お金持ちだからって、恵まれてるとはかぎらないわ」そろそろ話題を変えなくてはと思い、エマに尋ねた。「店のほうの明日の準備はすべて終わった？　最後に何か質問は？」

エマが渋い顔でわたしを見た。「スザンヌ、言ったでしょ、ドーナツショップはあたしにまかせてちょうだいって。母が手伝いにきてくれるから大丈夫よ。心配しないで。頼もしいスタッフがお店を守ります」

わたしは思わずエマを抱きしめて、彼女をひどく驚かせてしまった。

「それはわかってるわ。あなたを百パーセント信頼してる」

わたしは週に一度、エマが休みの日に一人でドーナツを作っているが、エマのほうはわたし抜きでドーナツ作りをした経験が一度もない。でも、店でバイトを始めてすでに一年半になるし、わたしはこの店をオープンしてから学んだことをひとつ残らずエマに教えてきた。〈ドーナツ・ハート〉はわたしの個人的な奴隷解放宣言のようなもので、浮気性の夫マックスと離婚したときの慰謝料で購入したものだ。マックスはわたしの人生から出ていったが、いまもこの町に住んでいて、しょっちゅう、わたしのハートのなかに戻ろうとしている。

エマが言った。「あたし、お皿洗いに戻らなきゃ」

彼女が奥へ姿を消した数分後に、三十代のハンサムな男性が店に入ってきたので、その顔にみとれないよう自分を抑えなくてはならなかった。その理由は、艶やかで豊かなブロンドの髪と、見たこともないほど青く澄んだ瞳だけではなかった。なんとなく見覚えがあるのだが、どこで見かけたのか、どうしても思いだせない。

「何にしましょう？」

「ブラックコーヒー二杯。テイクアウトで」男性は言った。

「ドーナツもつけます？」

男性はわたしが何か愉快なことを言ったかのように、ニヤッと笑い、それから首をふった。

「いや、コーヒーだけでいい」

わたしは二個のカップにコーヒーを注ぎながら、会話を始めようとしたが、言うべき言葉が浮かんでこなかった。男性のほうをちらっと見ると、彼がこちらに笑顔を向けているのが見えた。まるで、わたしの知らないことを何か知っているかのように。

男性にコーヒーの代金を告げると、向こうはお金を払いながら言った。

「また明日の同じ時間に」

「明日はわたし、店にいないの」思わず口走った。まったくもう、この店でハンサムな男を見るのは初めてってわけでもないのに。わたしったら、どうして急に女子中学生みたいな態度になってるの？

「そりゃ残念だ」男性はそう言って店を出ていった。

うーん、いまのはいったい何だったの？

十分後、店のドアのチャイムが鳴ったので、閉店三分前に誰が入ってきたのかと思い、顔をあげた。

ペグ・マスタースンだとわかったとたん、わたしは歯ぎしりをした。キッチンツアーの世話役。やたらと鼻にかかった声でしゃべるので、大理石の彫像でさえ悲鳴をあげて逃げだしそうな女性だ。着ている服はどうせギャビーの店の古着だとわかっているのに、彼女の前に出ると、こちらのブルージーンズとTシャツがみすぼらしく思えてくる。

「スザンヌ、ちょっと話があるの」

ペンの背でクリップボードを軽く叩きながら、ペグは言った。五十代の小柄な女性で、横幅が背丈と同じぐらいある。この体形で服を選ぶのはひと苦労だろうが、だからといって、彼女がときどき自分で縫って着ているハンドメイドの創作品を褒めていいものかどうか、わたしにはわからない。サイズゼロのファッションモデルが着ればすてきに見えるかもしれないが、ペグの体形をひきたててくれるとは、もちろん思えない。髪は真っ黒で、自然の色でないことは見ただけでわかる。

「あら、ペグ。ドーナツを買いにきたの？」

ペグは一瞬、ドーナツに憧れの目を向けた。

「ううん、残念ながら、スイーツを控えなきゃって決心したの。この体形にとって大きなダメージだもの。わかるでしょ？」

「レモンクリームもだめ？」わたしは意地悪く尋ねた。ペグはこれに目がなくて、いつも一ダースまとめて買っていく。

ペグが節制をやめたそうな顔になったので、意地悪をしたのが恥ずかしくなった。だから、ペグの返事を聞いてかなりうろたえた。

「うーん、ま、いいわよね。一個ぐらいどうってことないもの。この小悪魔たちには逆らえないわ。ほんとは一キロぐらい痩せなきゃいけないんだけど」

二十キロぐらい痩せたほうがいいんじゃないの――わたしはまたしても意地悪なことを考えた。ペグの前では、わたしの最悪の部分が出てしまう。けっして自慢できることではない。

むさぼるようにドーナツを食べるペグに、わたしは訊いた。

「なんの用だったの？」

ペグはふたたびクリップボードを軽く叩いた。

「あなたの参加を認めてもいいかどうか、まだ迷ってるところなの。あなたはツアーのメンバー全員と歩調をそろえると約束してくれた。そうよね？」

ペグの攻撃を受けて、いままでみたいにおもしろがっている余裕がなくなった。

「ペグ、マージがわたしにドーナツのデモンストレーションを頼んだのを、あなたがこころよく思ってないことは知ってるわ。でも、そんな心の狭いことを言わなくてもいいでしょ。ドーナツは旧約聖書の時代からあったんだし、歴代大統領のお気に入りのおやつだったし、世界中の人が食べてるのよ。世界の幸福に貢献してるんだから、そこを尊重してくれなきゃ」

ペグが目で天を仰いだので、わたしは言うだけ無駄だったと悟った。

「明日、何を作る予定？　ツアー初日だから、明日のお客さんたちがどれだけ喜んでくれるかにツアーの成否がかかってるのよ」

「まずベニエを作ろうと思ってたの。ぜひ試食してみて。すごくおいしいから」

ペグは顔をしかめ、それから、ふたたびクリップボードをじっくりチェックした。

「こちらのリストではドーナツとなってるわ。ドーナツショップのオーナーなんだから、そりや当然よね。作るものを変更したのはなぜ？」さらに辛辣《しんらつ》につけくわえた。「シンプルなドーナツじゃ物足りないっていうの？」

「ベニエもドーナツの仲間よ、ペグ」

どなりつけたいのを我慢して、わたしは言った。わたしがペグにどう思われようと、べつにかまわない。でも、マージをツアーからはずす口実をペグが探しているのなら、それを提供するようなことはしたくない。ペグが自分のライバルにキッチンツアーへの参加を許可したことを知って、わたしは驚き、ケチな嫉妬心をようやく克服したのだろうと思っていたのだが。

そんな期待は無駄だったようだ。

ペグがクリップボード越しにこちらをじっと見た。

「なんでもいいわ。とにかく、ツアーをぶちこわしにしないでね」

「わたしの担当部分は完璧なはずよ」

「そう願いたいわ」今日もまた捨てゼリフを残して、ペグはドアから出ていった。

閉店時刻まであと一分あったが、「ねえ、もうひとつだけ」と言いながらまたしてもペグに飛びこんでこられてはたまらない。今度ペグが入ってきたら、金切り声をあげてしまいそう。店はからっぽだったので、〝営業中〟のボードを裏返して〝閉店しました〟に変え、ドアをロックしはじめた。

そのとき、マックスの姿が見えた。ハンサムだがけっして誠実とは言えないもと夫が通りを駆けてきた。

いまのわたしは彼の相手をしたい気分ではなかった。

「悪いけど、閉店よ」ボードを指さして言った。

マックスは腕時計を軽く叩きながら、かつてわたしのハートをとろけさせたときと同じ微笑を浮かべて、こちらを見た。

「まだ二分あるぞ。腹ぺこの男を追い返すようなまねはしたくないだろ？」

できればそうしてやりたかったが、わざと客を閉めだしたなどとエイプリル・スプリングズのあちこちで触れまわられたら大変だ。

ボードをひっくり返して、ドアのロックをはずした。

駆けこんできたマックスに、わたしは言った。

「その腕時計、遅れてるわ。あと三十秒よ。時間がきたら放りだすわよ」

「二十で充分だ」

「ドーナツの個数？」

「秒」マックスはカウンターの奥のケースに残っているドーナツをざっと見た。わたしは売れ残りを翌日までとっておくようなことはしない。教会へ持っていって、必要とする人々に配ってもらうか、ドーナツを気に入って常連客になってくれそうな人々のいる企業に届けてまわる。今日は教会に寄付するつもりだった。ベニエや、ツアーに使えそうなその他いくつかのドーナツのレシピを完成させるのに精魂を傾けてきたので、愛想笑いを浮かべてドーナツと名刺を配って歩く気にはなれなかった。

「全部もらうよ」マックスが言った。

「あらあら、おなかがペコペコなのね」わたしはそう言いながら、陳列ケースに残っていた三ダース半ほどのドーナツを箱に詰めはじめた。

「劇団に差し入れだよ」

「今度は何をやる予定？　正直に言うと、あなたが演出した〈ウェストサイドストーリー〉、楽しかったわ」マックスはたまに仕事が入ってくる程度の俳優。全国ネットのコマーシャルにときどき出演するおかげで、請求書の支払いはどうにかやっているようだが、彼が心から愛しているのは芝居の演出だ。どこからも演出の仕事の声がかからないので、シニアセンターでボランティアを始めて、いくつかの芝居の上演にこぎつけた。それらの芝居に共通する唯一の要素は、若い俳優が不足していることだ。人々が〈ウェストサイドストーリー〉を見るまでは、それが町じゅうの冗談のタネになっていたが、いまでは、誰もがマックスの演出する新しい芝居を楽しみにしている。

マックスが身をかがめ、例のゴージャスな茶色の目でわたしを見つめた。豊かな茶色の髪に手をやる彼を見て、嫌みなほどハンサムな男だと思った。彼に見つめられると、いまだに胸がときめいてしまう。

マックスが小声で言った。

「まだ秘密だけど、きみなら信用できる。〈ロミオとジュリエット〉を稽古中なんだ」

それを聞いて、わたしは噴きだした。

「今度は〈ウェストサイド〉の土台になった作品をやるわけね」

「おれに何が言える？　みんながどうしてもやりたいって言うから、反対できなくてさ。なにしろ、今回の公演では謝礼をもらうことになってるし」

「マックス」わたしはきびしい声で言った。「シニアのみなさんからお金を巻きあげるつもりじゃないでしょうね」

マックスは首をふった。「まさか。前回の公演で入った金のなかから払ってくれるんだ。どれだけ儲かったか、きみには想像もつかないだろうな」

「でも、今回もやっぱりボランティアでいくべきだと思うわ」

「ドーナツを無料で提供するって、きみが約束してくれるなら」

やられた。マックスが時間と専門技術を毎回無償で提供できないのと同じく、わたしのほうも、店のドーナツを毎日寄付するわけにはいかない。

でも、彼をちょっといじめてみたくなり、ドーナツの箱をカウンターの向こうへ押しやって、「はい。じゃ、演出料を返却しなさいね」と言ってやった。

マックスは顔をしかめた。「スザンヌ、本気かい？」

「ええ、今日はね。あなたが今日の分の謝礼をシニアのみなさんに寄付したら、わたしもこれで儲けるのはあきらめるわ」

「わかりましたよ」マックスはしぶしぶ言った。

わたしは積み重ねたドーナツの箱に片手を置いた。

「あなたはそう言うけど、ほんとにその約束を守るかどうか、どうすればわたしにわかるの？」

「信じられないんだったら、一緒にこいよ。自分の目でたしかめればいい」

わたしは箱を渡した。「ううん。今回はあなたを信用することにする」

しかし、マックスは出ていこうとしなかった。

「なあ、おれの過ちをきみが許してくれさえすれば、二人でまたうまくやっていけると思うけど」

「最近はダーリーンのことを〝過ち〟って呼ぶようになったの？」

マックスが彼女によろめいたのがわたしたちの離婚の主な原因で、わたしはいまでも町でダーリーンに会うたびに、うなじの毛が逆立つのを感じる。

「何回も言ってるだろ。ダーリーンとはもうなんでもないって」

「そのセリフなら前にも聞いたわ。じゃあね、マックス」

「またな、スーズ」

わたしがこの愛称を嫌っているのは、彼も知ってるはずだけど、こっちはもうクタクタで口論する元気もなかった。マックスを送りだしてドアをロックすると、エマが厨房から出てくるのが見えた。

「もう帰った？」

「あら、マックスのことが怖いの？」わたしは訊いた。

エマの顔がうっすら赤くなった。「二人の邪魔をしちゃいけないと思って」

わたしは苦笑した。「気を遣うことなかったのに。わたしたちのあいだにはもう何もないのよ。あなたも知ってるでしょ」

エマは肩をすくめた。「でも、やっぱり邪魔したくなかった。奥の仕事は終わったわ。もう帰ります？」

わたしはあくびをこらえながら言った。

「帰りたいけど、デスクに請求書が山積みになってて、小切手を書かないとドーナツ作りを続けていけなくなるの。ベニエのレシピを完成させるのに時間を使いすぎてしまった」

エマは布巾でカウンターを拭きながら言った。

「スザンヌ、今日だけはこのまま帰って。請求書は来週まで延ばせばいいわ。ねっ？」

「まあね」わたしは認めた。「それもそうだわね。あなたの言うとおり。二人で帰りましょ」

わたしのすなおな返事に、エマはびっくりした顔になり、それから微笑して言った。

「そうそう。さすが！」

ライトを消し、ドアにデッドボルトをかけて、二人で店を出た。

店の前の歩道に出てから、わたしは「明日の朝もいちおうお店に出るわ」と言った。

「だめだめ。ゆっくり寝てて。いいわね？」

「朝寝坊ができたのは、ずいぶん昔のことよ。どういうものなのか、忘れてしまったわ」

エマは車のほうへ行きかけたが、そこでふり向いて、ニッと笑った。

「朝寝坊の感覚なら、すぐにとりもどせると思う」

「用のあるときは、遠慮なく携帯に電話してね」

「ご心配なく。母とあたしでちゃんとやるから」

わたしはうなずき、ジープに乗って家へ向かった。ギャビー・ウィリアムズが表に出てきていた。わたしをゴシップの罠《わな》に落とそうとして待ちかまえていたに違いないが、今日のわたしはギャビーの話に耳を傾ける時間も気力もなかった。家に帰ってしばらく昼寝をしてから、何かおもしろいことを見つけよう。気分転換が必要。マージからドーナツ作りを頼まれて以来、ストレスがたまるばかりだったし、明日は試練の一日になるのだから。

どうか無事に試練をくぐり抜けられますように。

平和な夜を望みつつも、そんな夜がくるのかどうか疑問に思いながら、ジープを運転して家に帰った。ダーリーンとベッドに入っているマックスを見つけたあと、わたしは母の家に駆けこみ、以来、そこで暮らしている。わが家はエイプリル・スプリングズ町立公園のそばにあるバンガローで、ときどき、母と二人で暮らすにはツーサイズほど小さすぎると思うこともある。でも、快適な同居生活を送るために母もわたしもあれこれ工夫しているし、家に帰れば誰かがいるのは、たとえそれが自分の母親にすぎないとしても、すてきなことだと認めざるをえない。明日のショーにプレッシャーを感じていることを母に打ち明ければ、気分もすっきりするだろう。母が元気づけてくれることだろう。

意外なことに、家には誰もいなかった。

家のなかを見てまわると、キッチンのテーブルにメモがのっていた。父が亡くなる二、三カ月前に作ったマガモの形のナプキンホルダーに立てかけてあった。

メモには、〝ユニオン・スクエアへ出かけてきます。帰りは遅くなるから、夕食は自分でなんとかしてね〟と書いてあった。

一人で食事をする気にはなれなかった。ジェイクがエイプリル・スプリングズの近くにいれば電話するところだが、彼は目下、アウター・バンクスで事件の捜査に当たっている。ノースカロライナ州のなかでもここからいちばん遠いところだ。携帯をつかんで、グレース・ゲイジに電話した。グレースが理想体重を一キロぐらいしかオーバーしていないのに対して、わたしのほうは小学校を出てから理想体重になったことがないが、それでも彼女はわたしの親友だ。全国チェーンの化粧品会社で営業をやっていて、勤務時間に融通が利くので、わたしの風変わりな労働スケジュールにとってはまことに都合がいい。

二度目のコールでグレースが電話に出た。「もしもし、いまどこ？」

「シャーロットよ。渋滞でのろのろ運転。あなたは？」

「自分の家。今夜の食事の相手が誰もいないの。つきあう気はない？　ごちそうするから」

グレースは言った。「スザンヌ、わたしのほうには何も予定が入ってないって、どうして断言できるの？」

「わ、ごめん。考えなかった。熱々デートか何か入ってるの？」

グレースは笑いだし、それから言った。「ううん。でも、どうしてあなたにばれちゃってるのかと、首をかしげてたところ。まじめな話、ディナーは大歓迎よ」電話の向こうから警笛が聞こえ、そして、グレースがつけくわえた。「シャーロットにはしょっちゅうきてるのに、いつも道に迷っちゃうのよね」

「わかるわ、その大変さ。五時でどう？　それまでに町に戻ってこれる？」

ドーナツショップをやっていて不便な点のひとつは、町のほとんどの人と違って、午後六時や七時に食事をするのが無理なことだ。八時にはベッドに入るので、ふつうの感覚でデートしたくても時間にゆとりがない。もっとも、ジェイクの超多忙なスケジュールが相手なら、さほど不便は感じないけど。

グレースは自分の車の警笛を鳴らすあいだだけ黙りこみ、それから言った。

「じゃ、こうしましょ。いますぐここを出るわ。それなら五時までに楽々と町に戻れるから」

「無理しなくていいのよ。わたし、電話を切ったら、しばらく昼寝をして、出かける前にさっとシャワーを浴びることにする」

グレースは言った。「じゃ、わたしのほうはあと何カ所かまわってくる。五時に会いましょ。それから、スザンヌ」

「なに？」

「電話もらってうれしかった。さっきはちょっとからかっただけよ」

「わかってる。じゃ、あとで」

電話を切ったあと、横になる前にシャワーを浴びようかと思ったが、目が冴えてしまいそうだし、いまのわたしに何よりも必要なのは少しでも眠ることだ。とりあえず、髪と服にドーナツの匂いをつけたまま寝るしかないだろう。正直なところ、この匂いには慣れっこなので、いまではほとんど意識しなくなっている。

自分の部屋へ行って寝るかわりに、昼下がりの睡眠に退廃の匂いを感じながら、カウチに横になった。グレースとの食事が楽しみだ。前回一緒に出かけてからずいぶんになるので、寂しく思っていたところだった。今夜はちょっと贅沢をして、グレースを〈ナポリ〉へ連れていくことにしよう。ジェイクがこの町にいるときはかならず、彼との食事を楽しむ店。

BGMのかわりにテレビをつけ、毒にも薬にもならない通販番組をやっている局を選んでから、音量をゼロ近くまで下げたあと、あっというまに眠りに落ちた。

玄関ドアにしつこく響くノックの音で、深い眠りから呼びさまされ、あわててカウチで身を起こしたが、一瞬、自分がどこにいるのかわからなかった。起きあがりながら暖炉のマントルピースの時計にちらっと目をやると、五時二分になっていた。

グレースが仕事用の服装で玄関のところに立っていた。わたしの手持ちの服をすべて合わせたよりも値段の高そうなスーツ。わたしにとって、ドーナツショップを経営する喜びのひとつは仕事のためにドレスアップする必要がないことだが、わが友達の意見は違う。ときどき思うのだが、グレースは衣服代を稼ぐためだけに働いているのではないだろうか。

目をこすりながら玄関ドアをあけたわたしを見て、グレースの微笑がかすかに翳《かげ》った。

「起こしちゃった？　ずっと寝てたの？」

わたしはうなずいた。「ごめん。この一週間、大忙しだったから。ベニエ作りを練習するために、お店で残業を続けてたの」

「スザンヌ、食事は今度にしましょう。あなた、きっと疲れてクタクタよ」

わたしはグレースの腕をつかむなり、家のなかにひきずりこんだ。

「冗談言ってるの？　こんなに爽やかな気分は数カ月ぶりよ。六分ちょうだい。支度をしてくる」

「どこで食べるの？」

「〈ナポリ〉にしようと思ってたの。さっきも言ったように、わたしのおごりよ」

「ああいうお店の勘定を持つ気になってるのなら、お昼寝さまさまだわ」

わたしはグレースに向かって舌を出した。「いまの言葉で、デザートなし」

グレースは心臓に手をあてた。「なんとか我慢するわ」腕時計に目をやってから言った。

「支度を始めたほうがいいわよ。時間がなくなってしまう」

「六分もかからないかも」わたしはそう言いながら階段のほうへ向かった。

グレースが腕時計のガラスを軽く叩いた。

「一秒でも遅れたら、デザート復活よ。何か退廃的なものを頼む気なら、わたしはたぶんシエアしないけど」

「シェアしてくれるなら、支度に七分か八分かけるって約束する」

「わかったわ。さ、行って」

わたしは二階へ行き、稲妻のごときスピードでシャワーを浴びてから、グレースが貧民と一緒に食事しているように思われないように、きちんとした服を選んだ。ギャビーがやっているリサイクル衣料の店で買った上等なワンピースが一着あるが、どうもうまく着こなせない。ジェイクとのデートに着たことが二、三回あるが、グレースと出かけるのにそれを着ようという気にはなれなかった。

階段をおりていくと、グレースが眉をひそめた。

「何か変？」

「十三秒早かった」グレースは言った。

「じゃ、喜びなさい。わたしの機敏さを称《たた》えて、お祝いのデザートをつけることにするわ」

「早くも浮き浮きしてきた。わたしの車で行ってもいい？」

「あなた、わたしのジープの大ファンじゃないものね」

グレースは肩をすくめた。「たまにはジープもいいけど、自分のＢＭＷに乗るほうが好きなの」

「いいわよ。あなたが喜んで運転するなら、高級車に喜んで乗ってあげる」

エイプリル・スプリングズから車で三十分ほどの距離にある町、ユニオン・スクエアへ向かう車のなかで、グレースが訊いた。「ねえ、明日のビッグイベントのことで興奮してる？」

「ええ。でも、同時に神経質にもなってて、すごく不安。キッチンツアーって、かなり派手なイベントだもの」

「言われなくてもわかってますって。なぜ参加を決めたかを忘れないようにね」

「そりゃ、友達に頼まれたからよ」

グレースは首をふった。「わたしが言ってるのは、もっと大きな理由のこと。町の大きな財源になるのよ。最初は、チケット代が二十ドルなんて、エイプリル・スプリングズにしてはちょっと高いと思ったけど、みんなの噂だと、最初の週末の分はほとんど売り切れなんだって」

「そんなこと聞きたくなかった。ただでさえ神経がぴりぴりしてるのに」

「スザンヌ、あなたはノースカロライナ州のこの地方で最高のドーナツを作る人なのよ。あなたの作るドーナツなら、おいしいに決まってるでしょ」

わたしはベニエがメニューの最初にくることを話そうとしたが、グレースに止められた。

「それ以上言わないで。つぎの週末にマージのキッチンに入ったとき、あっと驚きたいから。あの人、かなりの変人でしょ。はっきり言って、社交的なタイプじゃないわね」

「本人も努力はしてるのよ。莫大なお金を相続したから、こういう方法でエイプリル・スプリングズの社交界にデビューしようとしてるんだわ。ここだけの話だけど、キッチンツアーを口実にして、古いキッチンをとりこわしてすべて新しくしたみたい。いまじゃ、超豪華なキッチンになってるわよ」

「ぜひとも見たいものね」グレースは言った。「ただし、この週末はだめだわ。急ぎの出張が入ったから、明日の朝イチで出かけなきゃ」

「またリゾートで営業会議？」

グレースは笑みを浮かべて説明した。「強制参加だけど、仕方ないわ。ビーチへ行くことになってて、わたし、ゴルフはやらないから、会議が終わったらショッピングでもしようと思ってるの」

「一緒に行ければいいなあ」

「いつだって歓迎よ。あなたが店を放りだしてこられるのなら」

数分後、グレースはこちらにちらっと視線をよこして尋ねた。

「ねえ、ペグ・マスタースンのせいで神経がまいってるの？」

わたしは笑った。「ご冗談でしょ。あの人、わたしにはツアーで実演するだけの価値がないと思ってて、ことあるごとに、辞退する気がないかどうか確認しにくるのよ。あんな詮索好きなおばさんを満足させてたまるもんですか」

「よく言った」

ユニオン・スクエアにある〈ナポリ〉の駐車場に車を入れながら、グレースは言った。

「ペグなんかに負けるんじゃないわよ、スザンヌ。ペグが真っ先にマージのところにきたとしても、相手にしないことね」

「言うは易く、おこなうは難し。そう思わない？　ゴタゴタを避けるために、レモンクリームのドーナツをひと皿、ペグに持っていこうかしら。あの人、あれに目がないのよね」わたしは深く息を吸い、それからつけくわえた。「もっと楽しい話題にしましょうよ。食べる準備はできた?」

「もちろん」グレースが答え、二人で車をおりてレストランまで歩いた。

わたしがここで食事をする時間帯は、たいていがらがらなので、今日もそうだろうと思っていたのに、席待ちの客で入口ホールが混みあっているのを見てびっくりした。

「どこかほかにする?」混雑に目をやって、グレースが訊いた。「あなたのスケジュールがどんなにきついか、わたしも知ってるし」

「そのほうがいいかもね」わたしはそう言って、ドアのほうへ戻りかけた。

外に出る前に、レストランのオーナーで、四人の娘をスタッフとして使っているアンジェリカ・デアンジェリスがこちらの姿に気づいた。

「ちょっと失礼します。通してくださいな」と言いながら、混雑をかき分けて、わたしたちのところにやってきた。「スザンヌ、お席の用意ができました」

みごとなとぼけ方。だって、わたしは予約の電話をしてないし、アンジェリカのほうはわたしたちがくることを知らなかったんだもの。

灰色のゲジゲジ眉にいまにも顔を占領されそうな年配の男性が言った。

「おいおい、われわれが一番乗りだったんだぞ」

「でも、予約の電話をいただいておりません。そうでしょ?」アンジェリカが舌打ちをしながら、男性に言った。

「こんな時間だから、予約は必要ないと思ったんだ」男性はぼやいた。

「どうやら、見込み違いだったようですね」多数の客をかき分けてわたしたちを案内しながら、アンジェリカは言った。

レジのところを通りすぎるさいに、ダイニングルームのテーブルにほとんど人がすわっていないのを見て、わたしはびっくりした。

眉をひそめて、彼女に言った。「アンジェリカ、特別扱いしてくれなくてもいいのよ」

アンジェリカはにこやかな笑顔で答えた。

「わたし、自分がしたくないことをする必要はないの。そうでしょ？　だって、わたしの店だもの。ねっ？」

グレースが言った。

「スザンヌ、料理を出してくれる親切なレディと口論するのはやめなさい」

アンジェリカはグレースに笑顔を向けた。「わたしが待ち望んでた理性の声だわ」

わたしはアンジェリカの肩に軽く手を触れた。

「わたしのせいで、店のお客さまが一人でも減ったりしたら、申しわけないもの」

アンジェリカは苦笑いをした。「何バカなこと言ってるの。うちのお利口な娘の一人が
——名前は言わないことにするけど——早い時間にお客さまを呼ぶための営業戦略が必要だ

と言いだしたの。午後六時まで二十五パーセント割引っていう広告を《エイプリル・スプリングズ・センティネル》に出したところ、こんな結果になってしまって」

「わたし、きっと、その広告に気づかなかったんだわ」

「あの人たちもそうならよかったのに」順番待ちのエリアのほうを身ぶりで示して、アンジェリカは言った。「利益なんてぜんぜん出ないのよ。しかも、あの人たちの多くが固定客になってくれるかどうか疑問だし」

「みんなをどれぐらい待たせる気？」わたしは訊いた。

「できれば六時まで待たせたいぐらい。でも、無理ね」フロントのほうへひき返しながら、アンジェリカは言った。「マリアをテーブルへこさせるけど、メニュー選びに手間どらないようにね。じきにてんやわんやの騒ぎになるから」

「さっさと決めるわ」わたしは約束した。

三十秒後、悲しげな笑みを浮かべて、マリアがやってきた。

「ようこそ。今夜は何にしましょう？」

「あらら」わたしは言った。「当ててみましょうか。広告はあなたのアイディアだったのね」

マリアは軽くうなずいた。「自分では名案だと思ったの」

わたしはマリアの手を軽く叩いた。

「心配いらないわ。いまに、全部のお客をうまくさばけるようになるから」

「あたしが悩んでるのは混雑のことじゃないの。うちの母のことで頭が痛いの。こういうことがあると、いつまでもグチグチ文句を言うんだもん」

「子供が産まれたあとで親に渡されるルールブックに、そう書いてあるのよ」

「あたしも一冊手に入れたい。あ、ずっと先の話だけどね」マリアは自分の言葉が何を意味しているかに気づいて、つけくわえた。

わたしたちの注文がすんだあとで、アンジェリカが客の案内にとりかかり、ダイニングルームのテーブルに食事客をすわらせはじめた。わたしたちのテーブルとのあいだにできるだけスペースを空けようとしてくれたが、それでも周囲に多くの客がいるため、わたしは閉所恐怖症になりそうだった。

「ねえ、外で食事するときって、こんな感じだったっけ？」マリアが水とハウスワインのカラフェを運んできたあとで、わたしは訊いた。

「そんないやなものじゃないわよ」グレースが言った。「それどころか、まわりにほかの客がいるほうを好む人もけっこういるわ」

「人それぞれね」

グレースはワインをひと口飲んで、それから言った。

「さて、キッチンツアーのことを話して。ペグとマージが共同で何かやるなんて、信じられる？　あの二人の対立は永遠に続くと思ってた」

「不和の原因を、当人たちがちゃんと覚えてるかどうかも怪しいものだわ」

「まあ、少なくともツアーの期間中だけは、矛《ほこ》を収めることにしたようね」グレースはパンを小さくちぎって食べてから、さらに続けた。「あなたのほうはどうなの？」

「ジェイクとはうまくいってるわ。もっとも、このところ、会う機会があまりないの。かわりに、あなたの恋愛を話題にしない？」

「かなり退屈な話になりそうよ。このあたりの男たちはどこかおかしいの？　わたしがこんないい女だってことを、どうしてわかってくれないの？」

わたしは柔らかな口調で言った。「誰もがかなりの変人ってことね。ジェイクも含めて」

グレースが大笑いしたので、ほかの食事客からじろっとにらまれたが、二人とも気にしなかった。友達と外食できるのは楽しいことだ。

グレースが言った。「わたしの男関係を、と言うか、男に縁がないってことを話題にするのは、もうたくさん。何かほかの話をしない？」

「わかった。あの男性について話すのはどう？」わたしはそう言いながら、手にしたブレッドスティックをグレースの背後に向け、いま入ってきたばかりの男性を示した。今日、閉店の少し前にドーナツショップにやってきた謎の客だった。

誰のことを言っているのかと、グレースがふり向いた。こちらが注目していることに、男性のほうも気づいたに違いない。

ほんの一瞬、わたしたちの目が合い、彼はわたしに愛想よく微笑してから、アンジェリカにテイクアウトの品を注文した。

グレースに視線を戻すと、しかめっ面でこちらを見ていた。「スザンヌ・ハート、いったいどういうこと？」

「えっ？」何食わぬ顔をして、わたしは訊いた。

「秘密にしてたのね」料理が運ばれてくるあいだに、グレースは言った。「あなたたち二人が視線を交わしたあの様子、見たわよ」

わたしは料理の皿を運んできたマリアに笑顔を向けた。

「ほら、グレース。食べましょ」

フォークに手を伸ばそうとすると、グレースがわたしの腕をつかんだ。

「いまのが誰なのか話してくれるまで、ぜったい食べさせない」

わたしはまず笑いだし、それから正直に言った。

「今日、閉店前にドーナツショップにきて、コーヒーをテイクアウトした人なの。わたしが知ってるのはそれだけ。ほんとよ。なんとなく見覚えがあるんだけど、どこで会ったのか、ぜんぜん思いだせない」

グレースはわたしの目をのぞきこみ、本当のことを言っているのだとわかってくれたようだ。

「あなたにかなり興味を持ってる様子だったわよ」

「でも、このテーブルに挨拶にくるほどではなかったわ」わたしはグレースの意見を却下した。「さてと、わたしの手を返却してもらえないかしら。おなかがペコペコだし、ラザーニャが冷めてしまう」

グレースが手を放してくれたので、わたしは至福のなかで最初のひと口を食べながら、謎の男がどうして一日に二回もわたしの人生に顔を出したんだろう、前にいつ会ったのか思いだせないのはなぜなんだろう、と考えこまずにはいられなかった。過去にどこかでおたがいの道が交差しているように思えてならないが、いつのことだったかとなると、いっこうに答えに近づいていない。

とりあえず、謎のままにしておくしかないだろう。

いまは謎解きをしている暇なんかない。

すぐに明日がやってくる。キッチンツアーのデモンストレーションで多忙をきわめることになりそうだ。

ただ、その予感がどれほど的中することになるのか、そのときのわたしにはわかっていなかった。

「スザンヌ、早かったのね」

2

翌朝、裏口からわたしを家に通しながら、マージが言った。

たしかに、約束の時刻までまだ三十分もあるが、もう一分だって待てなかったのだ。キッチンツアー開始の前に充分な睡眠をとる時間はあったものの、ベッドに横になったまま何時間も寝返りばかり打ちながら、人々がふつうに起きはじめる時刻がくるのを待った。午前六時にはもう我慢できなくなり、スウェットパンツとTシャツに着替えて、わが家のすぐそばの公園へ散歩に出かけた。家に帰ってゆっくりシャワーを浴びたあと、着ていくものを選ぶのにこれまで経験したことがないほど長い時間をかけたが、それでもまだ時間が余っていた。母と思いきりゆっくり朝食をとっても、費やしたのはたったの一時間。マージを訪ねるのは九時の約束だったが、八時二十七分には彼女の家の玄関をノックしていた。マージのエレガントなワンピースに生花で作った特大のコサージュがついているのを見て、思わず笑みがこぼれた。ワンピースがギャビーの店の古着だとしても、新品とほとんど変わらない。

「ごめんなさい」腕時計にちらっと目をやって、わたしは言った。「なんだったら出直してきてもいいのよ。町に出れば、何かで時間がつぶせるだろうし」

ドーナツショップのエマのところに顔を出すのを我慢するには、ありったけの自制心が必要だったが、そんなことはしないと自分に誓ったのだし、その誓いは守るつもりだった。

マージは一瞬、わたしに向かって眉をひそめたが、やがて、しわの刻まれた唇が大きくほころんで笑顔になった。

「バカなこと言わないで。さ、入ってちょうだい。びっくりさせるものがあるのよ」わたしを招き入れながら、マージは言った。

「今日はどんなびっくりにも耐えられそうにないわ」わたしはそう言いながら、マージについて家に入った。ツアーはキッチンのみに限定されているが、家の残りの部分もきれいにしなくてはとマージが思ったのは明らかだった。家じゅうに新鮮な花が飾られ、どこもかしこもぴかぴかだった。

わたしは訊いた。「家具も全部、新しく買いそろえたの？」

前回の訪問のときは見かけなかった家具がいくつか入っているし、東洋製のラグも新品だった。ひと財産を注ぎこんだに違いない。

「いいえ」マージはあっさり答えた。

「マージ、わたしはおととい お邪魔したばかりなのよ。覚えてる？」

マージはかすかに首をふり、それから言った。

「もちろんよ。どうしても知りたいというのなら話すけど、じつは、シャーロットにある内装会社《ステージング・カンパニー》に連絡をとったの。そこですべてやってくれたのよ」

わたしはエレガントなアンティーク家具を見まわした。

「ここにある家具が全部、ステージで使われたものだっていうの？」

マージは笑いだした。「そのステージじゃないわ、スザンヌ。豪邸販売会社と提携している内装会社《ステージング・カンパニー》のことで、豪邸が飛びきりの値段で売れるよう、各部屋のインテリアを自社の家具で統一するのが仕事なの。わたしの場合、自分で家具をそろえるよりずっと安くついたし、家具が運ばれてきたときには、こっちは指一本あげる必要がなかったわ」マージは唇を噛み、それからつけくわえた。「いいえ、かならずしも真実とはいえないわね。じつは、かなりの額の小切手を書いたの。でも、それだけの価値はあったと思うわ」

マージのあとからキッチンに入りながら、わたしは言った。

「家全体が最高にすてき。賢いお金の使い方をしたのね」

「ありがとう」マージは恥ずかしそうに言った。「この家がツアー参加者の記憶に残るようにしたかったの。そうそう、あなたのために用意した品を気に入ってもらえるといいんだけど」

「まさか、わたしにもコサージュじゃないでしょうね？」

ベニエ作りに奮闘するわたしのブラウスにマージとおそろいの花の飾りがついているところを想像してしまった。いま着ているものはふだんの仕事着よりちょっと上等だけど、花をつける気分にはなれない。

「もちろん違うわ」マージは言った。「花は実用的じゃないもの。そうでしょ？　でも、ちょっとしたものを用意しておいたのよ」

マージは戸棚に手を伸ばして、上等のシェフコートと帽子をひっぱりだした。真っ白で、ぴしっと糊《のり》づけしてアイロンがかけてあり、しわひとつ見当たらない。これを着てマージのキッチンで働いたらどんなことになるかを想像し、わたしは身震いした。

「お気持ちはうれしいわ。ほんとよ」何かフォローしなくてはと必死に考えた。「ただ、こんな立派なものを着て働けるかどうか、自信がないわ」

「バカ言わないで。これを着たら、とっても魅力的なシェフに見えるわよ。いやとは言わせませんからね、スザンヌ」マージはそう言いながら、わたしの鼻先に衣装をさしだした。

そこに突っ立ったままマージのプレゼントを拒否するわけにもいかなかったので、片手を出して、コートと帽子を受けとった。コートの内側をちらっとのぞくと、がっかりしたことに、わたしにぴったりのサイズが用意されていた。

「どうしてサイズがわかったの？」ブラウスの上からはおりながら、わたしは訊いた。

「わたしが手柄を独占するわけにはいかないわね。おたくのお母さんに協力してもらった

なことはひとことも言ってなかった。

の」

「母のやりそうなことだわ」変ねえ、さっき朝ごはんを一緒に食べたのに、母ったら、そんなことはひとことも言ってなかった。

マージはわたしが渋い顔をしたことに気づいたに違いない。

「あらら、スザンヌ、お母さんを非難しないでね。わたしがお母さんに協力を頼んだら、すごく親切にやってくれたのよ」シェフコートを見て眉をひそめ、それから言った。「もともとわたしのアイディアじゃなかったんだけどね。ほんとのこと言うと、こうするようにって、強引に押しきられたの」マージは深々と息を吸った。「気が進まなかったら、無理に着なくていいのよ。わたしはかまわないわ」

わたしは高くそびえる白い帽子をかぶりながら言った。

「バカなこと言わないで。ツアーにうってつけだわ」

「気に入ってもらえてよかった。よくお似合いよ」

わたしはコートと帽子を脱ぎ、一時的にでも解放されてホッとした。マージに抗議される前に言った。

「上等すぎて、下ごしらえのときに着るのはもったいないわ。心配しないで。ツアーが始まったら、ちゃんと着るから」

「ベニエ作りにとりかかるのはツアーが始まってから、という規則だったと思うけど」

「まあね。でも、一日じゅう作りつづけるわけだから、時間を節約するために、デモンストレーションで使う材料をあらかじめ量っておこうと思ったの。それぐらいはかまわないでしょ」

「ええ、たぶん」マージが言ったそのとき、玄関のベルが鳴った。「ちょっと失礼。すぐ戻るわ。まだ誰もこないはずなのに。いったい誰かしら」

客の応対はマージにまかせることにした。わたしは自分のことで手一杯。胃がキリキリ痛くなってきて、母に強引に勧められてボリュームたっぷりの朝食をとったことを後悔した。いつもなら、ドーナツ作りの前に神経質になったりはしないけど、考えてみれば、見物客の前でドーナツを作ることなんてめったにない。問題の解決法はひとつだけ。仕事にとりかかることだ。そうすれば、もうじきやってくるはずの見物客のことを忘れられる。大量の小麦粉をすくっていたそのとき、マージがキッチンに戻ってきた。ツアーを仕切っている不愉快きわまりない人物、ペグ・マスタースンが一緒だった。

「スザンヌ、どうしてシェフコートと帽子を着けてないの？　マージ、わたしが頼んだとおり、買ってあるんでしょ？」

「もちろんよ」マージはムキになった。

「なるべく汚さないようにしたかったの」わたしは言った。「じゃ、新しい衣装のお礼はあなたに言うべきなのね」ペグがデモンストレーションに口をはさんで、わたしの服装に至るまで指図をしたがるのは、うなずけることだった。

ペグは〝頭がおかしいの？〟と言いたげにわたしを見た。そもそもこの件を引き受けたことからして、わたしはやはり頭がおかしかったのかもしれない。

ペグがピシッと言った。「くだらない。それはあなたのスポンサーが買ってくれたものよ。すべてのシェフに着てもらおうと思って、わたしが手配したの。ツアーに統一感が生まれるから」わたしを見た瞬間、ペグのほうは〝シェフ〟という言葉を吐きだすのに抵抗を感じたに違いないが、ひるむことなく、どうにかやってのけた。

わたしは肩をすくめた。「ツアーが始まったら着るつもりよ」

「ま、それでいいでしょう」ペグはそう言いながら、わたしが作業をしていた大理石の調理台を見渡した。「これは何？」

わたしはひとつひとつの材料を手にして、説明していった。

「これは小麦粉、それから、これは砂糖。えっと、こっちは……」

「そんなことぐらいわかってるわよ、スザンヌ。わからないのは、ツアーが始まってもいないのになぜ作業にとりかかってるのかってこと」

こんな女がいるなんて信じられない。一日じゅう、そばで見張ってる気？

「ペグ、わたしはね、必要な材料を前もって量ってるだけ。そのほうがデモンストレーションをスムーズに進められるから。わかるでしょ」

ペグは首をふった。「それは絶対禁止。今回のツアーの目的は、キッチンがじっさいに使用されるところを参加者のみなさんに見てもらうことにあるのよ。いかなる作業も、ドアをあけてからにしてちょうだい」

「ベニエ作りを始めたときに、誰もきていなかったら?」わたしは訊いた。「準備を始める前に、じっとすわって、お客さんを待たなきゃいけないの?」

「くだらないこと言わないで」ペグは言った。「午前十時きっかりに始めてちょうだい。抜けがけはだめよ」

「はいはい」わたしはすでに量りおえた小麦粉を容器に戻しながら言った。「それまで何をしていればいいの?」

「リラックスできる静かな場所を見つけて、時間のあるうちに、うんと身体を休めておくことね。ツアーが始まったら、六時間ぶっつづけで立ってなきゃいけないんだから」

「毎日、うちの店でもっと長時間立ってます」わたしは言った。「六時間なんて、バカンスみたいなもんだわ」

ペグは冷酷な笑みを浮かべた。

「そうね。でも、人が見てる前でやったことはある? 見かけほど簡単じゃないのよ」

わたしはうなずいた。認めるのはくやしいが、ペグの意見にも一理ある。そこで、ふと思った。

「まさか、ツアーのあいだじゅう、ここにいるつもりじゃないでしょうね？」

ペグは笑ったが、その声には温かさのかけらもなかった。

「スザンヌ、自分のことを重要人物だと思ってるかもしれないけど、今日のツアーは七カ所でキッチンを披露するのよ。ここに立ち寄ったのは、あなたの準備状況をチェックして、最後にもう一度ルールを説明しておきたかったから」あたりに目をやりながら、ペグはつけくわえた。「寄ってみて正解だったわ」

わたしはペグにとっておきの作り笑いを見せた。

「じゃ、用事がすんだのなら、リストにあるつぎのぎせ……い、いえ、キッチンのほうへいらしたら？」

ふと見ると、わたしが〝犠牲者〟と言いかけたことに気づいて、マージが笑いをこらえていた。わたしとペグのやりとりのあいだ、マージが驚くほど無口だったので、ツアー主催者のペグがどうやってマージをここまで畏縮させたのだろうと不思議に思った。

ペグが帰ったあとで、わたしは言った。「まあ、わたしとしては、ペグにはっきり指摘してもらえて助かったわ。あのまま材料を量ってたら、とんでもない悲劇になってたでしょうね。〝あなたったら何を考えてたの？〟」ペグの鼻にかかった声を精一杯まねてみた。そもそも物まねなんて得意じゃないけど、誰のまねなのか、マージはわかってくれた。

「ペグも変わり者だから」マージは言った。

「あなたが今回の企画に同意したのが、ちょっと意外だったわ」わたしは言った。「よくまあ二人が休戦にこぎつけたものね」

マージは宙で手をふってみせた。「ペグも悪気はないのよ」

「ペグを描写するさいに、真っ先にわたしの心に浮かぶのは、その言葉じゃないかしら」調理台のひとつでコーヒーが沸いているのを見て、わたしは訊いた。「一杯もらえないかしら。ペグもひとつだけ正しいことを言ったような気がする。長い一日になるわ。いったんスタートしたら、休憩時間はほとんどとれないかもしれない」

マージは言った。「気が利かなくてごめんなさい。ソファにすわってちょうだい。コーヒーを持っていくから」

「自分でとりにいくわ」わたしは逆らった。

「だめだめ。わたしにやらせて。さ、すわって」

言われたとおりにしようと思い、そばのラウンジエリアに置かれたソファに腰をおろした。そこからだと、マージご自慢の庭をながめることができる。自分のものを買うときに彼女がケチケチするのは事実だが、ガーデニングとなると出費を惜しまない。花々のあざやかな色彩が外の庭にちりばめられ、居心地のよさそうな石造りのパティオの中心に置かれた噴水から、霧のような水しぶきが小鳥たちのために休むことなく噴きあげられていた。特等席にすわったわたしの目の前に餌箱がいくつか置いてあり、じっと見守っていると、カロライナコガラが飛んできてヒマワリの種をそそくさとついばみ、ふたたび飛び去った。

「わたし、この家で最高の席を見つけたような気がするわ」分厚いマグを二個運んできたマージに、わたしは言った。

「奥の庭はすべてこの場所のために設計してあるのよ」べつの椅子にすわりながら、マージが言った。

「じゃ、あなたがここにすわらなきゃ」わたしは立ちあがろうとした。

「スザンヌ、あなたはわたしの願いを叶えるためにきてくれた人よ。それに、わたしはこの景色を毎朝ながめて楽しんでるの。今日は二人で楽しみましょう」

「うれしいわ」マージに逆らうのはやめにした。とくに、真っ赤なオスのショウジョウコウカンチョウが種をついばみにきたのが目に入ったので。この鳥は餌箱を襲撃してすぐまた飛び去るかわりに、用意された種を何種類か食べてみるほうに興味を持っている様子で、ほかの小鳥たちになかなか順番を譲ろうとしなかった。

「あれは誰？」庭の角のところに誰かの後頭部がちらっと見えたので、わたしは訊いた。

「誰かいるの？」わたしの指さすほうに目を凝らして、マージが訊いた。「玄関前で待つことになってるのは、みんな、知ってるはずなのに」

マージは外に出てみたが、すぐまた戻ってきた。外にいた人物がすでに立ち去ったことは明らかだった。

「スザンヌ、誰だかわかった？」

「いいえ、赤毛がちらっと見えただけ」

「男だった？　それとも、女？」

「ええと、ショートヘアだったわ。でも、ちらっと見ただけだから、わたしに言えるのはそれだけ」

マージは顔をしかめた。「列に並ぶようにって、ペグがみんなにもっとしっかり言ってくれなきゃね」

マージがふたたびそばに腰をおろしたあとで、わたしは言った。

「マージ、ひとつ訊いていい？」

マージは驚いた様子だったが、うなずいた。

「少なくとも、質問に答えるぐらいの義理はあるわね」

ペグとの関係修復についてのマージのそっけない説明に、わたしは満足していなかったし、何があったかを聞きだすにはいまが絶好のチャンスだった。よけいな詮索だとわかっていたが、真実を知りたくてたまらない気持ちを抑えることはできなかった。コーヒーをひと口飲んでから尋ねた。

「ペグと長いあいだ反目しあってたのはなぜ？　それから、どうしてキッチンツアーに参加することにしたの？」

「それじゃ、質問がふたつになるわ」

「大目に見てよ」わたしはコーヒーを飲みながら言った。極上のブレンドだった。マージがツアーのためだけに買ってきて、淹れたのではないだろうか。

マージは立ちあがると、広いスペースを行きつ戻りつしはじめた。

「どこから始まったのか、わたしにもよくわからないの。ペグとは昔から何かにつけて対立してたわ。そもそもの原因は両方の父親だったんでしょうね」

「お父さんどうしが知りあいだったの？」庭を訪れる小鳥から一瞬注意をそらして、わたしは訊いた。

「じつはそうなの。以前、共同経営者だったんだけど、不幸な結末になってね」

「何があったの？」

「ペグのお父さんのダニエルが投資会社の経営に疲れてしまったんですって。うちの父がよく言ってたけど、会社が経営難に陥ったのはダニエルのせいだったみたい。でね、ある日、ダニエルが父のところにきて、自分の分の経営権を買いとってくれるよう頼みこんだの。いい考えだと言って父も同意したけど、ダニエルが提示した法外な価格での買いとりは拒絶した。さんざん口論したあげく、父はついに、町で評判だったキャデラックの新車のキーと権利書を譲り渡すことを承知した。父の話だと、ダニエルの経営権より車のほうがずっと価値があったけど、重荷になった共同経営者を追い払いたかったんですって。契約書が交わされ、車の所有権がダニエルに移り、父は週に八十時間も働くようになり、ついには会社を自慢できるものに育てあげた。車を譲渡した一年後に、ダニエルは酔っぱらい運転で木に激突し、車は修理できないぐらい大破して、その事故でダニエルも死んでしまったの」

ダニエル・マスタースンが交通事故で死んだことは、小さいころから何度も話に聞いていたが、そんな事情があったとは知らなかった。

「悲惨な話ね」

「ペグの母親のやったことに比べればまだましよ。あの母親は、夫の死を誰かの、夫以外の誰かのせいにせずにはいられなくて、うちの父を標的にしたの。ペグはきっと、父親の事業を横どりした悪人の話を聞かされて育ったんでしょうね。だから、わたしと口を利いてくれるだけでも奇跡なのよ」

「でも、悲劇ねえ」

「たしかに、いろんな意味で悲劇だった」マージは言った。「去年、ペグに頼まれて、彼女のお気に入りの委員会のメンバーになったんだけど、いまはもう時間がなくて無理なの。わたしの人生はこのところ大忙しで、資金集めパーティや慈善パーティで頭を悩ませてる暇はないのよ」腕時計にちらっと目をやった。「あら、もうこんな時間。あと十分でスタートだわ！　スザンヌ、きてくれる人がいると思う？」

「もちろんよ。あなたは玄関でチケットを受けとる役でしょ？」

「くる人がいればね」

「ちょっとのぞいて、入るのを待ってる人がいるかどうか見てみましょうよ」

この提案にマージは驚いた顔をした。「こっちの姿を見られたらどうするの？」

「大丈夫よ。おもしろそうでしょ」

二人でキッチンをそっと通り抜けた。わたしが玄関ドアのほうへ行こうとすると、マージがわたしの肩に手を置いた。「リビングへ行きましょう。そっちのほうがよく見えるわ」

マージのあとから、広い家のなかにあるべつの部屋に入ると、マージはまずカーテンの陰にもぐりこんだ。出てきたときは、呆然とした表情になっていた。

わたしは心が沈むのを感じた。一人ぼっちでベニエを作ることになりそうな気がしてきた。

「どうしたの？　一人もきてないの？」

「自分で見てごらんなさい」マージは言った。

わたしは彼女の横を通り抜けて、外をのぞいた。少なくとも六十人ほどが歩道と玄関前に並び、家に入るのを待っていた。誰もがよそ行きの服でおしゃれをしている。

「準備にとりかかったほうがよさそうね」こんなおおぜいの前でベニエ作りをするのかと思うと、これまで以上に神経がとがってきた。

マージはわたしの顔に浮かんだ不安に気づいたに違いない。わたしの腕を軽く叩いて言った。「心配いらないわ。あなたなら大丈夫。わたしのためにがんばって」

「ベストを尽くすわ」わたしはそう言って、見物客が入ってくる前にシェフコートと帽子を着けようと思い、急いでキッチンに戻った。背の高い帽子を頭にしっかりかぶせながら、自分にはっぱをかけた。神経質になる必要はないのよ。ドーナツを作って生計を立ててるんだし、いまから作ろうとするベニエも名前と外見はしゃれてるけど、やっぱりドーナツなんだもの。

深呼吸をして、最高ににこやかな笑みを浮かべ、見物客の大群を迎える準備をした。

「みなさんが静かになったら、始めたいと思います」わたしは言った。キッチンは広々としているし、横にはラウンジエリアがついているが、マージのキッチンを見学し、ついでにわたしのお菓子作りも見ていこうという熱心な人々で埋まっていた。

喧噪が静まったところで、わたしは言った。

「本日はベニエを作る予定です。伝統的な形は正方形や三角形で、さらには菱形もあります。おなじみの穴はあいていませんが、それでも、ベニエもやはりドーナツです。わたしの聞いた話では、ベニエという名前からして、ケイジャン語で〝フランスのドーナツ〟を意味するそうです。小麦粉、砂糖、ショートニング、ミルク、卵、塩、イーストを使えば、あっと驚く贅沢なお菓子のできあがり。冷ますあいだに粉砂糖をまぶして、エレガントに仕上げます」今日のためにに試作をしたときのベニエの写真をかざしてみせると、みんな、けっこう感心した表情になった。これまでのところは上々。

さらに説明を続けた。

「今日ご紹介するレシピには、伝統的なイーストのかわりにベーキングパウダーを使います。今日のデモンストレーションのために工夫した手早い方法です。わたしの店でベニエを作るときは、イーストを使って発酵のための時間をとるほうが好きですが、今日のもそれに負けないぐらいおいしいですよ。じきにおわかりいただけると思いますが」

材料を調理台に並べ、混ぜる作業にとりかかろうとしたその時、悲鳴がキッチンを切り裂いた。

「死んでる」

見学客の背後で叫び声があがり、すべての目が庭のほうを向いた。小鳥がパタパタと出入りするのをわたしがさっきながめていた窓から、庭を見渡すことができる。餌箱の下に誰が倒れているのかを知るのに、被害者の顔を確認する必要はなかった。着ている服に見覚えがあった。じつをいうと、さっき見たばかりだった。

ペグ・マスタースンが死んでしまった？　そして、わたしは〝すてきなキッチン拝見ツアー〟の出番が早くも終わってしまったことを悟った。

誰もが窓辺に駆け寄るのを見て、わたしは大声で言った。

「みなさん、冷静になって。パニックを起こす理由はどこにもありません」

なぜそんなことを言ったのか、自分でもわからないが、それでみんなの注意を惹くことができたようだ。

ラフな格好をした年配の男性が庭に出るドアのほうへ向かった。

「出てはだめです」わたしは言った。

男性は歩調をほとんど落とさずに答えた。

「わたしは医者だ。まだ息があるかもしれない。確認しなくては」

それには反論できなかった。「わかりました。どうぞ。でも、ほかのみなさんは現在の場所から動かないでください」残りの人々に向かって、わたしは言った。「誰かマーティン署長に電話して、こっちにきてもらって」

自分でかけようという気にはなれなかった。署長とわたしは過去に何回も衝突しているし、そのリストに新たな項目を加えたいとは思わなかった。もっとも、じきに署長の質問攻めにあうことはわかっていたが。

十人以上の手がそれぞれの携帯に伸び、わたしはマージの姿を捜した。彼女が被害者にどんな感情を抱いていたにせよ、自分の家でこんな騒ぎが起きたことに呆然としているに違いない。

ところが、どこにも姿がなかった。

マージを捜すためにほかの部屋へ行こうとしたそのとき、階段をおりてきた彼女がわたしにぶつかった。

「どこへ行ってたの？」わたしは訊いた。

「着替えをしなきゃいけなかったの。ドジなことに、玄関でチケットを集めたあと、ワンピースにコーヒーをこぼしてしまって」マージは全員が窓の外を凝視していることに気づいた。「何があったの？　あなた、どうしてベニエを作ってないの？」

「事故が起きたらしいの」マージの最大の敵が亡くなった可能性の高いことを、ほかにどんな表現で彼女に伝えればいいのかわからなかった。

マージはわたしの手を握りしめ、こちらの全身にすばやく目を走らせた。

「怪我でもしたの？　何があったの？　この一週間、煮えたぎった油のことが心配でならなかったのよ。ああ、どうしましょ。怪我をしたのは見学客の誰か？」

わたしはマージに握られた手をひっこめた。

「マージ、わたしは無事よ。それから、デモンストレーションのあいだに怪我をした人もいないわ。じつは、外でちょっとね」

マージは窓の外を見ようと首を伸ばしたが、わたしが彼女の前に立ちはだかって視界をさえぎった。

「スザンヌ、どいて。見えないじゃない。誰なの？　ここはわたしの家よ。わたしには何があったかを知る権利があるわ」

反論のしようがなかったので、わたしの横をまわりこむマージを止めるのはやめることにした。一瞬の沈黙ののちに、マージが低い声で尋ねた。「あれ、ペグ?」

「そうみたい」

「ペグに何があったの?」マージは訊いた。平板なその声に、わたしはギョッとした。オレンジが六個で一ドルだということを、たったいま知ったかのような声だった。

「マージ、とんでもないことになりそうよ」

わたしの言葉がマージの注意を惹いた。

「わたしが疑われるの? ここがわたしの家だから? わたしじゃないわ、スザンヌ。ペグはわたしとうちの家族を恨んでた。逆じゃないのよ」

「だったら、それを署長に話したほうがいいわ」わたしは言った。

「何を話すんだね?」

この町の法執行機関の長であり、うちの母への恋心を暖炉の火のごとく燃やしつづけている男、マーティン署長が部屋に入ってきた。最近また太ったようだ。もっとも、必要もないジャケットでそれを隠そうと必死に努力しているが。若いころはハンサムだったに違いないが、うちの母には親切だった歳月が、署長に対してはそれほどでもなかったようだ。この二人がデートする姿なんて、わたしには想像もつかないけど、それはもう古代史のようなもの。

ハイスクール時代の話で、母に言わせれば、ずっと昔に消え去って、二度と繰り返されることはないそうだ。

「署長さんをずっと待ってたってことを」わたしは言った。

「誰かから電話があって、その三分後にはここに着いたんだぞ」署長は言った。「どれだけ早く駆けつければ満足なんだ？」ドアのところから、キッチンとラウンジエリアをのぞいた。「やれやれ、大人数だな」署長はうんざりした口調になった。「おかげでこっちはちっとも楽ができん」

どう答えればいいのかわからなかった。署長とわたしは反感を抱きあっていて、そのほとんどはわたしが生まれたときに芽生えたものだ。署長はうちの母の人生に父が存在したことを憤っていて、署長から見れば、わたしは母が署長以外の男を選んだという事実の生き証人と言える。わたしが死体のそばに出現する傾向を見せはじめる前から、署長とわたしは愛敬をふりまく間柄ではなかった。

署長はようやく視線を戻して、わたしをじっと見た。

「ここで起きたことを全員が目撃したというのかね？」その声の調子から、ランチの前に事件が解決するのを望んでいることがわかった。

「わたしの知るかぎりでは、誰も何も見てないわ」わたしは答えた。「みんな、わたしのほうを見てたから」

署長はキッチンをのぞいた。「とすると、あんたのところから、犯行現場がはっきり見えたに違いない。どうだね？」

「デモンストレーションの最中に事件が起きたのなら、わたしは見てません」わたしは正直に答えた。

「スザンヌ、気づかんわけがないだろう」すさまじい口調で署長が言った。

「わたしはね、解説をして、材料を量って、緊張のあまり吐いたりしないよう努力するので忙しかったの」

マーティン署長はマージのほうを向いた。「あんたも何も見てないんだろうね」

「ええ、何ひとつ。すみません」マージは言った。

「やっぱりな。二人とも、ほかのみんなのとこに戻ってくれないか。話は一度ですませたいんでね」

マージとわたしが署長のあとからキッチンに入ると、署長がいることに気づいた見物客たちが、あわててわたしたちの周囲に集まってきた。

四方八方から質問が飛んでくるなかで、マーティン署長は両手をあげた。

「みなさん、お静かに。わたしの話を聞いてもらいたい」

誰もが話をやめたので、わたしは人々をこれほど簡単に黙らせることのできる署長の才能を羨ましく思った。署長の肩越しに庭のほうへ目をやると、さきほどの医者が首をふりながら死体から離れるのが見えた。ペグは本当に死んだんだ、と思ったのはそのときだった。原因は心臓発作で殺人とは無関係——そんな可能性はないだろうか。庭に出て訊いてみたかったが、エイプリル・スプリングズ警察の署長がそれをこころよく思うかどうかは疑問だった。警察の捜査にわたしが首を突っこむと、署長のほうは眉をひそめる傾向がある。死体がひとつかふたつ関わっている場合はとくに。

「まずは、外のパティオで何かを見た人はいないかね？」署長は尋ねた。

沈黙が続いた。「わかった。目撃者がいないのなら、ストリックランド巡査に一人ずつ名前と住所を告げて、それがすんだら自由に帰ってよろしい」

「キッチンツアーは中止なの？」うしろのほうにいた身なりのいい女性が質問した。

「ここの分は中止だ」署長は答えた。

「ほかはどうなるんだ？」連れの男性が訊いた。「チケットを買ってあるんだ。ほかの家にも行けないのなら、払い戻してほしい」

「キッチンツアーのことは、こちらの関与するところではない。みなさんのほうで調べてはどうかね？　列を作って、一人ずつ進みでてほしい。そのときに、なんらかの身分証を提示すること。現在有効な身分証であることを、巡査のほうで確認させてもらう」

「持ってなかったら？」とっておきのよそ行きを着た初老の女性が尋ねた。

「そのときは、わたしが保証人になろう。暗くなる前にここを出たいというのなら。さあ、きちんと並んで。全員がなるべく早くここを出ていけるようにしよう」

見物客の一団は指示されたとおりに並びはじめたが、マージとわたしは署長のあとを追った。署長が向かったのは窓辺ではなく、わたしがベニエ作りの準備を整えておいた調理台のほうだった。

そこに立って、署長は言った。「スザンヌ、ここから何も目撃していないというのは本当かね？」

わたしの立っていた位置から窓のほうへ目をやると、警官が死体の上にかがみこんで写真を撮っているのがはっきり見えた。

「あいにくだけど、おおぜいの人がわたしの視界をさえぎってたの。納得してもらえそうもないわね。でも、ほんとに何も見てないのよ」

「それはさっき聞いた。そうだよな？」署長は傲慢な口調で言った。

聞き流すことにした。わたしの横でマージが尋ねた。

「スザンヌとわたしも列に並ばなきゃだめ？」

署長は首を横にふった。

「そんな心配はしなくていい。二人ともすでに、わたしのリストのトップにきてるからな」

「目撃者として？　それとも、容疑者として？」わたしは思わず尋ねたが、そのあとで、最高に如才ない訊き方とは言えなかったと気がついた。

それが署長の注意を惹いた。

「なぜだ？　あんたらのどっちかに彼女を殺す動機があったのかね？」

マージが返事をする前に、わたしは言った。

「自然死なのか、殺人だったのか、それすらわかってないのよ。ちょっと先走りしすぎじゃない？」

署長は自分の顎《あご》をなで、それから言った。

「なるほど。たしかにそのとおり。もっと情報が必要だ。二人ともここで待っててくれ」

署長が庭に出て警官たちのほうへ向かうあいだに、マージがわたしの両手を握った。彼女の手のひらはじっとり湿り、氷のように冷たかった。

「スザンヌ、正直に白状するけど、わたし、怖くてたまらない」

「怖くなかったら、そのほうが不自然だわ」

「あなたも怖がってるの？」

わたしはマージの目をのぞきこんだ。「心のなかは木の葉のように震えてる」

「顔に出てないわね」

「ほんとは虚勢を張ってるだけ。怖くてたまらないのよ。それであなたの気が軽くなるのなら」

マージは悲しげに微笑した。「悪いけど、軽くなった」

「よかった。だったら、力になれてうれしい」

十分後、列に並んだ人々が減っていき、わずか数人になったところで、署長が戻ってきた。笑顔ではなかったが、考えてみれば、わたしと署長の長年にわたるつきあいのなかで彼の笑みを目にした回数は片手で数えられるぐらいだから、かならずしも悪い兆候とは言いきれない。

「スザンヌ、話がある」署長がぶっきらぼうに言った。

なんだか不吉な口調。「どういう話？　何があったの？」

「一緒に庭に出てくれ」

「理由も教えてくれないの？」署長の口調に、わたしはこれまでの経験をさらにうわまわる恐怖を感じた。そんなことがありうるなんて、想像したこともなかったけど。

「庭に出るんだ」署長が繰り返したので、わたしは署長のあとからおとなしくドアを通り抜けた。ちらっとふり返ってマージのほうを見ると、こちらに向けた彼女の目つきに何かひっかかるものを感じた。その目に浮かんでいたのは、あからさまな疑惑？

庭に出たあと、わたしは遺体に目を向けるのを無意識のうちに避けた。まるで、それが太陽で、じかに見たら目がつぶれてしまう危険があるかのように。

「見覚えがあるかね？」署長が訊いた。

「ペグよ。家のなかにいたときから、それはわかってたわ」遺体に視線を落とさないまま、わたしは答えた。

「わたしが言っとるのは、そんなことではない」

署長はそこで初めて、わたしがペグを見るのを全力で避けていることに気づいたに違いない。

「スザンヌ、不快な経験になるとは思うが、どうしても死体を見てもらわなきゃならん。いや、それよりも、手に握られたものを確認してほしいんだ」

わたしは深く息を吸い、遺体を至近距離で見るために覚悟を決めた。

ペグの命なき手に握られたものを見た瞬間、もう一度見直さなくてはならなかった。

自分の声が震えているのを意識しつつも、震えを止めることができないまま、わたしは言った。「うちの店の品みたいね。見た感じでは、レモンクリームだわ」

ひと口かじったドーナツがペグの手に握られているのが見えた。〈ドーナツ・ハート〉の商品に違いない。

そして、その瞬間、これまで経験したことのない災難が降りかかってきたことを悟った。

3

「あんたの店の商品だと、なんで断言できる？」署長がわたしに訊いた。

「あのね、わたしみたいに長いことドーナツ作りをやっていれば、自分の作ったものぐらい、ちゃんと見分けられるようになるのよ」わたしは深く息を吸い、それから尋ねた。「ペグが死んだのはこれのせい？」

「その点は監察医の判断にまかせるしかないが、べつの意見が出るまでは、その前提で捜査を進めていくつもりだ」

「つまり、わたしが容疑者ってことね」

「まだそこまで言うつもりはない。ただ、あんたの店のドーナツか、それとも、どっかの食料品店でペグが買ったものかを確認したかっただけなんだ」

「じゃ、これで確認できたわね。でも、ひとつ言わせてもらうわ、署長さん。わたしがペグを殺そうとする理由がどこにあるの？」

「べつにあんたが犯人だとは言ってない」署長が言った。不機嫌な声にわたしへの怒りがにじんでいた。

「でも、犯人じゃないとも言ってない」

署長は肩をすくめただけだった。その程度の反応では、誰も納得しないだろう。わたしはなおさら納得できない。

下がろうとしたとき、何かを踏んづけてカサッという音がした。靴の下を見ると、キャラメルの包み紙が地面に落ちていた。拾おうとしたとたん、署長に手をつかまれた。

「何するの？」

「犯罪現場を荒らされるのを防ごうとしてるんだ。その包み紙、あんたのかね？」

「いいえ、わたし、ゴミのポイ捨てはやりません」

署長は証拠品袋をとりだし、ピンセットで包み紙を拾いあげた。

「そんなものが重要なの？」

「まだわからん。目下、見つかるかぎりの証拠品を探しておるところだ」

署長にはやるべき仕事がある。それはわかっているが、だからといって、わたしが必要以上にここに足止めされることはないはずだ。ペグの遺体を間近に見たせいで、神経がまいりかけていた。「用がすんだのなら、もう行っていい？」

「できれば、しばらく残ってもらいたい」署長は言った。

「いいけど、とにかく家のなかに戻ってもいいかしら」

署長は二、三秒考えて、それから言った。「わかった。べつに不都合もないだろう。ただし、わたしが時間をみつけてあんたともう一度話をするまで、黙って帰ったりしないでくれ」

「なかでおとなしくしてます」わたしは急いでドアのほうへ走った。

ドアのそばでマージが待っていた。

「何があったの？　ペグの死因を署長はもう突き止めたの？」

「断言はできないって言ってるけど、どうも、うちのドーナツが原因みたい」自分で口にしておきながら、なんとも奇怪な気がして信じられなかった。

「毒か何かだったの？」声をひそめてマージが訊いた。

「署長が言うには、断定するには早すぎるって」わたしは失われかけている信用に必死にしがみついた。「確認できるまで、しばらくかかるそうよ」

「じゃ、それまでのあいだ、どうすればいいの？」

わたしは言った。「ここで署長を待つように言われたわ。でも、あなたまでつきあう必要はないのよ。一人になっても、わたし、ぜんぜん平気だから」

「バカ言わないで。こっちはほかに行くところもないんだし。とくに、ツアーが中止になったから」

「ごめんね」

「あなたのせいじゃないわ」マージはやさしく言った。

「わたしは殺してないわよ」こっちはつい、きつい口調になってしまった。マージの前でこんな言い方をしてはいけないのに。

「悪かったわ、スザンヌ。あなたがやったなんて言うつもりはなかったのよ」

マージに目を向けると、いまにも泣きそうな顔をしていた。待ちに待ったお披露目パーティが最悪の展開になってしまったのだ。「マージ、きっとうまく解決するわ」

「だといいんだけど」

マージがそばにいてくれることに感謝した。本音を言うなら、いまは一人でいるよりも、誰かと一緒のほうがありがたかった。

二十分後、キッチンに残されたのは、わたしと、マージと、エイプリル・スプリングズ警察の警官一人だけになった。この警官は最近こちらの警察にきたばかりで、知りあいになるチャンスがまだなかった。でも、今日はお近づきになるのにうってつけの状況ではない。

ようやく署長が戻ってきた。マージがわたしと一緒にソファにすわっているのを見て、ひどく驚いた様子だった。

「よかったら、どこかよその部屋へ行ってもいいんだぞ」

「署長さんさえかまわなきゃ、スザンヌと一緒にここにいるわ」

署長は首をふった。「その必要はない。スザンヌには出ていってもらう」

それを聞いて、わたしはびっくりした。「どこへ行けっていうの？」手錠をかけられてこの家から連行される光景が浮かんできた。吐きそうになった。

署長はかすかに眉をひそめた。「どこへ行ってくれてもいいが、ここにぐずぐず居残る必要はない。いちおう、あんたの疑いは晴れた」

「完全に？」

署長は首を横にふった。「そこまで言う気はないが、いまはとりあえずそう言っておこう」

「オーケイ、それで我慢しておくわ」

わたしはマージのほうを向いた。「あなたもここにいる必要はないのよ。一緒にドーナツショップにこない？　コーヒーとベアクローをごちそうするわ」

マーティン署長が口をはさんだ。「じつはな、目下、店にだけは行ってもらっちゃ困るんだ」腕時計に目をやり、それから言った。「うちの連中に一時間だけ与えてほしい。それがすんだら、店へ行ってもかまわない」

こんなことになるとは思いもしなかった。

「なんですって？　うちの店を捜索してるっていうの？　捜索には令状が必要なはずよ」

「必要さ。あのドーナツ一個で令状をとることができた。妙だな。あんたなら店の捜索を歓迎すると思ったんだが。容疑者リストからあんたの名前をはずそうと思ったら、ほかにどんな方法がある？」

「令状なんかとらなくてもよかったのに。店を捜索したいなら、わたしのほうで喜んで許可したわ」

「正規の手続きをとるほうが望ましい」

わたしはドアのほうへ行きかけたが、マージがついてこないことに気づいた。

「一緒にこない？　コーヒーを飲むところぐらい、どこかにあるわよ」

マージは首をふった。「悪いけど、家に残ることにするわ」

マージと議論する気にはなれなかった。とにかく、ここを出たかった。外に出てジープのところまで行き、乗りこみ、エンジンをかけてから、運転席にすわったままどこへ行けばいいかと考えた。母の質問攻めにあうのが憂鬱《ゆううつ》だから家に帰るつもりはないし、〈ドーナツ・ハート〉へ行くのは禁じられた。グレースは出張で何日か町を留守にしているから、わたしからは電話もできない。

新顔の警官がこちらをじっと見ているのに気づいたので、ジープのギアを入れて走り去った。ドーナツショップに戻るのが無理でも、次善の策をとることはできる。〈ボックスカー〉へ行ってコーヒーを頼み、うちの店の様子を線路越しに見張ることに決めた。

〈ボックスカー〉に入っていくと、オーナーのトリッシュ・グレンジャーが眉をひそめた。

ここは古い客車をトリッシュが改装して作ったダイナー。片側にボックス席がずらっと並び、反対側は長いカウンターで、客がそこにすわって食事できるようになっている。厨房は客車に付属した建物のなかに造ってあるので、客車に足を踏み入れると、時間をさかのぼったような気がしてくる。トリッシュは三十代前半の女性で、身ぎれいにしていて、金色の髪はいつもポニーテールにしてある。

「朝から大変だったわね」トリッシュが言った。

まだ朝の十一時前なので、ダイナーにはほとんど客がいなかった。

いつもなら、わたしもドーナツショップでのんびりしている時間だ。

「ペグ・マスタースンに比べれば、それほど大変でもなかったわ」トリッシュのそばのスツールに腰かけながら、わたしは言った。「どうしてこんなに早く耳に入ったの？」

「あなたに連絡がとれないと言って、エマがここにきたの。警察に店を閉めさせられて、すごくショックを受けてたわ」

エマったら、店で起きていることを、どうしてわたしに知らせてくれなかったの？

「なんで電話をくれなかったのかしら」

トリッシュは肩をすくめた。「知らない。何回かけても留守電になってるって言ってた。携帯の電源、入ってる？」

自分がひどい間抜けになったような気分でバッグに手を突っこみ、携帯をひっぱりだした。

デモンストレーションの邪魔にならないよう、電源を切っておいたのだが、そのあとに続いた騒ぎのなかで、電源を入れるのを忘れていた。

「ちょっと待って」そう言いながら携帯を見てみると、ゆうべからの留守電メッセージが二ダースもたまっていた。全部チェックしていたら時間がかかりすぎるので、エマの番号を押すと、最初の呼出し音が終わらないうちにエマが出た。

「スザンヌ、大丈夫？」電話に出たとたん、エマは尋ねた。エマから前に聞いたことだが、電話してきた相手を知るために、一人一人に違う着メロを設定しているそうだ。わたしの着メロは〈消えゆく太陽《エイント・ノー・サンシャイン》〉。わたしたちが働くのはほとんどが真夜中の時間帯だから。

「大丈夫よ。そっちは？」

エマは話をしようとして泣きだした。かなり動揺しているようだ。この一年あまりエマと仕事をしてきたが、彼女の泣いた顔は見た覚えがない。「ほんとにごめんなさい。無理やり閉店させられたんです」

「いいのよ」わたしは言った。「店の捜索のことは署長から聞いたわ。そっちに電話して知らせておけばよかったのに、気の利かないことでごめんね」

「あなたの責任じゃないですよ」涙をこらえて、エマが言った。「スザンヌ、警察は何を捜してるの？」

「たぶん、毒物ね」わたしは冷静に答えたが、声のひそめ方が足りなかったようで、そう言ったとたん、トリッシュの眉が跳ねあがった。

エマが言った。「やだ、うそ。警察の人たち、あの迷惑女をあなたが殺したと思ってるの？」ふたたび涙声になり、さらに続けた。「死んだ人のことを悪く言っちゃいけないわね。いまのは忘れて」

「無理ないわよ、こんな状況だもの。マーティン署長がどう考えてるのか知らないけど、署長がいま容疑者リストを作ったら、わたしが上位にくるのは間違いないでしょうね」

「そんなのひどすぎる」エマは言った。

「心配しないで」わたしは動揺しつつも声だけは冷静に保とうとした。「署長が店を捜索したって、何も見つかりっこないわ。署長も誰かほかの人に目を向けるでしょう」

ほんとにそう信じられればいいのに。そしたら、〈ドーナツ・ハート〉には何年も前から掃除をサボりっぱなしの場所が隅々にある。ひょっとして、貯蔵エリアのどこかに毒物の入った箱が置いてあるとか？　だとすると、何者かがペグを殺す前にうちの店に忍びこんでそれを盗んでいったのだろうか。それとも、わたしのドーナツに毒を仕込んだあとで店のどこかに箱を隠していったのだろうか。うちの防犯システムはかなりいい加減なので、店に何かをこっそり置いていくのがそれほど困難でないことは、残念ながらわたしも認めざるをえない。

「署長があなたから目を離さなかったら、わたしたち、どうすればいいの？」エマが訊いた。

「いまはどうにもできないわ。エマ、そのときになったらまた考えましょ。いいわね？」

エマの声が少し明るくなった。「ひとつだけ言わせてね。すごく気丈に対処してると思うわ」

「笑うことも泣くこともできないし、お化粧がくずれるのもいやなの。だって、お化粧なんてめったにしないから、きちんとメークするのにものすごく時間をかけたのよ」

それは事実だった。デモンストレーションのために思いきりがんばって、マニキュアまでやったし、誕生日や、クリスマスや、わたしの外見を改善する口実に使えそうな祝日がくるたびに母がプレゼントしてくれた化粧品をいくつか使うことにした。母のことだから、植樹の日（アメリカの祝日。四月の最終金曜日）にまで、きれいにラッピングしたプレゼントをわたしのベッドに置いていたとしても、少しも不思議ではない。善意でやってくれるのはわかるが、だからといって、プレゼントされた化粧品をわたしが喜んで使うわけではない。チークをちょっぴり、マスカラを少し、口紅を軽く塗るだけのほうが、けさの厚化粧よりずっと快適だ。

「元気が出てきたわ」エマが言った。「電話をありがとう」

「いいのよ。それから、今日のことを気に病んじゃだめよ。今日の騒ぎはあなたの責任じゃないんだから。わかった？」

「オーケイ。捜索が終わったらすぐ、店に戻ることにします」

大きなショックを受けたエマにそんなことはさせられない。

「ねえ、こうしない？　今日はもう休みになさい。わたし、いま〈ボックスカー〉にいるから、警察が帰りしだい、あとのことはわたしがやる」

「そんなことしなくていいのよ」

「わかってる。でも、正直なところ、そうしたいの。暇を持て余さずにすむでしょ。じゃ、また明日。いいわね？」

「あなたがそれでいいのなら」

「大丈夫よ。わたしの気が変わらないうちに、言われたとおりにしなさい」

「ありがと」エマはそう言って電話を切った。

わたしが携帯をバッグに戻すのを待って、トリッシュが言った。「思いやりがあるのね」

「あなた、まさか、わたしのプライベートな電話のやりとりに聞き耳を立ててたんじゃないでしょうね？」わたしは笑顔でトリッシュに訊いた。

「あのねえ、プライバシーがほしいのなら、客車のなかで電話なんかしないでよ。ここには広いスペースなんてないんだから。それに、わたしだって何か娯楽が必要だわ。盗聴の楽しみをわたしから奪うようなことは、まさかしないでしょ？」

わたしは笑いだした。「ええ。そんなふうに言われたら、認めるしかないわね」

トリッシュがわたしの前にコーヒーカップをさしだした。

「何か食べるものを用意しましょうか。ランチにはちょっと早いけど、バーガーでよければ、ヒルダに作ってもらうわ」

心が動いたが、正直なところ、あまり食欲がなかった。食べもののことを考えただけで、命なき手にわたしの店のドーナツを握りしめて庭に倒れていたペグの姿が浮かんでくる。この光景を思い浮かべることなくドーナツを見られるようになる日が、はたしてくるのだろうか。ぜひともきてほしい。でないと、わたしの商売が深刻な危機に陥ってしまう。

コーヒーをひと口飲んでから言った。「遠慮しとく。いまはおなかもすいてないし」

トリッシュと話をするあいだ、わたしの視線はパトカー二台が表に止まったままのドーナツショップに貼りついていた。客車を改装した〈ボックスカー〉の前に立入禁止を示す黄色いテープが張られることを内心覚悟していたが、その屈辱だけは免れることができたようだ。

客車のドアがあいて、きのうのあのハンサムな男性が入ってくるのが見えた。奥のボックス席のひとつにすわるかわりに、意外にも、わたしからふたつ離れたスツールに腰をおろした。

「仲間に入れてもらっていい？」男性が訊いた。

「ええ、どうぞ」

トリッシュが出てきて、男性を見たとたん片手を額にやり、前髪が乱れていないかどうかたしかめた。ポニーテールをほどいてブラシをかけなかったのが驚きだ。

「コーヒー？」カップと受け皿を彼の前にすべらせながら、トリッシュが訊いた。

「いただこう」彼女のほうにはほとんど注意を向けずに、男性は答えた。

トリッシュは彼の前にメニューを置こうとした。もっとも、ナプキン立てと胡椒入れのあいだに、すでにひとつはさんであるのだが。

男性がメニューを押しもどした。「せっかくだけど、コーヒーだけでいい」

トリッシュはメニューを受けとり、それから、二、三歩下がった。そこにいれば男性の姿を見ることができる。

男性がわたしのほうを向いて言った。「けさどうしても食べたかったのは、きみの作ったドーナツだったんだ。ところが、店に入れなかった」

「同じ身の上よ。だから、わたしもここにきたの」

「何があったんだい？」男性は興味津々の表情になった。

「どこから話せばいいかわからない」

男性はうなずいた。「そうか。保健条例に違反したんだね？」

「バカなこと言わないで」わたしは言った。そこで初めて、ひどく険悪な口調になっていることに気づいた。もう少しおだやかな口調に変えた。「ほかの場所で事故が起きて、警察はわたしがそれに無関係だってことを確認しようとしてるの」

「それで、きみの店を捜索してるのかい？　何があったの？　傷んだドーナツを誰かが食べたとか？」

冗談なのは明らかだったが、わたしには耐えられないほど真実に近いことだった。

不意に、泣きくずれるところを誰かに見られる前に、ここから出ていかずにいられなくなった。コーヒーを押しやり、受け皿の下に一ドル札をすべりこませた。

「悪いけど、よそに用があるの」

男性は言った。「ちょっと待って。深い意味があって言ったんじゃないんだ。ほんの冗談」

「わかってる」わたしはドアのところで足を止めた。「ただ、いまは笑う気になれないだけ」

外に出て、早足で店へ向かって歩いていく途中、背後の砂利道を誰かが走ってくる音が聞こえた。

ふり向くと、さっきの男性だったが、わたしは歩調をゆるめずに歩きつづけた。

男性はすぐさま追いつき、わたしに歩調を合わせながら言った。

「ちょっと待って。話がある」

「せっかくだけど……」こちらの気持ちを察して退散してくれるよう願いながら、わたしは言った。

だめだった。わたしの歩調に合わせて、ドーナツショップまでついてきた。駐車場のところでウィンドーのひとつをのぞいてみたが、警察の連中には、捜索を手早くすませて帰ろうという気はないようだった。

「さて、どうする？」男性はニッと笑って尋ねた。「ほかに駆けこめるところもなさそうだし」

「駆けてなんかいなかったわ」わたしはそっけなく言った。

それを聞いて、男性は顔をしかめた。「今日はおたがい、出だしからつまずいたようだね。最初からやりなおすチャンスはないかなあ。ドーナツのことで冗談言ったりして、ほんとに悪かった。よけいなことだったね」片手を差しだし、それから言った。「ぼく、デイヴィッド・シェルビー」

わたしは躊躇《ちゅうちょ》し、それから軽く握手した。「わたしがスザンヌ・ハートだってことは、すでにご存じね」

「〈ドーナツ・ハート〉って、きみの店にぴったりの名前だね」

「すごく気に入ってるわ」

彼は店の建物に目をやり、渋い辛子色の化粧レンガと、レッドシダー材の縁どりと、大きなガラス窓をじっくり見た。「昔の名建築だ」

「あなた、まさか、使われなくなった古い駅舎はすべて修復して、かつての栄華をとりもどすべきだと信じている純粋主義者じゃないでしょうね」

以前、そういう人たちに押しかけられ、わたしが破壊したために失われてしまった歴史のことで苦情を言われた経験があるので、店のロケーションの選択について弁解することにはうんざりしている。

「いや、とりこわされずにすめば、それだけで満足だ。人間に再出発が許されるなら、建物にだって二度目の人生があってもいいじゃないか」

そこで、彼はじつに驚くべきことをした。片手を伸ばし、犬をかわいがるような調子でレンガを何個かなでた。そのしぐさが愛情に満ちていたので、彼を見ているだけで心が和むのを感じた。エイプリル・スプリングズの人たちの前で認める気はないが、わたしも古い建物と、建物に口が利けるなら語ってくれるであろうさまざまな物語に愛情を持っている。

「わたしもそう思うわ。ねえ、デイヴィッド、それがエイプリル・スプリングズにきた理由なの？　二度目のチャンスを見つけようとしてるの？」

なにげなく訊いただけなのに、彼の顔が急に暗くなった。

「いや、正解とは言えないな。最後のチャンスを見つけにきたんだ。となると、話はまったく違ってくる。そうだろ？」

デイヴィッドは〈ボックスカー〉のほうへ戻りかけたが、急に足を止め、くるっとまわってこちらを向いた。「会えて楽しかったよ、スザンヌ」

「こちらこそ」

廃線になった線路を歩いていく彼を、姿が見えなくなるまで見送った。わたし、何を言ったの？　わたしの言葉が彼を動揺させてしまったの？　〝最後のチャンスを見つけにきた〟ってどういう意味？　いまの会話から、答えより疑問のほうがたくさん生まれたが、わたしの好奇心が今日じゅうに満たされる見込みのないことはかなり明白だった。

グレースに電話しようとして、彼女が町にいないことを思いだした。グレースの強さに支えてもらうことに慣れっこになっているため、支えが必要なときにグレースに会いにいけないのが辛かった。だったら電話すればいい——それはわかっている——でも、電話で話をするのは、じかに顔を合わせるのと同じではない。

ジェイクはいまどこにいるんだろうと思っていたとき、ドーナツショップのドアのひらく音が聞こえた。

出てきた二人の警官は、少なくとも毒物の入った箱は持っていないようだ。ただし、二人とも、店に置かれていた袋を腕いっぱいに抱えていた。

「何を持ちだそうとしてるの？」

「まあまあ、スザンヌ」警官の一人が言った。スティーヴン・グラントという警官で、非番のとき、よく店にきてくれる。

パートナーのほうを見て、グラントは言った。「アダム、署長に無線で、店の捜索が完了したことを伝えてくれ。ミズ・ハートが店に戻ってもいいかどうか、訊いてくれないか」

「オーケイ」パートナーは言った。

彼がいなくなってから、グラント巡査は声をひそめて言った。

「店内から毒物はいっさい発見されなかったが、店に置いてあるドーナツを検査のために残らず押収するよう、署長に命じられてるんだ。申しわけないが、命令に従うしかない」

「じゃ、ペグはほんとにうちのドーナツで毒殺されたの？」

グラント巡査はふり向いて、無線で誰かと話している最中のパートナーに目をやった。

「これはオフレコだが、そうなんだ。あのドーナツには殺鼠剤《さっそ》が塗りつけてあった。おそらくそれが死因だろう」

「まずいことになりそうね」

「店の捜索に当たっては、散らかさないよう気をつけたからね」グラント巡査は言った。わたしと目を合わせることができないようだ。ほっそりした若い警官で、身長は警察に入るのに必要とされる百七十五センチにようやく届く程度。捜索したことを、見るからに申しわけなく思っている様子だった。

「精一杯やってくれたことはわかってるわ。気にしないで。あなたの考えでやったわけじゃないんだし」

グラント巡査は肩をすくめた。「署長に訴えたんだ。きみがペグ・マスタースンを殺そうと思ったら、自分の店のドーナツに毒を入れるようなドジなことはしないはずだって。なのに、署長は耳を貸してくれなかった」

「ありがとう。いちおうね」

「どういたしまして。いまのはお世辞。きみの有罪を裏づけるものは何も見つからなかった。もっとも、見つかるとは思ってなかったけど」

パートナーが戻ってきて言った。「ひきあげていいそうだ」

「店に自由に入ってくれ」グラント巡査が言った。

「どうも」

二人がいなくなってから、わたしは店に戻った。午前十一時に店内に一人ぼっちというのは、妙な気分だった。陳列ケースに置かれたからっぽのラックがわびしげに見え、ラックについているカードの位置から、メープルフロストを置くべき場所にエマがオレンジ風味のケーキドーナツを置いていたことがわかった。いつもの習慣から、その間違いを直していたとき、ドアのチャイムが聞こえた。

「すみません、今日はやってないの」わたしは言った。

「ぼくでもだめ?」

ふり向くと、州警察の警部で、わたしの恋人のジェイク・ビショップが立っていた。

「アウター・バンクスへ出かけてると思ってた」彼に駆けより、抱きつきながら、わたしは言った。「戻ってきてくれて、すごくうれしい」

抱きあったあとで、ジェイクが身をひいて言った。

「事件が思ったより早く解決したんだ。今回はどういうことに巻きこまれたんだ、スザンヌ?」

「わたしのせいじゃないわ、ジェイク」

「ぼくがそれを知らないとでも思ってるのかい？　きみに会わずにいられなかったんだが、じつをいうと、マーティン署長に連絡をとるまで、ここにはこないほうがよかったんだ」

これはわたしの求めていた支えではなかった。

「じゃ、帰って。わたしのせいであなたの立場がまずくなったら申しわけないもの」

ジェイクは首をふり、床に視線を落とした。「捜査中のぼくがどんな状況に置かれるか、きみだって知ってるだろ。こうするしかなくて残念だ、スザンヌ」

「わたしも」

謝ってほしかった。わたしを抱きしめて、何も心配することはないと言ってほしかった。でも、ジェイクは最後に一度、悲しげな顔でわたしを見ただけで、そのまま店を出ていってしまった。

彼が去ったとき、心臓が張り裂けそうだった。だけど、どんなに辛い思いでいるかを、彼に知らせるつもりはなかった。

もう一度店をあける理由は何もないし、それは自分にもわかっていた。これが小さな町で暮らす短所のひとつだ。ニュースが――さらに重要なことには、噂が――驚異的なスピードでエイプリル・スプリングズの住民のあいだに広がってしまう。うちのドーナツがペグ・マスタースンを殺したのだとみんなに思われても、わたしにはそれを止める手立てがない。

ジェイクとの会話のせいで、自分でも認めたくないぐらい動揺していた。それから一時間、今日は客がくるはずもないのだから、店内の掃除でもすればよかったのに、かわりにボックス席のひとつに腰をおろして、自分をぐずぐずと哀れみながら時間をつぶした。正午ごろには少し元気が出てきて、そろそろ掃除にとりかかろうと決心した。

表のドアをロックしようとしたとき、ペグの姪のヘザー・マスタースンが店に向かって駆けてきた。小柄な若い女性で、つやつやした黒髪と、それにマッチした真っ黒な目をしている――叔母のペグとまったく同じ色だ。わたしはこの子を前から知っている。いまではすっかり大人になり、愛らしい若いレディになっている。もっとも、いまはすさまじい怒りの形相のせいで、愛らしさを見つけるのは困難だった。

「叔母を殺したのね」ペグはわたしに向かってわめき散らした。「なぜなの、スザンヌ？叔母があなたに何をしたっていうの？」

ヘザーをよく知っているわたしは、彼女が内心ひどく傷ついていることを察した。ふだんは愛想のいい子なのに、この瞬間、その目に燃えあがった炎は憎悪と苦痛に満ちていた。

「わたしは殺してないわ」ヘザーを落ち着かせようとした。

「しらばっくれないで、スザンヌ。ドーナツが死因だって聞いたわ。この店のに決まってるでしょ。あなたのこと、友達だと思ってたのに」

やがてヘザーの顔がゆがみはじめ、わたしは彼女を抱きしめて慰めたいという思いを必死にこらえた。「ヘザー、誓うわ。わたしは何もしてない。無実よ」

ヘザーは何秒かわたしを凝視し、それから言った。

「どう考えればいいのかわからない。たぶん、誰かを責めたくてたまらなくて、あなたがいちばん手近な標的だったんでしょうね。叔母があんな目にあうなんてひどすぎる。すごくやさしい人だったのに」

わたしはヘザーを見つめて、思わず眉をあげた。

ヘザーはかすかに眉をひそめ、それからしぶしぶ言った。

「そうね、〝やさしい〟はちょっと言いすぎかも。でも、わたしは叔母が大好きだったのよ、スザンヌ。けっこう嫌われ者だったことは知ってるけど、わたしに残された身内はあの叔母だけだったの」

ヘザーの両親は彼女がまだ高校生だったときに死亡した。彼女を置いてキャンプ旅行に出かけ、キャンピングカーのヒーターの調子が悪くて、車内に一酸化炭素が充満したのだ。そして今度は、二十一歳の誕生日を二週間後に控えて、叔母を亡くしてしまった。ヘザーの誕生日が近いことをなぜわたしが知っているかというと、わたしも誕生日が同じだからだ。

外見はもうすっかり一人前の大人でも、わたしの前に立っているヘザーはやはり、怯えた悲しげな少女のままだった。「大変だったわね。どんなに辛いかよくわかるわ」

ヘザーの目にじわっと涙があふれた。どちらもそのことには触れなかったが。

「謝らなきゃいけないのはわたしのほうだわ。いきなりお店に飛びこんで文句を言うなんてあんまりよね。この町でわたしの友達って呼べるのは、もうあなたしかいないのに。スザンヌ、どなったりしてごめんなさい」

「謝る必要はないのよ。警察が犯人を早く見つけてくれるよう、ひたすら願うだけだわ」

「わたしも」ヘザーは頬に手をやって涙を拭った。「叔母のお葬式の準備をしなきゃ。何もかも片づくまで、叔母の家に泊まろうと思ってるの」

「よかったら母とわたしのところに泊まりにいらっしゃい。大歓迎よ。こんなときに一人ぼっちはいけないわ」

「わたしなら大丈夫。一人で悲しむ時間ができるし。でも、声をかけてくれてありがとう、スザンヌ。とっても感謝してる」

ヘザーが立ち去るとき、その肩をがっくり落としているのに気づいた。叔母を失って打ちのめされているのだ。どれほど大きなショックだったことだろう。こんな彼女の姿を見たことで、ペグを殺した犯人を、そして、動機を突き止めなくてはという思いがさらに強くなった。

店のドアをロックしてから、陳列ケースに並んだからっぽのラックを見つめた。教会のほうへ何か届けるとピート神父に約束したのに、今日は何も寄付できそうにない。残念ながら、食料を必要とし、わたしの寄付をあてにしている人々に、うちで作ったドーナツを食べてもらうことはできない。わたしがいくらあがいてもどうにもならない。

今日はなんの役にも立てないことをピート神父に知らせておこうと思い、教会へ電話をかけた。

困ったことに、教会で事務員をしているロバータ・ダウドが、神父さまに電話をとりつぐことを拒んだ。

「申しわけないけど、スザンヌ、神父さまのお邪魔をするわけにいかないのよ。そう厳命されてて、わたしもそれに従うしかないの」

「ロバータ、ほんの一秒でいいのよ。すぐ切るから。約束する」

ロバータは黙りこみ、それから言った。「こんなこと言いたくなかったんだけど、でも、はっきり言うしかないわね。いまのところ、あなたから食べものをもらうのは辞退させていただきたいの」

「ピート神父さまがそんなことを？」神父さまとはもっと良好な関係だと思っていた。力になろうとする人間を避ける聖職者がどこにいるの？

「神父さまがわざわざおっしゃる必要はないわ。今日あんな騒ぎがあったというのに、わたしたちがおたくのお店からの寄付を望んでるなんて、あなた、本気で思ってるの？　ほかのドーナツには毒が入ってないって、どうしてわかるの？」

わたしは金切り声をあげそうになるのをこらえた。「寄付のことで電話したんじゃないわ。

今日は協力できないってことを、神父さまに伝えておきたかったの」

「そのほうがいいわね」ロバータはつんとして言った。「教会が力になろうとしてる人々にあなたのドーナツを配ったところで、こちらの善意がちゃんと伝わるかどうか心配だもの。その人たちが教会にこなくなったら困るでしょ。みんな、ほかに頼っていくところはないのよ。どうか理解してね」

「ええ、よくわかりますとも」

わたしはそう言って電話を切った。自分が何を言いだすかわからなくて、これ以上電話で話を続けるのが怖かった。いけすかない女！　ピート神父とじかに話すことさえできれば、本当は何があったのかを説明できるだろうが、あの事務員がいるあいだは、アメリカの大統領と話をするチャンスのほうがまだ大きいぐらいだ。もうひとつ、さらにぞっとする考えが浮かんだ。もしかして、神父さまの命令で、電話をとりつごうとしないのでは？　わたしは町の人々から突然、二十世紀初頭に腸チフス菌の保菌者として隔離された〝チフスのメアリ〟みたいな扱いを受けるようになったの？

エマや彼女のお母さんにとっても迷惑な話だ。わたしは二人を大切に思っているし、わたしが留守でも一人で立派にドーナツ作りができるという自信を、エマに持たせようとしている。もっとも、今回みたいな騒ぎが起きた以上、エマがドーナツ作りへの興味を失うのではないかと、不吉な予感を覚えているのだが。

店の裏の大型ゴミ容器までゴミバケツをひきずっていき、バケツのなかの袋を投げこもうと四苦八苦していたとき、うしろで誰かの声がした。「手を貸そうか」

ふり向かなくても、ジョージ・モリスの声だとわかった。頭が薄くなりかけた六十代のもと警官で、うちの上得意の一人であり、よき友でもある。

「助かるわ」すなおに答えると、彼がゴミバケツの片方の取っ手を持ったので、わたしは反対側を持った。袋を投げこみ、わたしの汚名もこんなふうに簡単にそそぐことができればいいのにと思った。

「とんだ災難だったな」ゴミバケツを持って店に戻りながら、ジョージは言った。

「いろんな意味でね。わたしの作ったドーナツを誰かが殺人の凶器に使ったなんて、いまだに信じられない。わかるでしょ？」

ジョージは首をふった。「スザンヌ、あのドーナツがペグ・マスタースンを殺したわけではない。ドーナツに塗られた毒が殺したんだ」

「そのことでほかに何か聞いてない？」わたしは尋ねた。ジョージは退職した身だが、いまも警察にいる多くの友人とつきあいがあり、マーティン署長も、捜査に口出ししないかぎりはジョージが刑事部屋をうろつくのを黙認している。ジョージが仕入れてくる情報にこれまで大いに助けられてきたので、わたしは今後も彼が署長の機嫌を損ねずにいてくれるよう願っている。

ジョージは顔をしかめ、それから言った。

「正式にはまだ何も発表されてないが、ドーナツに毒が塗ってあったのは間違いない。あんた、よく持ちこたえてるね」

「もうボロボロよ」わたしは正直に答えた。

「心配するな。悪いことばかりじゃないさ。噂によると、署長が州警察に電話して、ジェイクに助っ人を頼めないかどうか打診してるそうだ」

「ジェイクならすでにこっちにきてるわ」

ジョージはわたしに笑顔を見せた。「ほら見ろ。そう悪いことばかりは続かんものだ」

「マーティン署長がジェイクを呼び寄せたのがいいことかどうか、よくわからないわ」

ジョージは首をふった。「いまのところ、あまり運に恵まれてないようだな」

「さあ、どうかしら。友達はまだ失ってない。あなたはわたしを信じてくれてる。そうでしょ？」背後のドアをロックしながら、わたしは言った。

「尋ねるまでもない」ジョージは言った。厨房を見まわした。作業を進めながら後片づけもやっていくのがわたしの習慣だが、エマのやり方は違っていたようだ。

「さて、どこから始める？」ジョージが訊いた。

わたしは顔をしかめた。「何を？　今回の殺人事件の捜査に首を突っこんでいいものかどうか、わたしにはわからないわ。少なくとも、いまのところは」

ジョージは首をふった。「時期尚早だな、たしかに。わたしが訊いたのは、店の掃除のことだよ」

「わざわざ手伝ってくれなくてもいいのよ」

ジョージはニッと笑った。「それはわかってるが、手伝いたいんだ。ここらに余分のエプロンはかかってないかね？」

わたしは物置用のクロゼットまで行き、フックにかかっていたエプロンをとった。

「本気で言ってくれてるのなら、これがぴったりのサイズだと思うわ」

ジョージはエプロンをつけ、紐を結んだ。

「鍋のひとつやふたつ、わたしにも洗えると思わないかね？」

「そりゃできるでしょうけど、なぜそんなことをしたがるのか、理解できない」

ジョージは言った。「ほかに何をすればいい？　あんた、洗うのと拭くのとどっちにする？」

わたしは笑いだし、ジョージの頰に軽くキスをした。

ジョージはその場所をなでて、それから尋ねた。「いまのキスはなんのためだい？」

「ここにきてくれたお礼」

「前も言ったように、たいしたことではない」

「あら、わたしにはたいしたことよ」

誰かと一緒に〈ドーナツ・ハート〉の掃除ができるのは、とてもすてきなことだった。

ジョージと二人で皿洗いを終えようとしたとき、店のドアにノックの音が響いた。厨房のドアからのぞけば、向こうに気づかれることなく、誰がきたかを知ることができる。

ジェイク・ビショップだった。そして、彼の顔に貼りついた渋い表情からすると、デートの誘いにきたのでないことは確実だった。

4

「このまま残っていようか」ドアをノックするジェイクに気づいて、ジョージが訊いた。

「力になってもらって感謝してる。ほんとよ。でも、ジェイクとは二人だけで話をしなきゃいけないの」わたしは店内を見まわしてつけくわえた。「それに、店の掃除もすんだことだし。すごくきれいになってる。どうお礼を言えばいいのかわからないぐらい」

「礼なんて言わなくていいよ」ジョージはそう言いながら、わたしにエプロンをよこした。「手伝いができてよかった。いつでも言ってくれ、スザンヌ、いいね。わたしが必要なら、電話一本ですぐ駆けつける」いったん言葉を切り、それから続けた。「いや、それよりも、道路の向かいの〈ボックカー〉で待つとしよう。ジェイクとの話が終わったら、そっちにきてくれ」

わたしはジョージを抱きしめ、店に入ろうとして待っていたジェイクと入れ違いに送りだした。

ジョージが立ち去ったあとで、ジェイクが言った。「何がどうなってるんだい？」

「店の掃除を手伝いにきてくれたの」

「いい人だな」

「わたしに何か用だったの？」冷静な声を崩さないようにして、わたしは訊いた。

ジェイクはしかめっ面になった。

「さっきのことは悪かった。あんなそっけない態度はとらないように努力しないと」

彼の口からそんな言葉が出るのは大きな譲歩だが、目の表情から、用件はそれだけではないことが見てとれた。「でも、ほかにもまだ何かあるのね。そうでしょ？」

ジェイクはうなずいた。「心にとめておいてほしい。ぼくには仕事があって、きみと交際してるからって、えこひいきは許されない。だが、きみを助けるために全力をあげてるから、どうかそれだけはわかってほしい」

黙っていられなくなった。「どんなふうにわたしを助けてくれてるの？」

ジェイクが身を寄せてきたので、コロンの香りがわたしを包んだ。

「きみはいまのところ、留置場に入らずにすんでる。そうだろ？　マーティン署長の好きにさせてたら、いまごろは独房にいたかもしれない。ぼくが口出ししなかったならね」

「そんなバカな。わたしに不利な証拠を署長が何か握ってるっていうの？」

「スザンヌ、きみのドーナツのせいであの女性が死んだんだぞ」

そんなことを言われるなんて信じられなかった。

「ジェイク、まるでわたしが毒を塗ったような言い方ね！　あのドーナツはね、誰かがうちの店で買ってから細工をしたのよ。わたしにはどうにもできないことだわ。車を買った人間が酔っぱらい運転をしたからって、自動車メーカーの責任ではないのと同じでしょ」

「おいおい、ぼくはきみの味方なんだぞ。覚えてるね？」

「だといいけど」

ジェイクは時計にちらっと目をやってから言った。

「用事で出かける途中なんだが、店に寄ってきみと仲直りしたかったんだ。できればここにいたいけど、用事をすっぽかすわけにはいかない」

彼はわたしを軽く抱きしめ、そして出ていった。

どうやら、わたしをえこひいきしていると思われないよう必死に努力しているようだし、われらが警察署長はわたしを露骨に容疑者扱いしているようだ。

警察が進めている殺人事件の捜査に首を突っこむのはいやだけど、そうするしかなさそうだ。

「ハーイ。ここにすわっていい？」〈ボックスカー〉へ行き、ジョージがすわっているボックス席に近づいて、わたしは尋ねた。

「どうぞ、どうぞ」ジョージは向かいの席を指さした。

　彼が続けて何か言おうとしたとき、トリッシュがグラスに入った甘いアイスティーを運んできて、わたしの前にすっと置いた。

「まだ注文もしてないのよ」わたしは言った。

「いいの、いいの。いらなかったら、わたしが飲むわ」

　トリッシュはわたしのアイスティーを飲むまねをした。少なくとも、まねだけであるよう、わたしは願った。南部人には冗談ですまされない事柄がいくつかあり、甘いアイスティーはリストのトップ近くにきている。

「急かさないでよ。もらうから」

　トリッシュがニッと笑った。「そう言うと思ってた」ジョージのほうを見て言った。「スザンヌがきたから、そろそろ注文する？」

「そうだな。チーズバーガーとポテトにしよう」

「わたしも同じもの」

　トリッシュが去ってから、わたしはジョージに言った。

「誰がペグ・マスタースンを殺したのか、どうしても突き止めなきゃ。よけいなことはしないつもりだったけど、いまジェイクと話をしてみて、彼には頼れないってわかったの。力を貸してくれない？」

　ジョージはアイスティーをひと口飲んでから言った。

「ことわるつもりはないよ。あんたが警察の捜査に首を突っこむのを、わたしがどう思ってるか、そっちもわかってるとは思うが。考えてみれば、犯人のやつ、あんたに罪をなすりつけようとしてずいぶんあくどい方法をとったものだな。誰かを毒殺したければ、手段はほかにいくらでもあるだろうに。なんであんたの店のレモンクリームドーナツを使ったんだろう？」

「それならちゃんと答えられるわ。ペグが食べるドーナツはレモンクリームだけだったの」

ジョージはうなずいた。「すると、犯人はそれを知ってたことになる」

「そういうまわりくどい方法で殺害したのなら、ペグのことをずいぶんよく知ってたはずよね」自分が作ったドーナツのことをそんなふうに表現するときがくるなんて、これまでのわたしならぜったい信じなかっただろう。「ドーナツの食べすぎはいけないって、わたしは真っ先に言いたいほうだけど、ドーナツはほとんどの人の大好物リストの上位にきてるのよ」

ジョージは微笑した。「それはわたしも証明できる。真剣に考えなきゃならんのは、ドーナツが毒殺の便利な手段として使われただけなのか、それとも、犯人がドーナツを選んだのにはもっと腹黒い理由があったのか、ということだ」

「わたしに殺人の罪を着せたがる人間がどこにいるの？」二、三人の顔がこちらを向いたことに気づいて、わたしは声をひそめ、さらに続けた。「現実離れしたことを考えるのはやめましょ。わたしはドーナツショップのオーナー。国際的企業を経営する大物じゃないわ。わたしをはめようとする人間がいるなんて想像できない」

「そこまで断定するもんじゃない。殺人が起きた時間と場所のことを忘れないようにしないと。あんたがドーナツ作りの実演をやってた場所から三十歩ほどの距離だったただろ。偶然とは思えないが。どうだね？」

ジョージが言っていることの重みが、ようやくわたしにも伝わってきた。犯人捜しにさらに本腰を入れる必要が出てきたようだ。何者かが手間暇をかけて、わたしをはめようとしたわけだ。

「あなたの意見のすべてに筋が通ってることは、認めざるをえないわね。でも、そこからどう進んでいけばいいの？」

ジョージは言った。「調べる必要がある連中のリストを作り、つぎに、その連中の人生を調べる方法を考える」ちらっとこちらに目を向けて、さらに続けた。「スザンヌ、犯人がすべてをあんたに結びつけようとしてるのは明らかだから、あんたが何か不審な行動に出たら、もしくは、あんたが真相に近づきすぎたと犯人が思ったら、それだけであんたの身に危険が及ぶことになる」

「心配してくれるのはうれしいけど、あなたにすべての危険を押しつけて、わたしだけのうのうとしてるわけにはいかないわ」

注文の品をのせたトレイを持って、トリッシュがやってきた。「お待たせ」

トリッシュがテーブルに皿を並べたあとで、ジョージとわたしは食事にとりかかった。半分ほど食べたとき、ダイナーのドアがひらいて、グラント巡査が入ってきた。

彼と視線が合ったので、ジョージに言った。「ちょっとごめんね。いい?」

ジョージがうなずき、わたしはカウンターにすわった巡査のところへ行った。

「まさか、わたしを捜しにきたんじゃないわよね?」声が恐怖でふるえないよう気をつけて、わたしは尋ねた。

「違うよ。きみがステーキサンドじゃないかぎりは」グラント巡査は答えた。トリッシュのほうを向いて、「注文した品、できてる?」と訊いた。

「電話をくれたのはわずか三分前よ」トリッシュは反論した。「すわってて。すぐ作るから」

わたしはジョージのところに戻り、グラント巡査はようやくサンドイッチを手にした。代金を払ったあと、二本指でわたしに敬礼して、ダイナーを出ていった。

わたしが何か言おうとすると、ジョージがさえぎった。

「ここは人目につきすぎる。ドーナツショップへ行って、残りの話をするわけにいかないかね?」

「ええ、いいわよ。ここはわたしに払わせて。それから店へ行きましょ」

「ちょっと待った。きっちり割り勘だ」

「今日はだめ。力を貸してもらうんだから、勘定はわたし持ち。文句はいっさい受けつけません」

ジョージも強いて抵抗しようとはしなかった。好ましい変化だ。

ところが、彼が自分の財布にこっそり手を伸ばすのが見えたので、わたしはつけくわえた。

「チップもわたし持ちよ」

ジョージはやれやれといいたげに笑ったが、反論はしなかった。

「ならば、おいしいランチをごちそうさま」

わたしが勘定を払うために足を止めると、ジョージは先に出ていった。わたしはトリッシュのほうを向いて勘定書きを渡し、代金にチップをたっぷり足した額を現金で払った。

トリッシュがお釣りをよこそうとしたので、「それはあなたの分よ」と言った。

トリッシュは勘定書きに目をやり、低く口笛を吹いた。

「太っ腹ね。わたしのアラスカ基金に入れておくわ」

わたしの知るかぎり昔から、トリッシュは大旅行のための貯金をしている。

「あとどれぐらいで実現しそう？」

「状況によりけりね。わたしの人生がどんな緊急事態に見舞われるかで変わってくるわ。でも、いつかかならず実現させる。見ててちょうだい」

「それに関しては、わたしの心に疑惑のかけらもないわ」

外に出ると、ジョージの姿がどこにもなかったので、一瞬、あわてふためいた。そのとき、わたしを呼ぶ彼の声が聞こえた。

ジョージはすでに〈ドーナツ・ハート〉の前に立ち、入ろうとして待っていた。

ジョージに近づいたとき、〈ボックスカー〉でわたしが代金を払っていたあいだにべつの人物がわたしの店にやってきたことがわかった。


「あら、ママ、こんなところで何してるの？」

「マージの家でけさ何があったかを、さっき耳にしたばかりなの」わたしの母は言った。「ひどい目にあったわね」

母は小柄な女性で、わたしより十五センチも背が低いのに、わたしを腕のなかにしっかり包みこんでくれる人だ。いまみたいなときは、母がわたしの人生にいてくれて幸運だったとつくづく思う。

「最悪だったわ」何が起きているのかを母にどう説明すればいいのやらと思いつつ、わたしは答えた。

母はあたりを見まわした。「どうしてグレースが一緒じゃないの？」

「ママ、グレースは何があったかも知らないのよ。出張で町にいなくて、じつを言うと大騒ぎだったから、わたし、グレースに電話するのはやめておいたの」

そう聞いて、母も心を和らげたようだ。それに、いまのわたしの言葉には真実という強みもあった。

母はわたしの目を見つめた。「大丈夫？　正直に言ってちょうだい」

「大丈夫じゃないけど、そのうち立ち直るわ」

「ママにできることが何かない？」

わたしは首をふった。「ううん。でも、きてくれて感謝してる」

一瞬黙りこんでから、母が訊いた。「二人とも、おなかすいてない？　ごちそうしてあげる」

ジョージが言った。「せっかくだが、いま食べたところなんだ」

母はうなずいた。「あら、すんだのね。ママはおなかがペコペコだから、一人で食べてくるわ。スザンヌ、この話はまたあとで。いいわね？」

わたしは母を抱きしめた。「ええ。わざわざきてくれてありがとう」

「あなたはたった一人の娘、しかも、災難にあったんだもの。ママがほかにどこへ行くというの、スザンヌ？」

母がいなくなってから、わたしは「店に入らない？」とジョージに言った。

「そうだな」ジョージは答えた。「だが、短時間ですませないと。お母さんが戻ってきそうな予感がする」

「勘が鋭いのね」わたしはそう言いながらドアのロックをはずし、ドーナツショップにジョージを入れた。

「どこから手をつければいい？」窓から離れたテーブルのひとつに腰を落ち着けたあとで、わたしは訊いた。

ジョージは言った。「ペグ・マスタースンの人生を調べて、その死を望みそうな人物がいるかどうか推測する必要がある。警察署で探りを入れて、何か噂が流れていないか調べてみるとしよう」

「ペグのことだから、家政婦は使ってなかっただろうけど、近所の人たちに話を聞いてみるわ。こちらの知らないことを何か知ってるかもしれない。でも、その前にとなりへ出かけて、ギャビー・ウィリアムズと話してみることにする」

「本気かい？　それだけの価値があるかね？」

「ギャビーはエイプリル・スプリングズで最高のゴシップ屋よ。ペグが何か不審なことに関わっていたのなら、ギャビーが知ってるに違いない」

「勇敢だね、スザンヌ」

「だって、誰かがやらなきゃいけないもの。じゃ、明日の朝もう一度会って、おたがいの成果を報告することにしない？」

ジョージは立ちあがった。「ここにくるよ。朝早く」

別れの挨拶をしたあと、深呼吸をして、となりの〈リニュード〉まで行った。ここはギャビーがやっている高級リサイクル衣料の店で、彼女のゴシップネットワークの中枢となっている。

店に入っていくと、ギャビーは客の相手をしていたので――誰なのか、わたしのところからは見えなかった――店のなかほどに置かれたラックのほうへ行き、買おうかどうしようか迷っているふりをした。店の奥から聞こえていた激しい調子の声が急にひそひそ声に変わり、表のドアが乱暴にひらいて客が大急ぎで出ていく音がした。姿がちらっと見えただけだが、わたしの立っている場所から、ジャニス・ディールであることがはっきりわかった。〈パティ・ケーキ〉というケーキとクッキーの店をやっている女性で、その店はスプリングズ・ドライブを〈ドーナツ・ハート〉から一ブロック行った先にある。二人はいったい何を話していたの？　そして、ジャニスがあわてて店を出ていったのはなぜなの？

「大丈夫？」ギャビーのそばへ行きながら、わたしは訊いた。ふだんは負けん気の強い女性だが、この瞬間は、世界じゅうの重荷が両肩になだれ落ちてきたような様子だった。

そっと尋ねた。「ギャビー、泣いてたの？」

「大丈夫よ」くしゃくしゃになったティッシュで目頭を押さえながら、ギャビーは言った。「癪にさわるアレルギーのせいなの」

変ねえ。花粉アレルギーの季節でもないのに。

「ほんとに大丈夫？　なんだったら、あとで出直してくるけど」

「バカ言わないで」ギャビーはふたたび目頭を押さえた。

そんなことでごまかされるわたしではない。「ギャビー、なんでも話してくれていいのよ。わかってるでしょ？」

話を聞こうというわたしの申し出に、ギャビーは驚いた様子だった。

「ジャニスに失礼なことを言われたの。悲しいことに、今日わたしに食ってかかったのはジャニス一人じゃないけどね」

「あとは誰にいやな思いをさせられたの？」

一瞬、ギャビーが話してくれそうに見えたが、その思いは、浮かんだときと同じくあっというまに消えてしまったようだ。どうやら、ギャビーはわたしに打ち明けるのをやめにしたらしい。

「なんの用でうちに？」

「ペグ・マスタースンのことで、あなたと話がしたかったの」

「ペグのことって何なの？」こう尋ねたときのギャビーの声は平板で、感情が欠落していた。どうやら、こちらの切りだし方がまずかったようだ。

「誰にあんなことができたんだろうって、首をひねってたのよ。いくら不愉快な女性だったといっても」

ギャビーは一瞬、わたしをじっと見つめ、それから目をそらさずに言った。

「わたしもまったく同じことを考えてたわ」

「ちょっと待って。まさか、わたしが関係してるなんて思ってないでしょうね？」

わたしを知る人から、そんなことのできる人間だと思われているなんて、どうにも信じられなかった。とはいえ、エイプリル・スプリングズに住むほとんどの人が理不尽にもその可能性に目を向けているように思えてならない。

ギャビーは深く息を吸って、それから言った。「ペグはあなたの作ったドーナツを握ったまま死んだんでしょ。しかも、そのとき、あなたはそこから一メートルほどの場所にいた」

わたしは肩をすくめた。「オーケイ、わたしが作ったドーナツだってことは喜んで認めるわ。でも、言っときますけど、うちの店を出たときはまともなドーナツだったのよ。それから、わたし、あのときはペグの周囲一メートル以内には行ってません。少なくとも五メートルは離れてたわ」

ギャビーは唇を噛んだ。「でも、あなたたち二人は仲がよくなかった。そうでしょ？」

「ペグに好意を持ってた人の名前を、一人でも挙げられる？」わたしは訊いた。「ペグと一緒にいるのを心から楽しんでた人って意味よ」

「わたしがそうよ！　ペグのことが好きだった。わたしの友達だったのに、誰かに殺されてしまった。あなたじゃないのなら、誰がやったの？」

「それを突き止めようとしてるところなの。悪かったわ。ここにくるべきじゃなかった。あなたたち二人がそんなに親しかったなんて知らなかった」

わたしの詫びの言葉を、ギャビーは手をふって払いのけた。

「友達を作ろうとすると、けっこう苦労しなきゃいけない人間もいるのよ」

ギャビーはいまや、露骨にわたしをにらみつけていた。店に誰もいなくて、この場面を見られずにすんだことに、わたしはホッとした。

できるだけ冷静な口調で言った。「ギャビー、お友達を失くしたことは残念だけど、わたしはやってないわ。ペグのことがほんとに好きだったのなら、犯人を見つける手伝いをしてくれない？　それがペグの死を悼むための最上の方法だと思わない？」

「帰って、スザンヌ」

言われたとおりにした。だって、ほかにどんな選択肢があるというの？　数少ない友達の一人を失くしたことでギャビーがわたしに八つ当たりしたがっているのなら、話を聞きだすのは無理だ。

ギャビーの店を出ると、二、三秒後に、ギャビーが〝営業中〟のボードを裏返して〝閉店しました〟にし、それから、わたしの背後のドアにあてつけがましくデッドボルトをかけた。

いつもだったら、非公式な調査のときに頼りにできる情報源のギャビーだが、今回はあてにできそうもない。グレースが町に戻ってきたら、ギャビーと話をしてくれるよう頼んでみようかとも思ったが、鋭いギャビーのことだから、わたしに頼まれてグレースが質問しにきたことに気づかないわけがない。

行き止まりだ。こうなったら、ペグ・マスタースンの人生を探るための新たな方法を見つけるのも、何者かがその人生を終わらせようと決めたのはなぜかを推測するのも、自分でやるしかない。

5

「ジャニス、ケーキを注文したいんだけど」三十分後、わたしは〈パティ・ケーキ〉に入って言った。「特別な注文なので、相談に乗ってもらえないかと思って」

　ギャビーと彼女の関係について時間をかけて問いただし、ペグに関してこちらの知らないことをジャニスが何か知っているかどうかを探るために、これがわたしに思いつくことのできた唯一の口実だった。ジャニスの店はあらゆるシチュエーションに合わせてケーキの注文を受けるのを専門にしているが、さまざまな種類のクッキーも販売している。見た目はおしゃれでも、正直なところ、ぜんぜんおいしいと思えない。味にめりはりが利いていない。しかし、ここでそれを持ちだすのは、あまり賢明なこととはいえない。

「何かのお祝い？」ジャニスが訊いた。

　彼女の体形は店の宣伝の役にはまったく立っていない。一日じゅうケーキとクッキーを作っている女性なのに、ガリガリに痩せているため、横を向いたら姿が見えなくなってしまいそうだ。退廃的なお菓子を売る店のオーナーとしてやっていくつもりなら、少なくとも、自分もときたま楽しんで食べているような体形にしなくては。ま、これはわたしの言い訳なんだけど。

「母のためなの」あわててでっちあげた。「もうじき母の誕生日だから、何か特別なものを作ってもらいたくて」

「おたくのお母さん、ケーキは嫌いでしょ」ジャニスが言った。かならずしも真実とはいえない。ジャニスの店のケーキは嫌いだけど、よそのケーキなら喜んで食べる。

「じゃ、大きなクッキーにしようかしら」

ケーキ屋のオーナーはペンを置いた。「ここにきたほんとの目的は何？　おたくのお母さんと無関係だってことは、とっくにお見通しよ。ギャビーの店で彼女とわたしが話してるのを耳にしたんでしょ？　正直に認めなさい、スザンヌ。あなたって、ほんとに嘘が下手なんだから」

「いやでも耳に入るわよ。二人で何を口論してたの？」こんなに簡単に運んでいいの？　求める答えを得ようと思ったら、単純に質問するだけでよかったの？

「あなたには関係ないわ」ジャニスは言った。

簡単路線は消滅。「お客にそういう態度はないでしょ」

「あなたが何も買うつもりのないことは、すでにはっきりしてると思ったけど」ジャニスは精一杯甘ったるい口調で言った。もうっ、感じ悪い。

「ええ、いまのところはね」わたしは言った。「でも、この先、何か買いにこないともかぎらないわよ」

ジャニスは陳列ケースを拭きはじめた。もっとも、わたしから見れば、すでにピカピカだったが。

「ほんとに買いにきてくれたら、信じることにするわ。それまでは、ゴシップやくだらない憶測にふけってる暇なんかないの。とくに、あなたが相手だと」

「どうしてとくにわたしなの？」

「こんなこと、くどくどと議論しなきゃいけないの？」

負けてたまるかと思った。「ええ、そうよ」

ジャニスはケースの上にタオルを放った。

「わかった。どうしてもこの会話を続けたいというなら、やりましょう。あなたはうちの商売を妨害してる。おたがい、わかってるはずよ。ひどい仕打ち。うちの店はあなたがドーナツショップを買いとるずっと前からここにあったんだし、あなたが商売替えをしたあともずっと、ここでやっていくつもりよ」

ジャニスから百ドル札か生きたニワトリを手渡されたとしても、わたしはこれほど驚きはしなかっただろう。「ジャニス、いったいなんの話？」

「とぼけないで」

「誰がとぼけてるのよ？　さっぱりわからない」

ジャニスは言った。「ジャクスンとブライトの結婚式」

そこでようやく、ジャニスの言わんとすることに気づいた。ロビー・ジャクスンと婚約者のヘザー・ブライトが、結婚式には伝統的なウェディングケーキのかわりにドーナツを用意しようと決めた。しかも、大量のドーナツを。わたしはすてきなアイディアだと思った。だって、初めてのデートが〈ドーナツ・ハート〉だったから、二人はそれを記念したかったのだ。その日、エマとわたしは特別シフトに切り替えて、夕方からの披露宴に間に合うよう、閉店したあと長時間かけてドーナツを作った。二人のなれそめを知っている列席者のほとんどが大喜びだった。もっとも、新郎側も、新婦側も、よその土地からきた親戚の何人かは、ドーナツショップに改装された古い駅舎での結婚式に困惑していたが。

「あれ一回だけじゃない」わたしは言った。「うちの店で初めてのデートをしたんだから、仕方ないでしょ。ことわっておきますけど、おたくのウェディングケーキ商売に参入するつもりはないわ。

そんな時間もエネルギーも持ちあわせてないから」

わたしが説明しても、ジャニスの怒りは解けなかった。

「言っておくけど、もう一度あんなことをしたら、今度はわたしがドーナツを作ってこの店で売りますからね」

「いつでも好きなときに作ってちょうだい」わたしは言った。願わくはケーキよりおいしいドーナツを作ってほしいとつけくわえたかったが、言わずに我慢することにした。

そして、おだやかな声で言った。「おたくの得意客を盗むつもりはなかったのよ。ほんとよ」

ジャニスの表情がわずかに和らいだ。たぶん、わたしの言葉を信じてくれたのだろう。

「あら、そう？」

わたしは深く息を吸い、それから尋ねた。

「ペグ・マスタースンの身に何があったのか、話すことにしない？　それとも、少し前にギャビーの店であなたと彼女が殴り合いでも始めそうな雰囲気だった理由を、わたしに話すほうがいい？」

「スザンヌ、さっきも言ったように、こんなところに突っ立ってあなたとしゃべってる暇なんかないの。注文がたくさん入ってるし、あれこれ用事を片づけなきゃいけないの」

「どうぞ。でも、警告しとくけど、あなたから話を聞くまでは帰らないわよ」

「へーえ、そう？　警察がどう言うか見てみましょう」ジャニスはそう言いながら受話器に手を伸ばした。

わたしも負けたときは潔くあきらめる。「電話の手間は省いてちょうだい。帰るから」

ジャニスの顔に、してやったりという表情が浮かんだ。こんな表情、いまに消してやる。

ドアに手をかけて、わたしはつけくわえた。

「ひとつだけ覚えといて、ジャニス。真相をつかむまで、わたしはあきらめない」

「脅しなの、スザンヌ？」

「いえいえ、とんでもない。約束よ」

調査を進めるためにつぎはどこへ行こうかと考えながら、ケーキ屋を出た。これまでのところ、キャットショーに飛び入り参加した犬ぐらいの人気しか得ていないが、そんなことでへこたれるつもりはなかった。

ほかにどこを調べるべきか、わかればいいのに。ジョージにはペグの近所の人々に話を聞いてみると言ったが、その人たちからどんな話が聞きだせるか疑問だった。

べつの計画を立てる必要がありそうだ。


少なくともいまのところ、なんのアイディアも浮かばなかった。家に帰って、軽く何か食べ、緊張をほぐしてからベッドに入ることにした。ジョージが手がかりを探しに出かけてくれているし、わたしのほうは、何か計画を立てないことには、よろよろ歩きまわったところでなんの役にも立たない。けさは珍しく朝まで寝たら、悲惨な一日になってしまった。だから、いまは一刻も早くいつものスケジュールに戻りたい。

正直なところ、わたしはこれまでどおりの日常を、自分で認める気になれないぐらい必要としていた。ドーナツはつねに変わらない。予想どおりにできあがり、品質は安定している。

眠っていても作れるほどで、ときには、本当に眠りながら作っているような気がするほどだ。翌日に何があるかわかっていれば、とても気分が楽になる。少なくとも、たいていの日はそうだ。

家までのわずか数ブロックを車で走り、いつもの駐車スペースにジープを入れたとき、携帯が鳴りだした。

発信者番号をチェックし、誰がかけてきたのかを知って驚いた。トリッシュ・グレンジャーがいったいなんの用？

それを知る方法はひとつしかない。いかに疲れていようとも。

「もしもし、トリッシュ。どうしたの？」

「わ、ごめん。疲れた声ね。電話しないほうがよかったかも」

腕時計をちらっと見ると、ようやく午後五時をすぎたところだった。

「バカね。わたしは元気よ。もっとも、長い一日だったことは認めるけど」

「べつにたいした用件じゃないのよ」トリッシュは言った。「明日あらためて電話をくれる？話はそのときに」

「トリッシュ、大丈夫だってば。わたしは元気なの」

「オーケイ、わかった。うちのダイナーであなたがジョージとしゃべってるのを耳にして、ペグ・マスタースンの事件をあなたたち二人が調べるつもりだってわかったの。盗み聞きするつもりはなかったのよ」トリッシュはあわててつけくわえた。「でも、あの店がどんなに小さいかわかるでしょ。声がけっこう響くのよね」

今日一日、人から何か訊かれるたびにはぐらかしてきたので、もううんざりだった。

「それは認めるわ。ジョージもわたしも、警察の疑いがわたし一人に向くんじゃないかって心配してるの。わたしがやってないことはたしかなのに。ペグ・マスタースンの身に本当は何があったのか、自分で探る以外に方法がないの。でしょ？」

「全面的に賛成」トリッシュは言った。「だからこうして電話してるの。あなたの役に立ちそうなことを小耳にはさんだから」

「聞きたい」

トリッシュはしばらく沈黙し、それから言った。

「二分前に、誰かがこう言うのを耳にしたの——ペグが殺されても、金物店のバート・ジェントリーは思ったほど動揺していない、って」

バートのことなら、わたしは小さいころから知っている。

「どうしてバートが動揺しなきゃいけないの？」

「知らなかったの？　あの人、ペグとつきあってたのよ。少なくとも、先週ペグが彼と喧嘩して別れを告げるまでは。二人のことは町じゅうの人が知ってると思ってた」

「どうやら、あなたが思ってるより、秘密は厳重に保たれてたようね」わたしは言った。バートとペグが交際してたなんて、わたしの友達は誰もひとことも言ってなかった。わたしも、友達も、エイプリル・スプリングズで起きていることなら残らず知ってるつもりだったのに。

「そのようね。警察は二人のことを知ってると思う？　ペグ殺しの容疑者だとみなすかも。あなた以外にって意味よ」

「あなたから警察に話してくれない？」わたしは言った。

「自分で話したら？」

わたしはためいきをついた。「トリッシュ、わたしがそんなことを言えば、警察はたちまち、罪を逃れるためのでっちあげだと思いこむわ。いまのところ、わたしよりあなたのほうが信用してもらえそうよ」

「さあ、どうかしら、スザンヌ。わたし、関わりあいになりたくない」トリッシュは言った。

「わたしがどんな思いをしてるかわかる？　殺人事件の捜査の渦中にいるのよ。生まれたての子羊みたいに無垢なのに」

「じゃ、やってみる。いますぐ署長に電話しとく」

「署長がなんて言ったか教えてね」

「わかった」

電話を切って顔をあげると、ポーチに母が立っているのが見えた。

ジープをおりるわたしに母が言った。

「家に入る気があるのかどうか、首をかしげてたところよ」

「電話に出てたものだから」

「ジェイクが町に戻ってるそうね。夕食にきてくれないかしら」

「無理だわ、ママ。ペグ・マスタースン殺しの捜査をしてるあいだ、わたしと出歩くのはまずいと思ってるようだから、近いうちにデートを再開できる見込みはなさそうよ」

母は眉をひそめた。「くだらない」

「ほんとのことを言いましょうか。わたし、時間があったから考えてみたんだけど、やっぱりジェイクの意見が正しいような気がするの」

コテージに入りながら鼻をひくつかせると、突然、母の有名なミートローフのおいしそうな匂いに包まれた。「それに、ジェイクを呼んだら、わたしの夕食を彼に分けてあげなきゃいけないし」

「大きなミートローフを作ったから、何人で食べても充分にあるわよ」

「わたしがどんなにおなかをすかせてるか、ママ、知らないでしょ。もう用意できてる?」

「あなたさえよければ、いつでも食べられるわ」

わたしは食卓につき、ミートローフ、マッシュポテト、サヤインゲンを皿にとった。大好きな献立のひとつ。

食事の前の祈りを捧げてから、ミートローフをフォークに刺して口に運ぼうとしたとき、携帯が鳴りだした。

「放っておきなさい」母が言った。電話で食事の邪魔をされるのが嫌いな人で、テーブルに携帯を持ちこむのは禁止とまではいかなくても、食事中にわたしが電話に出るとひどくいやな顔をする。

発信者番号を見てみると、トリッシュからだった。

「ごめん、ママ。これだけはどうしても出なきゃ」

「でも、食卓での電話はやめて」

わたしは顔をしかめ、口もとで静止したままだったミートローフを口に押しこんでから、席を立ち、玄関前のポーチに出た。

「もしもし、トリッシュ。署長はなんて言ってた?」

「あなたの言ったとおりよ。わたしがあなたを助けようとしてるだけだと思ったみたい。署長があなたを逮捕するつもりでいるなんて、あなたの病的な思いこみのような気がしてたけど、そうも思えなくなってきたわ」

署長の反応は意外だとトリッシュに言えればいいけど、それは無理だった。

「あなたが警察に電話してくれた。大事なのはそれよ。信じてくれてありがとう」

「スザンヌ、わたしたちは永遠に友達よ。わたしはいつだってあなたの味方、忘れないでね」

「わかった」わたしはそう言って電話を切った。

マーティン署長にバートと話をする気がないのなら、わたしが自分でやるしかない。でも、金物店はすでに閉まっているから、よほどの理由がないかぎり、店に押しかけるわけにはいかない。明日まで待つしかない。

彼の店へ出かけて、現実に何が起きているかを探ることにした。

美味なる食事のあと、皿洗いを終えようとしたときに、ふたたび携帯が鳴りだした。母はカウチにすわって、またしてもアガサ・クリスティー全集と格闘している。わたしは最後の皿を水切りかごに入れてから電話に出た。

「スザンヌ・ハート、射殺してやる」グレースの声が聞こえた。

「今回は何か特別な理由でも？　それとも、ただの意地悪？」

「ペグ・マスタースンがあんなことになったのに、あなたは電話もくれなかった。わたし、エマから聞いたんだからね」

「なんでエマが電話したの？」

「あの子に八つ当たりしないで。エマはあなたのことが心配だったの。でも、もう大丈夫。明日の朝、そっちに帰るから」

「わたしのために旅行をキャンセルすることないのよ」

「くだらない。会議は午前中で終わったから、あとは夕方まで〈ベアフット・ランディング〉でショッピングしてたの。明日は何も予定なし。マートル・ナショナルでゴルフコンペがあるだけ。まじめな話、どっちにしても早めに帰るつもりだったの。ランチタイムに会いましょ」

「助かる」わたしは正直に言った。グレースがそばにいてくれれば心強い。単なる仲のいい友達というだけではない。必要なときに寄りかかることのできる岩であり、この前、わたしが勝手に事件を調べたときは相棒になってくれた。容疑者と動機のリスト作りにはあまり興味を示さないが、演技をさせれば天才的で、真相を突き止める助けになるとなれば、グレースが演ずるのをためらう役柄は何もない。

「じゃ、明日ね」グレースは電話を切った。

電話のことなど母はすっかり忘れているだろうと思ったのに、『アクロイド殺し』から顔をあげ、読みかけのページに指をはさんで訊いてきた。「誰だったの？」

「今日の騒ぎをグレースが知ったところなの」

「たしか、町にはいないはずよね」母は言った。

「そうだったのよ。いえ、いまもそう。けど、明日帰ってくるんだって」

母からいつもの目で見られた。「スザンヌ、まさかこの事件にグレースをひきずりこむ気じゃないでしょうね」

「ママ、わたしはね、いやがる相手を無理やりどこかへひきずりこむようなことはしません。グレースはわたしの友達で、わたしを支えるために帰ってこようとしてるの」

「いい人ね」母はそう言ってから、読書に戻った。

わたしはこっそり二階の自分の部屋へひきあげた。明日はまたドーナツ作りで大忙しだ。この町には日曜の営業に眉をひそめる人たちもいるが、日曜学校があったり、週末のちょっとした退廃に身を委ねたい人々がいたりするので、一週間でいちばん忙しい。休みなしで毎日営業することを自分で選んだのだ。常連客のほとんどは便利だと言って喜んでくれている。

ベッドに入る支度をするあいだも、わたしは電話に視線を貼りつけたままだった。最初は無意識のうちにやっていた。わたしったら、ジェイクの電話を待ってるの？　当分のあいだ忙しいとジェイクにはっきり言われているし、エイプリル・スプリングズにいるあいだに彼がわたしのことを考えるとすれば、たぶん〝殺人事件の容疑者として〟だろう。

ベッドに入るまでの時間つぶしに、母の助言に従って、何かおもしろそうな本を読もうと決めた。今夜はキャロリン・G・ハートの作品をしばらく読むことにした。アニー・ローランス・ダーリングの活躍こそが、わたし自身のトラブルを忘れるのにまさに必要なものだった。


ようやくうとうとしかけたとき、ベッドの横で携帯が鳴った。マナーモードにしておくのを忘れていた。携帯をつかみながら、ジェイクならいいのにと無意識に思っていた。

そんな幸運には恵まれなかった。

「もしもし、スザンヌ？　ヘザー・マスタースンよ」

「あら、ヘザー」あくびをこらえて、わたしは言った。

「わ、いけない。電話するのが遅すぎた。そうよね？　わたし、大学生活の時間帯に慣れてしまってるんだわ。あ、待って、まだ十時よ」

「ええ。でも、わたしは毎日午前一時に起床なの」

「お店で売るドーナツをこしらえるには、誰かが早起きしなきゃいけないことぐらい、わたしも気づくべきだった。迷惑かけてごめんなさい。もう一回寝てちょうだい」

「ううん、大丈夫よ」目をこすりながら、わたしは言った。「話ぐらいできるから。どうしたの？」

「頼みたいことがあったんだけど、こんな遅くに電話したんじゃ、出だしからつまずいちゃったわね」

「なんなの？　わたしで間に合うのなら、なんでもやるわよ。ひとこと頼んでくれれば、それでオーケイ」

ヘザーは躊躇し、それから言った。「ペグ叔母さんの遺品整理をしてるんだけど、どう処分すればいいのかわからない品がたくさんあるの。服や何かの整理を手伝ってくれて、どれを残しておけばいいのか教えてくれそうな人を、誰か知らない？　わたし、そういう才能に恵まれてないから、価値のある品をうっかり処分するようなことはしたくないの」

「わかった」誰に助けを求めればいいだろうと考えながら、わたしは言った。

なかなか返事がないのをヘザーが誤解したらしく、あわててつけくわえた。

「この家に必要以上に滞在するのが耐えられないの。あなたの言ったとおりだったわね。お葬式の手筈は整えたから、すべて片づけて早く大学に戻れれば、それに越したことはないわ。こんな悲しみに包まれてすごすのは耐えられない」

「わたしが手伝うってのはどう？」ハッとひらめいて、わたしは訊いた。ペグのことを探るのにいちばんいい方法は、彼女の所持品を調べることだ。

「お店があるでしょ」

口から出まかせで、わたしは言った。「ドーナツさえ作ってしまえば、あとはアシスタントにまかせても大丈夫。そうだわ、もっといいことを思いついた。正午まで待ってくれたら、店を閉めてからそっちへ行くわ。そうすれば、アシスタント一人に押しつけずにすむし」

「そこまでお願いするのは厚かましすぎるわ」ヘザーは言った。ためらいがちにつけくわえた。「たいしたお礼もできないのよ」

「そんなこと心配しないで。あなたの役に立てるのなら、喜んでやらせてもらう」

「ありがとう、スザンヌ。あなたがいなかったら、わたし一人じゃとってても無理だわ」

「まかせといて」

電話を切ったあと、もう一度眠りにつこうとしたがだめだった。突然、ペグの近所の人々に話を聞くのを忘れていたことに気づいたが、いまとなっては、もう問題ではなかった。明日になれば、ペグの家に入れる。そこで何かわかるのなら、その機会を最大限に利用しなくては。

本を手にとってふたたび読みはじめたら寝つけなくなることはわかっていたので、かわりに暗闇のなかで横になったまま、今日一日の出来事を頭のなかから追い払おうと努めた。

ほんの少ししか成功しなかったが、それでも、ふたたび起床して新たな一日をゼロからスタートする前に、眠りにつくことができた。


翌日は午前一時少し前に目がさめた。あと十分で目覚まし時計が鳴るはずだが、目がさめたのは雷鳴のせいだった。窓の外に目をやると、闇を透かして、夜のあいだにひどい雨になっていたことがわかった。

ブルーリッジ山脈の山裾にときどき訪れる陰気な一日になりそうで、〈ドーナツ・ハート〉の客足が遠のかないようにと、わたしは願った。毒殺事件のせいで、いずれにしろ常連客の一部を失うことになりそうなのに、土砂降りでほかの客にもきてもらえなくなったら大変だ。今日は店をあけても、エマとわたしだけになるかもしれないが、いまから心配しても始まらない。ドーナツ作りが待っている。買ってくれる客がいてもいなくても、とにかく準備をしなくては。

そっと着替えをして、冷蔵庫のヨーグルトをつかみ、出かける支度ができるころには雨があがっていますようにと願いつつ外に出た。だめだった。どしゃ降りで、わたしが選んだ小さな傘では太刀打ちできなかった。

二十歩も行かないうちに、ずぶ濡れになってしまった。

ジープでのろのろと店に向かい、ようやく、事故を起こすことなくたどり着いた。少なくとも、ほかの車はまったく走っていなかった。

驚いたことに、ジープを止めると、エマがすでに店にいてわたしを待っていた。

エマは客の一人が忘れていったゴルフ用のばかでかい傘をひらいて、走りでてくると、わたしを店内に連れて入った。もっとも、こちらはすでにずぶ濡れだったが。

「すごいわね」店に入りながら、深夜のこの時刻にしては熱っぽすぎる口調で、エマは言った。「あたし、雷が大好きなの。あなたは？　なんか、すごくロマンティックでしょ」

わたしは濡れた髪にタオルを押しあてた。「そうね、魔法の国にきたみたい」無表情な声で答えた。

「ねえねえ、コーヒーを飲めば元気になるわ。もうポットに用意してあるのよ」

わたしはエマからマグを受けとり、ホッとしながらひと口飲んだ。

「ところで、いつからここに？」

エマはニッと笑った。「正直に答えたほうがいい？　ぜんぜん寝てないの。ポール・シムズとデートして、一時間前に車で送ってもらったのよ。あなたがくるまで一緒にいようって言ってくれたけど、あたし、そんなことしなくていいって彼に言ったの」

「あなたの人生に登場した新たな男性？」

「今夜が初めてのデート。交際が始まるときって、わくわくするわ。そう思わない？」エマはちょっと黙りこみ、それからあわてて続けた。「あ、あの、あなたとジェイクの仲がマンネリ化してるって意味じゃないのよ」

わたしは一瞬エマに目を向けた。「あのね、わたし、あなたのために喜んでるのよ。ほんとよ。でも、わたしの恋愛を話題にするのはやめましょ。わかった？」

「了解」エマは言った。彼女の浮き浮き気分に水を差すのはいやだったが、ロマンスの芽生えにエマが有頂天になったときは、なるべく距離を置くようにしている。

「今日のスペシャルは何にするの？」エマが訊いた。

「いつもどおりにやりましょう。まずケーキドーナツを作って、そのあとでイーストドーナツ」

最初にケーキドーナツを何種類か作った。プレーン、オールドファッション、パンプキン、オレンジスパイス、アップルシナモン、レモン。これらを揚げ、グレーズをかけたあとで、フライヤーの設定温度を百八十五度にあげた。スタンドミキサーにすでにイーストとぬるま湯を入れてあるので、そこに小麦粉八キロを加え、混ぜあわせるためにスイッチを入れ、タイマーを五分にセットした。

タイマーが鳴ったところで、ミキサーのスイッチを切って、ビーターをはずし、ミキサーに入ったままのボウルに布巾をかけた。タイマーを四十分にセットしなおし、ようやく、しばらく休憩できる時間になった。エマとわたしは店の表で休憩をとるのを楽しみにしている。あたりがまだ暗くて静かなので、二人で全世界を独占しているような気分になれる。すさまじい勢いで降りつづける雨でさえ、わたしたちを店内にとどめておくことはできなかった。店の表の日除けが、ハリケーンの暴風雨以外ならどんなものからもわたしたちを守ってくれる。屋外でドーナツを食べたい人のために、店の外に簡素なテーブルとおそろいの椅子が二組置いてあるが、椅子がずぶ濡れだったので、二人で日除けの下に立って雨をながめた。

「ほんとに、そんなものを食べる気なの？」

わたしの質素なおやつを指さして、エマは言った。エマが休憩時間にコーヒーを飲みながら食べるのは、いつもパワーバーと決まっているのに対して、わたしのほうは、そのときのダイエット状態によってさまざまに変化する。今日はライスケーキ。二、三日前に体重計に乗り、ドーナツがウエストラインにどんな影響を及ぼすかを知ってギョッとしたからだ。

わたしはうなずいた。「悲しいけど、店の商品の試食をやめられるようになるまで、これで我慢するしかないの。ウォーキングをやっても、最近は前ほど効果がないみたいだし」

エマはパワーバーをもうひと口かじってから言った。

「何かで読んだんだけど、女性は年をとるにつれて新陳代謝が悪くなるから、体重を落とすのがむずかしくなるんですって」

「すてきね。その記事には、雨は水分、火は燃えるもの、ってことも書いてあった？」

エマは小さな声で言った。「べつに深い意味はなかったのよ、スザンヌ。興味があるかなって思っただけ」

わたしはおだやかに笑った。「ごめん。町の人たちに人殺しだと思われそうな気がして、神経がとがってるだけだと思う。ジェイクがどう思ってるかなんて、話題にしたくもないし」

「心配しないで。そのうち顔を出すわよ」エマが言った。

「ま、様子を見ることにしましょ」腕時計に目をやると、休憩時間はあと二、三分残っていたが、会話の雰囲気と激しい雨のせいで気分が落ちこむばかりだった。「わたし、店に入るけど、まだ二、三分あるから外にいてくれていいのよ」

エマは言った。「ううん、あたしももう入ることにする」

店のなかに戻った三分後にふたたびタイマーが鳴った。仕事を再開する時間だ。生地をカウンターに移し、叩いてガス抜きをし、つぎの作業に入るまでさらに十分待つことにした。

もう一度タイマーが鳴ったあとで、生地をいくつかに分けて作業にとりかかった。打ち粉をした作業台の上で、ひとかたまりの生地を伸ばし、五ミリ程度の厚さになったところで、いよいよ型抜きだ。ここからが楽しい。どこの天才がカッティングホイールを発明したか知らないが、できることなら、その人にコーヒーをごちそうしたいくらいだ。子供のおもちゃみたいに見えるアルミ製の器具で、片手でころがせるホイールにドーナツとホールをカットするための抜き型が連続して並んでいる。カットする手順はきわめて簡単。手前の端をスタート地点にして、ホイールをころがしていくと、完璧な輪をしたドーナツがあとに残され、同時にホールもカットされる。残った生地は軽くこねてから、集めて大きなかたまりにしておき、あとで使う。ドーナツの輪をトレイに並べてからエマに渡すと、エマが発酵装置《プルーファー》に入れてくれた。専門店へ行けば、もっと高級な装置がいくらでもあるが、うちの発酵装置だってちゃんと働いてくれる。断熱式の底に白熱電球をセットして加湿器をつけた、いい加減な箱にすぎないとしても。ひとつのトレイにドーナツを二十五個のせる。ドーナツホールの場合は、百個ほどのせることにしている。最初の生地の分が発酵装置に収まったところで、タイマーを二十八分にセットして、集めておいた生地の切れ端で作業にとりかかった。ふたたび伸ばし、さらにドーナツをカットしてから、同じ手順を繰り返す。しかし、今度はビスマルク・カッターを使う。長方形のグリッドがついたカッターで、これも完璧な形に生地をカットすることができる。これを使って、ロングジョン、ハニーバン、ツイストドーナツ、パインコーンなど、そのときのわたしの気分に合わせてあれこれ作ってみる。最後にほんのわずかな生地が残るが、これは硬すぎて、フライドパイやフリッターにしか使えない。幸い、こういうのが好きなお客もいるので、作業を終えたときには、生地はひとかけらも残っていない。

発酵装置での二次発酵が終わると、ドーナツの輪をフライヤーに投入する時間だ。一度に十八個ずつ。両面をそれぞれ四十五秒ずつ揚げれば、油を切ってグレーズをかける準備完了。つぎはドーナツホールを油に入れ、それが揚がるのを待つあいだに、エマがロープパンをとりだし、グレーズをすくって、イーストドーナツにかける。余分なグレーズはスロープを流れ落ちてもとの容器に戻っていくので、エマはグレーズをかけおわったドーナツを陳列用のトレイに並べ、ワゴンの棚にトレイを置く。それと同時に、わたしがドーナツホールをラックに並べ、エマが同じ手順を繰り返す。つぎは、今日のスペシャルを熱した油に投入。揚げて、グレーズをかけて、トレイに並べる作業が延々と続く。作業がこの段階に入ると、おしゃべりしている時間はあまりないが、店の陳列ケースにドーナツが並んだところで、ホッとひと息ついて、開店時刻がくる前に軽く掃除をし、ご褒美の休憩をとることができる。ドーナツ作りというのはかなりの重労働だが、それぞれのドーナツを作るのにどれだけ手間がかかるかを知っている人はあまりいない。でも、わたしはかまわない。わたしにとって大切なのは、みんながドーナツを楽しく食べてくれること。お客の満足そうな笑顔を見れば、楽しんでくれているのがわかる。

奥でラックをいくつか洗っていたとき、エマが時計に目をやった。

「そろそろ開店の時間よ」

わたしは肩をすくめた。「お客さんがくるってほんとに思ってる?」

「もちろんよ」エマは言った。「あたし、友達のことを信用してるもの」

「わたしもそう言えればいいんだけど」わたしはようやく、外をのぞく勇気をふるいおこした。驚いたことに、雨のなかで人々が列を作っていた。みんな傘をさして、店に入るのを待っている。

わたしはエマに言った。「信じられない。ちょっと見て」

わがアシスタントは泣きだしそうな顔になった。「オーケイ、ごめん。あたし、わざと強がってたの。心配しないで、スザンヌ。そのうちまた忙しくなるから」

「それは困るわ。これ以上忙しくなったら、スタッフを新たに雇うしかなくなるもの」

エマはひどく困惑した様子だった。「いったいなんのこと?」

「ほら、見て」

エマはわたしと一緒に厨房のドアを通り抜け、店に入ろうとして待っている行列を目にした。

わたしを見つめて言った。「信じられない」

「ほらほら、信じたほうがいいわ。ドアのロックをはずすから、午前中の重労働を覚悟してちょうだい」

「それなら大歓迎」カウンターの奥の持ち場について、エマは言った。

客に入ってもらうためにドアをあけると、一人一人が店に入るさいに、やさしい言葉をかけてくれた。

列の最後のほうにジョージがいた。

店に入って帽子をポケットに押しこんだ彼に、わたしは訊いた。

「これ、あなたのおかげなの?」

ジョージは言った。「おいおい、あんたの友達はわたし一人じゃないだろ」

彼の言葉を信じていいのかどうかわからなかったが、「お礼を言うわ。きてくれて。それから、わたしを信じてくれて」と言った。

ジョージが最後にひとつだけ空いているボックス席にすわったあとで、わたしは急いでエマを手伝いにいった。みんなが示してくれた厚意は、わたしにとって、世界じゅうの富を合わせたよりも貴重だった。わたしが頼りにできる唯一の通貨は友情で、この瞬間、わたしが目にしているものからすると、わたしはノースカロライナ州でもっとも裕福な女性の一人と言えそうだった。

6

十一時には、店のドーナツは完売していた。〈ドーナツ・ハート〉をオープンして以来、こんなことは初めてだ。エマにゆっくり休んでもらおうと思い、店を閉める十分前に家に帰した。当然のご褒美だ。ジョージがあとでまたくると言って帰っていったが、わたしのほうは、彼を待つつもりはなかった。尋問すべき容疑者が見つかったのだ。バート・ジェントリーにどう質問すればいいのかと、朝からずっと考えていた。金物店の店主がわたしの質問にちゃんと答えてくれるよう願うしかない。ヘザーに会ってペグの家の整理を手伝うまでにあと一時間あるので、その空き時間を利用するつもりだった。夜の何時ごろまでペグの家にいることになるのか、予測できないからだ。

最後の客をドアから送りだしたとき、ひらいたドアから男性が飛びこんできた。

「すみません。もう閉店なんです」わたしは男性に言った。

「ほんの一秒ですむから」男性はそう言いながらわたしの横を通り抜けた。

ドーナツは売り切れだと、わたしが言おうとしたとき、男性はウィンドーを軽く叩いた。

そこに営業時間が書いてある。「まだ一時間もあるじゃないか。あんたが早めに店を閉めるのを、オーナーは知ってるのかね？」

「店がどうなっているのか、オーナーはちゃんと把握しています」わたしは言った。

男性はわたしに笑顔を見せた。「あんたが何時に店を閉めるかまでは知らないんじゃないかな。あ、心配ご無用。早めに帰る気でいることは内緒にしとくから。ドーナツを三個包んでくれ。そうしたら、退散しよう」

「すみません。ご希望に添いかねます」

男性はここで初めて、レジの背後にあるからっぽの陳列ケースに目を向けた。

「奥に何かあるだろうが」

「いえ、いまも言ったように、閉店なんです。すべて売り切れてしまったので」

男性は首をふった。「売りもののドーナツも充分に用意できないのなら、これから先、どうやって店をつぶさずにやっていく気だ？」

わたしは身を乗りだして言った。「店のオーナーの女性がね、変わり者の年寄りなんです。毎朝、コーヒーを飲みながら揚げたてのドーナツを食べるのが好きで、オーナーから見れば、店で売るドーナツはおまけみたいなものなの」

男性は首をふりながら、ドアのほうへ向かった。

「たとえ千年生きたとしても、小さな町の生活は理解できそうもない」

「小さな町で育った人じゃなさそうね」

「そうなんだ。シカゴの出身だ」

「じゃ、こうしましょ、シカゴさん。明日もう一度来てくれたら、ドーナツを一個サービスします。小さな町の魅力として、そういうのはいかが？」

「勝手にサービスなんかして、オーナーにクビにされるのが怖くないのかい？」

わたしは男性に微笑した。

「ええ、オーナーはわたしがいないと生きていけないから。じゃ、明日ね」

「明日もまだこの町にいたら、その言葉に甘えるとしよう」男性は店を出るときに笑顔で言った。

まだまだ客がくるかもしれないので、早めに閉店したというメモを表のドアに急いでかけて、それから金物店へ向かった。バートと話をして、ペグ・マスタースンとの人目を忍ぶ関係について彼がなんと言うか、聞きださなくては。

「バートはいる？」

〈ジェントリー金物店〉に入って店員に尋ねた。かなり古い建物で、外側は風雨にさらされたレンガ造り、なかに入ると木の床が傷だらけで、どこを見ても百年以上使われてきたことがわかる。この店では、ケースに入ったナットやボルト、釘があふれんばかりに入った金属製のバスケット、クリスマスの靴下みたいに吊るされた園芸用具といった、ふつうの金物店に置いてある商品のほかに、鉄道模型や、ドールハウスや、ありとあらゆる趣味に熱中する人々のためのホビーキットなども扱っている。わたしがこれまでに足を踏み入れたなかで最高に品ぞろえが豊富な店なので、いつもだったらここにくるのが大きな楽しみだが、今日だけはどうも気が重かった。

「奥のオフィスにいますよ、スザンヌ」若い店員が答えた。それが誰なのか気づくまでに、しばらくかかった。

「ピート？　まだ学校に通ってると思ってた」ピート・エヴァンズはひょろ長い金髪の若者だ。ようやく筋肉がつきはじめているが。

「いいえ。六月に卒業して、一週間後にフルタイムでここで働きはじめたんです」

「おうちの人たちは元気？」

「元気ですよ。スザンヌがそう訊いてくれたって、家族に言っておきます」

「よろしくね。じゃ、あとで」

奥にあるバートのオフィスへ向かいながら、光陰矢の如しだとしみじみ思った。ひとつ年をとるごとに、時間の流れが速くなるような気がする。二十年か三十年後にはどんな感じになっているだろう？　町でおこなわれるキリスト降誕の芝居で、本物の動物を使うことが決まった年に、ピートが羊飼いの一人を演じたことを、わたしはいまでも覚えている。芝居の途中でロバが逃げだし、羊がその習性からあとに続いた。動物たちを囲いのなかに戻そうとして、てんやわんやの騒ぎになったが、無事にふたたび集めてから、出演者たちは本来の台本を縮めて大急ぎで芝居を終わらせ、全員が町役場の地下室に集まって熱いココアとクリスマスクッキーを楽しんだ。

本当に六年前のことだったの？

わたしは過去のそうした場面を頭から追い払い、現在に集中しようとした。バートから話を聞く必要がある。古い友人としてではなく、殺人を犯した可能性のある男性として。もっとも、わたし自身はまだ信じられない気持ちだが。

「バート、ちょっと時間ある？」

あけっぱなしのオフィスのドアに首を突っこんで、わたしは尋ねた。バート・ジェントリーはもうじき六十歳。豊かな赤毛がいまも自慢でならないようだ。この年になってもハンサムで、オフィスに飾ってある何枚かの古い写真からすると、若いときはきっと女性にモテモテだったことだろう。

「スザンヌ、どうしたんだい？　わたしと話がしたくてドーナツショップを早めに閉めたわけじゃないよな？」

「違うわ。信じてもらえないかもしれないけど、今日の分のドーナツが売り切れてしまったの」

バートはニッと笑って、椅子にもたれた。木製の古い回転椅子で、肘掛けには長年使いこまれたことを物語る傷がたくさんついている。

「うちの店もそうだといいのに。在庫が一掃できたら、フロリダ・キーズ行きのつぎの飛行機に飛び乗りたいね」

「ほんと？　さっさとよそへ行っちゃうタイプには見えないけど」わたしは言った。

「ときたま、放浪したくてたまらなくなるんだ。もっとも、ノースカロライナのこの小さな町以外で暮らす自分は想像できないが」

「わたしも。たとえここで不幸なことが起きたとしても」

バートは椅子にきちんとすわりなおした。

「今回の出来事をほのめかすのに、あんた、ずいぶん不器用なやり方をするもんだな。彼女が逝ってしまったなんて、まだ信じられないよ」

「町で耳にした噂だと、あなたたち、かなり親しかったそうね」わたしはバートの表情を注意深く見守りながら言った。でも、バートが何か隠しているとしても、わたしには読みとれなかった。

バートは低く笑った。「みんな、噂話が好きだからな」

「ほんとのことなの？　最近になって別れたの？」

それがバートの注意を惹いた。「町の連中はそんなことを言ってるのかい？　ま、驚きもしないが。噂なんて、どうせ半分以上がでたらめだ」

「じゃ、ほんとのところはどうなの？」

バートは額をさすり、それから、おだやかな口調で訊いた。

「なんでそんなに訊きたがるんだね？　あんたには関係ないことだ。そうだろ？」

柔らかな言い方ではあったが、何かひっかかるものがあった。そこにあるのは怒りや罪悪感ではなく、敵意だった。

「ペグはうちの店のドーナツを食べて死んだのよ。わたしの汚名をそそいで商売を続けていこうと思ったら、口出しする権利があるわ」

「たしか、今日は売り切れだと言ったはずだが」バートはデスクにのっていた二十五セント硬貨ぐらいの大きさの精製されていない銅をいじりながら言った。「商売にそれほど響いてないってことだろ」

わたしは肩をすくめた。「今日のところはね。友達がわたしを励まそうとして、たくさんきてくれたの。でも、明日はどうなるかしら。あさっては？　事件がなかなか解決しなかったら、わたしはどうなるの？　警察が解決してくれるのをのんびり待つわけにはいかないわ」

バートは銅に視線を据えたままうなずいた。

「あんたがつきあってる若い男はどうなんだ？　きのう、町に戻ってきたそうだが。きっと、あんたの疑いを晴らすために全力をあげてくれるさ」

バートは彼自身からわたしへと巧みに話題をすり替えた。ならば、こっちもお返しだ。

バートの言葉は無視することに決めた。

「じゃ、町の噂のどういう点がでたらめなの？　ペグと別れたってほんとなの？　それとも、デートもしてなかったの？」

バートは首をふった。「デートという言葉はどうしても好きになれなかった。シニア二人が一緒に時間をすごすのにふさわしい言葉ではない。ペグとはたしかに会ってたよ。だが、ごく軽いつきあいだった。円満に終わりを告げることになったが」

「何があったの？」

一瞬、答えてもらえないかと思ったが、しばらくしてからバートは言った。

「ほかの女性に出会った。それだけのことさ」

「誰なの？」

バートは首を横にふった。「スザンヌ、わたしは秘密をべらべらしゃべるような男ではない。昔からそうだったし、いまさら変えるつもりはない」

「名前を教えてくれるだけでいいのよ」悪いとは思いつつ、わたしは強引に迫った。

「いや、聞きだそうとしても無駄だ」

バートはそう言いながら立ちあがった。わたしが何年も前から知っている愛想のいい年配の男性ではなくなっていた。わたしのせいで激怒して、いつもの控えめな態度は消し飛んでいた。

尋問が終わったことは明らかだったので、退散しようとしたそのとき、ピートがオフィスにやってきた。

「バート、マージから電話ですよ。今夜の夕食にくる予定が変わってないか、訊きたいそうです」

バートはすさまじい怒りの形相になった。「ピート、レジは誰の担当だ？」

「ぼくです」若者は答えた。

「ほう、そうかね？　わたしのオフィスに立ってるように見えるが」

「すいません。すぐレジに戻ります」

ピートが立ち去ったあとで、バートはわたしを見て、かすかに苦笑した。

「いまのをあんたが聞き逃したはずはないよな」

「ごめんなさい。ピートにとばっちりがいくと困るけど、いやでも聞こえてしまったわ。マージなの？　ほんとに？」

「すばらしい女性だ。一緒にいると楽しいし、料理もかなりの腕前だ。わたしは彼女を笑わせてやれる。つまり、おたがいにメリットがあるわけだ。スザンヌ、われわれは六十代、まだ枯れてないんだよ」

「枯れてるなんてひとことも言ってないわ」

「マージにうるさく質問しないでほしい」バートはわたしと一緒にオフィスを出ながら言った。「殺人事件のことで質問攻めにされたら、わたし以上に神経がまいってしまうだろうから」

「あなたを質問攻めになんかしてないわ」わたしはあわてて言った。もっとも、まさにそれがいまわたしのやったことだけど。

バートは笑っただけだった。「だったら、あんたが入ってきたあと、顕微鏡で調べられてるような気分にさせられたのはなぜかな？　あんたを安心させておこう。わたしはやってない。マージもやってない」

「時間をとってくれてありがとう」表のドアのところでわたしは言った。

「なあ、今後はもう調べてまわったりしないよな？」

わたしはとっておきの笑顔を見せた。

「やめる可能性は万にひとつもないわ。それぐらいわかるでしょ」

バートもわたしに笑顔を返した。

「やれやれ、そんなことだろうと思ってた。昔から頑固な女の子だったもんな」

「大人の女性に成長したいま、それがさらに強化されたと思っておいてね」

バートは黙ってうなずき、わたしはジョージと会うために〈ドーナツ・ハート〉に戻った。

バートとの会話から貴重な情報が得られた。本当にペグとつきあってたんだ。それから、ピートの不注意のおかげで、バートがマージとつきあいだしたことも初めてわかった。大きな収穫だ。バートは本当のことを言っているのだろうか。わたしに嘘をつくとは思えないし、冷酷な人殺しという姿も同じく想像できない。だが、その可能性を無視するわけにはいかない。金物店には毒物が何種類も置いてあるから、バートは楽に入手できるし、ペグを殺すためにわずかな量が減ったところで、気づく者はいない。でも、バートにどんな動機があるというの？　彼がペグを捨てたのなら、殺さなくてはならない理由はない。でも、ペグに捨てられて、わたしには隠していたが、じつは怒り狂っていたとしたら？　さきほど、これまでまったく知らなかった彼の凶暴な一面を見てしまった。世間に秘密にしている面がほかにもまだあるのでは？　裏切られたという思いからペグを殺してしまったのでは？

六十ぐらいの人間が失恋の痛手から殺人に走るなんて、考えたこともなかったが、年をとったからといって、忍耐強くなるわけでも、ものわかりがよくなるわけでも、感情のコントロールがうまくなるわけでもない。バートが好むと好まざるとにかかわらず、話の裏づけがとれるまでは、彼をわたしの容疑者リストに入れておくしかない。マージのことは大好きだが、彼女もやはり容疑者リストに加えなくては。マージがペグにライバル心を燃やし、恋人を失うことを恐れたとすれば、無謀な行動に出た可能性もある。大好きな二人の人間が、たったいま容疑者リストに加わった。わたしにはどうにもできないことだ。

〈ドーナツ・ハート〉の外でわたしを待っている者がいた。気づかれないうちにまわれ右をしたかったが、逃げだすにはもう遅すぎた。店にこっそり入る前にジェイクに見つかってしまった。でも、こっちは彼に会いたい気分ではなかった。せめてもの救いは、雨がすでにあがっていたことだ。

「ちょっと待って」ジェイクが言った。「話がある」

「どうしたのよ、ジェイク？」

ジェイクはわたしを二、三秒見つめ、それから、おだやかに言った。

「きみに知らせたほうがよさそうな情報が入ってきた。警察が店から押収したドーナツには、毒物はいっさい見つからなかった」

ジェイクはさらに一歩近づいた。「きみには最初からわかってたことだし、ぼくもわかってるけど、いまやそれが公式な見解になった。店にきてみたら、すでに閉まってた。どうしたんだ？　みんながこの店を避けたのかい？」

わたしは友達や常連客がきてくれたおかげで温かな輝きに包まれたことを思いだし、ジェイクに笑顔を見せた。

「ううん。じつを言うと、けさ作ったドーナツが記録的なスピードで完売だったの」

「そりゃよかった。あのう、ぼくにそうツンケンしないでくれる？　きみのことが心配なんだ。冷たくされると辛い。きみには想像もつかないぐらい」

彼にこんなやさしいことを言われたのは初めてだった。その顔に浮かんだ傷ついた表情から、本気で言っているのだとわかった。

わたしは彼の頰に軽く手を触れた。「つっけんどんにしてたのならごめんね。州警察の警部じゃなくて、恋人としてのあなたを、わたしがいまどんなに必要としてるか、あなたには想像もつかないと思うわ」

「両方になれればいいんだが」

「でも、無理だってことは、おたがいにわかってる」わたしは答えた。

「今回の捜査が終わりしだい、二人のための時間を作ることを約束しよう」

返事をしようとしたそのとき、車の警笛が聞こえた。グレースだった。彼女が車を止めて近づいてくるあいだに、わたしはジェイクに視線を戻したが、二人のための時間は過ぎ去っていた。

「あら、ジェイク」グレースが言った。

「グレース」ジェイクはそう言って、わたしのほうを向いた。「ごめん、スザンヌ、けど、もう行かないと」

「寄ってくれてありがとう」車に乗りこむ彼にその声が届いたかどうか、はっきりとはわからなかった。

「いまのは何？」車で走り去るジェイクを見送りながら、グレースが訊いた。

「ジェイクがわたしと仲直りしようとしてたの」

「よかった」グレースはわたしの肩に手を置き、こちらの目をじっとのぞきこんだ。「さてと、答えて。どうやって持ちこたえてるの？」

「少し気分が楽になってきた。でも、わたしの力でこの事件を解決するつもりよ」

「〝わたしたち〟って意味ね？」

わたしは首を横にふった。「グレース、今度はもうあなたを事件にひきずりこみたくないの」

「あなたがひきずりこむんじゃなくて、わたしが強引に入りこもうとしてるだけ。話をすべき相手が誰かいるのなら、わたしも一緒に行く。そういうのは得意なの。あなたも知ってるでしょ」

わたしは同意し、ヘザーに頼まれてペグの遺品整理を手伝う約束になっていることを話した。「一緒にくる必要はないのよ。でも、くる気になってくれれば大歓迎」

「止められるものなら止めてみなさい」グレースは言った。「家に帰って着替えてからね。そしたら出発よ」

グレースが彼女の家のバスルームで着替えをするあいだ、わたしは彼女のベッドに腰かけて、これまでにわかった最新情報を伝えた。

「こんなこと言っても信じないだろうけど、ペグ・マスタースンは三角関係のなかにいたみたい」

「どうして信じないだろうって言えるの？」グレースが訊いた。「ペグの年齢のせいじゃないわよね」

「正直にいうと、それもちょっとある。でも、いちばん大きな理由は、ペグがどんな人間だったかってこと。誰が恋人だったか想像がつく？」

「さっぱりわからない。マックスとか？」

その返事に、わたしは笑いだした。「大はずれ。デートの相手はバート・ジェントリーだったの。別れてしまったけど」

「金物店のやさしいバートおじさん？」

「まさにその人」

グレースがバスルームから首だけ出して言った。

「でも、想像できるような気がする。バートはいまもハンサムだし、女性の前に出れば、〝きみこそ大切な人〟って言わんばかりの態度をとるし」グレースは眉をひそめ、それから尋ねた。「三角関係って言ったわね。もう一人は誰なの？」

「マージ・ランキン」

「ええっ、信じられない。スザンヌ、ただの無責任な憶測じゃないでしょうね」

「わたしがバートと話をしてたとき、マージから金物店に電話があったの。バート自身も認めてるわ。気になるのは、バートのほうからペグに別れを告げたって本人は言ってるけど、逆の噂もあることなの」

「誰から聞いたの?」

「いまは言いたくない。極秘で教えてもらったから」

「トリッシュね」グレースは言った。

「どうしてわかったの?」

「それしか考えられないもの。あなたの情報源として、ほかに誰がいる?」

わたしは肩をすくめた。「ペグはお金を持ってたのかしら」

「知らない。でも、もうじきわかるわ」グレースはそう言いながら、ブルージーンズとTシャツに着替えて出てきた。わたしが毎日着ているのと同じものなのに、彼女が着るとどういうわけか、とてもおしゃれに見える。

グレースの車に乗りこもうとしたとき、わたしの携帯が鳴った。

「もしもし」ジョージからだった。「友達の一人に頼んで、ペグに前科があるかどうか調べてもらった。何もなかったが、興味深いことがわかった。二番目の夫が暴行容疑で逮捕されてる。夫はカッとなりやすいタイプだったようだが、その程度で殺人に走るとは思えない。六年前に離婚している。仕返しをするには時間がたちすぎてる。そう思わないかね?」

「人がどういう心理で動くか、誰にわかるかしら？」わたしは訊いた。「電話してくれてありがとう」

「何かわかったら、また連絡する」ジョージはそう言って電話を切った。

ペグの家の前で車を止めると、車寄せにヘザーの古い車があった。

玄関前のステップをのぼるあいだにグレースが訊いた。

「一緒についてきちゃったけど、ヘザーがいやがらないかしら」

「心配ご無用。あの子、遺品整理の仕事にうんざりしてるの。猫の手も借りたいに決まってるわ」

玄関のチャイムを鳴らすと、ヘザーが出てきた。早くも疲れて倒れそうな顔だった。

「いらっしゃい、スザンヌ。思ったより大変」

わたしは言った。「だから助っ人を連れてきたのよ。ヘザー、わたしの親友のグレースに会ったことはある？」

「ううん。初めまして」ヘザーはグレースと握手をした。「進んで手伝ってくださるなんて、ほんとにいいお友達ね」

「わたし、掃除が何より大好きなの」グレースは言った。

噴きださないように我慢するのが大変だった。

家に入りながら、わたしは訊いた。「さて、どこから始めればいい？」

ヘザーはわたしたちにどの場所を頼むのがいちばんいいかを決めようとしてあたりを見まわし、わたしはそのあいだにペグの家の評価をおこなった。みごとなインテリアだが、そう意外な気はしなかった。ペグは自分のためならケチケチせずにお金を使う人だったし、家具調度がそれを証明していた。艶やかに磨きあげられた堅木材の床に分厚い東洋製のラグがいくつも敷いてあり、至るところにアンティークな品が見られる。あちこちにクリスタルのキャンディボウルが置かれ、バタースコッチキャンディ、ペパーミント、冬緑油の香りのトローチなどが入っていた。壁には趣味のいい絵が何点もかかっている。ペグからこの家を相続する者にとっては、思いもよらぬ幸運だ。遺言書に記された相続人が彼女の姪なら、ヘザーが大学の学費を払うのは夢にも思わなかったほど楽になるだろう。

「一人は主寝室からスタート、もう一人は叔母の仕事部屋ってことでどうかしら。わたしはキッチンの整理で手一杯だから、とにかく手伝ってもらえるとすごく助かる」

「具体的には何をすればいいの？」グレースが訊いた。

「わたしが捜してるのは書類なの。それを参考にして、つぎにどんな手段をとればいいかを考えたいから。弁護士さんから、わたしが叔母の遺言執行者になってるって言われたんだけど、書類らしきものがあまり見つからないのよ。そうそう、値打ちのありそうな品が出てきたら、脇へどけておいてね」ヘザーはこの言葉がどう響くかを悟ったに違いない。あわててつけくわえたからだ。「宝探しをしてるわけじゃないのよ。一週間以内にこの家を売却できるよう準備しなきゃいけないから、たいして価値のないものは処分しようと思ってるだけなの。すべての整理が終わってから、残ったものをどうするか決めればいいわけだし」

「相続人はあなただけ？」わたしは訊いた。無神経な質問だったかもしれないが、どうしても知っておく必要があった。

「まだ遺言書も見てないから、知らないのよ。家の整理をするようにって言われたから、いまはそれに集中してるの。正直なところ、遺産がまったくもらえなくてもかまわないわ。古い写真を何枚か残しておきたいし、形見にもらいたい品がほかにもいくつかあるけど、それをのぞけば、誰が何をもらおうと気にしない」

わたしはうなずいた。「じゃ、遺品整理を全力で手伝わせてもらうわね」

グレースと二人で廊下を歩きながら、「あなた、どっちの部屋がいい？」と訊いた。

「主寝室にする」グレースは答えた。「わたしが書類の整理をどう思ってるか、あなたも知ってるでしょ」

「じゃ、わたしは仕事部屋のほうね」わたしは声をひそめてつけくわえた。「興味のありそうなものが見つかったら、まずわたしに見せて」

「すぐ報告するわ」グレースが言い、わたしたちは別れた。

家のなかの大部分がきちんと片づいているのに対して、仕事部屋はすさまじい散らかりようだった。至るところに書類が積み重ねられており、ペグの資産総額を割りだすには財務捜査官が必要になりそうだ。でも、そんなことで調査をあきらめるわけにはいかない。

一時間かけて調べた結果、ペグがなぜ殺されたかを知る手がかりは何ひとつ見つからなかったが、彼女の財政状態のほうはかなり明確につかむことができた。

ペグはずいぶん裕福だった。食料品店のレシートとテイクアウトのメニューのちらしが積み重なった下に投資関係の元帳が埋もれているのを見つけたとたん、それが明らかになった。最初の記載を見ると、激怒した二番目の夫から離婚の慰謝料として五万ドルが支払われていて、夫が激怒した理由も推測できた。ペグはその慰謝料で株を購入し、ほどなく売却して莫大な利益をあげ、そのあとさらに多くの株を買って、つぎは町の不動産に投資し、さらに、安全確実な譲渡性預金証書を多数購入した。ペグがこんなに裕福だったなんて、誰が知っていただろう？　総額百万ドルとまではいかなくとも、それに近い額になりそうだ。遺言書にどう書かれているのだろうと思わずにいられなかった。ペグはヘザーに財産を遺したのだろうか。それとも、ほかの誰かに？　たとえば、バートのような恋人とか。でも、それもいまの時点では無責任な憶測にすぎない。もしかしたら、サマータイム制反対を叫ぶどこかの協会に全財産を遺贈しているかもしれない。

遺言書の内容を正確に知る必要がある。そこから新たな容疑者が浮かびあがってきそうな予感がする。

べつの紙にいくつかメモをとり、元帳を閉じようとしたとき、仕事部屋のドアがひらいた。

あわてて紙をたたんで、パンツのポケットに押しこもうとした。

「それが食料品の買物メモだったら、卵を忘れないで」グレースが言った。「みんな、いつも卵を忘れるんだから」

「ねえ。ここにきて、これを見て」

グレースに元帳を見せると、彼女は最後の部分に目をやり、低く口笛を吹いた。

「これ、動機になるでしょ」

「ほんとだ。でも、誰が遺産をもらうの？　それが問題ね」

「ぜひとも知りたいものだわ」わたしはそう言いながら元帳を閉じ、パラパラめくっていた書類の下へ押しこんだ。

「探りだせるかも。あなた、裁判所にコネはないの？」

「前はあったけど、いまはもう知ってる人もいない」わたしは言った。「誰に尋ねればいいかしら」

「ジョージに電話したら？　あそこで非常勤の仕事をしてるでしょ。調べてくれるんじゃないかしら」

わたしは唇を嚙み、それから言った。「どうかなあ。ここしばらく、ジョージに頼みごとをしすぎてるから、あんまり図々しいのもねえ……」

「悩まなくていいわよ。探りだす方法を何か考えましょ」グレースは言った。目を輝かせてさらに続けた。「ここにきた理由をうっかり忘れるところだった」

よれよれになったメモ用紙をわたしの手に押しつけた。

「なんなの?」

「ひらいてみて。ペグのジャケットのポケットに入ってたの」

言われたとおりにして、わたしはそこに書かれたものを読みはじめた。力強い字でこう書いてあった。

ペグ
わたしの気持ちを変えさせようとしても無駄。
わたしは許さない。どういう結果になるか、覚悟しておいて。

サインはなかった。それに、端のほうがちぎれていた。

「残りの部分はどこなの? グレース」

「見つかったのはこれだけよ。でも、ひきつづき捜してみる」

わたしはこのメモをポケットに押しこみ、それから言った。

「さてと、わたしが見つけた元帳をヘザーに渡さなきゃ。ヘザーがほしがってたのはきっとそれだわ」

「同感」グレースは部屋を見まわした。「この家で散らかってるのは、きっとここだけね」

「寝室はこんなふうじゃないの？」

グレースは笑った。「そうよ。塵ひとつ落ちてない。もっとも、バスルームはそうでもないけど」

「どんな感じ？」

「ペグが髪を染めてたの、知ってた？　バスルームで蓋をあけたばかりのヘアダイが見つかったわ。でも、聞いたことのないブランドだった。それどころか、歯磨きからシャンプーまでどれもノーブランド商品ばかり」

元帳の内容にそぐわないことだと思ったが、そのあとで言った。

「亡くなったときに大金持ちだったのも、そのおかげかもしれないわね」

わたしたちに質問したときの彼女の声には、希望というものがほとんどなかった。

元帳をひっぱりだしたとき、ヘザーが入ってきた。

「何か見つかった？」

わたしは元帳を渡し、ヘザーがそれをひらいたので、急速に膨れあがっていく数字に目を通す彼女を見守った。

最後の行までたどり着いたときには、ヘザーは気を失いそうな表情になっていた。

「大丈夫？」わたしは訊いた。

「叔母がこんなにお金持ちだなんて知らなかった」

「ほかの人たちも知らないと思うわ」

ヘザーはうわの空でうなずいた。「弁護士さんの事務所に届けたほうがよさそうね。見つけるように言われてた書類のひとつだと思うわ」

「車で送りましょうか」

「ううん、弁護士のクレンショーさんの事務所はユニオン・スクエアにあるの。ペグ叔母さん、どうして家の近くの弁護士さんに依頼しなかったのかしら」

「どれだけ財産があるか、町の人にはいっさい知られたくなかったのかも」グレースが言った。

わたしも同感だったが、口にはしないことにした。

「あなたが出かけてるあいだに、わたしたち、せっせと働くわね」探ってみたい場所が家のなかにまだまだあるので、ヘザーが不意に姿を見せる心配がなければ、グレースとわたしはもっと手早く捜索を進めることができる。

「それはちょっとまずいかも」ヘザーは言った。「二人のことは全面的に信用してるけど、クレンショーさんにははっきり言われてるの。わたしが一緒じゃないかぎり、誰も家に入れちゃいけないって。これを見つけてくれてありがとう」

「役に立ててよかった」元帳を小脇にしっかり抱えたヘザーに玄関から送りだされながら、

わたしは言った。

彼女が家のなかに戻ったあとで、グレースが提案した。

「あとでこっそり忍びこみましょうよ」

「だめだめ。わたしを留置場に放りこむことができたら、マーティン署長がどんなに喜ぶか、考えてみて。署長にそんな口実を与えるつもりはありません」わたしはさらに続けた。「彼女、お金持ちになるわけよね」

「ヘザーが？　たぶんね。すごい金額だもの」

わたしは唇を噛み、それから言った。「あの子、ほんとのことを言ってるのかしら」

「なんのこと？」グレースが訊いた。

「叔母さんの財産のことを知ってたかどうか。多くの人間にとって、殺人に走るのに充分な動機だわ。そう思わない？」

グレースは肩をすくめた。「百ドルで充分な動機になる人もいるけど、ヘザーが人殺しだとは思えない。あなたはどう？」

「よくわからない」しばらく考えてから、わたしは答えた。

二人でグレースの車に乗りこむさいに、彼女が訊いた。「家のなかで何か妙なことに気づかなかった？」

「仕事部屋の乱雑さのほかに？」

「よく考えてみて。どこを見ても、写真が一枚もなかったでしょ」

「写真が好きじゃなかったのかも」わたしは言った。

「でも、写真をもらっておきたいってヘザーが言わなかった？」

わたしは肩をすくめた。「さあねえ。仕事部屋に置いてある箱に入ってて、誰も永遠に見つけられないのかも。ペグがあんなにお金持ちだったなんて信じられない」

「人は見かけによらないものね」

わたしはポケットからさっきのメモをとりだして、もう一度読んでみた。

「バートから？」グレースが訊いた。

「じゃないかと思うんだけど、困ったことに、バートの字のサンプルがないからたしかめようがないの」

「それなら、手に入れるのはむずかしくないわ。わたしがバートの店で何か取り寄せてほしいって頼めば、バートが注文書を書いてくれる。そしたら、そのメモとバートの字を比べればいい」

「注文する理由をバートに知られないようにしてね」わたしは言った。

「ご心配なく。向こうは気づきもしないわ」

グレースはペグの家の前から車を出しながら言った。「午後の残りの時間はどういう予定？」

「わたしに予定があるって、どうしてそう思うの?」

「あなたを知ってるからよ、スザンヌ。ほかにもできることがあるはずだわ」

わたしは認めた。「マージと話をして、バートとの交際について二人の説明が一致するかどうかたしかめなきゃ。友達を尋問するのはいやだけど、ほかに方法がないし」

「一緒に行くわ」

「正直に言うけど、あなたがいると、マージが自由にしゃべってくれるかどうか疑問なの、グレース」

親友の気持ちを傷つけるのは心苦しかったが、これはわたしが一人でやるしかない。マージという人を知っているから、応援部隊など連れていったら、貝のように口を閉ざしてひとこともしゃべらなくなることは予測がつく。でも、仲良しのわたしとおしゃべりしてるだけだと、マージに思いこませることができれば、心をひらいてくれて、何か聞きだせるかもしれない。

「じゃ、あなたがマージと会ってるあいだに、わたしはバートの店へ行って、手書き文字のサンプルが手に入らないかどうかやってみるわね」

「あなたに頼んでもいいものかどうか、迷うところだわ」わたしは言った。

「わたしのことは心配しないで。慎重にやるから、スザンヌ」

「あなたがあちこちで質問してまわったら、犯人によけいな刺激を与えることになりかねないのよ。殺人犯が野放しになってることを忘れないで。つぎはわたしたちのどちらかが狙われるかもしれない」

グレースはその言葉が胸に突き刺さった様子だった。わたしは露骨な言い方をしたことを少々後悔したが、協力してくれたグレースの身に何かあったら、一生自分を許せないだろう。

グレースの両手をとって言った。「約束して。くれぐれも気をつけるって」

グレースはうなずいた。「約束する」さらにつけくわえた。「マージとの話が終わったら電話をちょうだい。いいわね？」

「そっちも何かわかったら、まず電話して」

「了解」グレースが手をさしだした。

「どうしたの？」

「さっき渡したあのメモをくれたら、文字を比較する参考にできると思うの」

「わかった」わたしはポケットからメモをとりだし、グレースに渡した。

グレースはドーナツショップの前に止めてあるジープのそばでわたしをおろすときに、軽く笑った。

「あとで報告するね」と、わたしに言った。

グレースは高級ＢＭＷの新車で走り去り、わたしはポンコツの古いジープに乗りこんだ。

べつべつの方角へ別れたあとで、高級車を乗りまわせるグレースを羨ましいと思うことはなかった。だって、あの車にはわたしが払う気になれないような値札がついてるから。好きでもない上司の命令に従ったり、長い目で見れば自分にとってはなんの意味もないことをしたりしなきゃいけないんだもの。でも、グレースのほうもわたしと人生をとりかえる気がないのは明らかだ。安定した豊かな収入があり、勤務時間はかなり融通が利いて、好きなときに休暇をとることができる。わたしなんか、一日でいいからゆっくり休みたいとずっと思っている。でも、ドーナツ作りは楽しいし、ときたま甘いものへの欲求を満たすだけで、いまのところは満足。

このままマージのところへ車を走らせようかと思ったが、ペグの家で作業をしたせいで服が汚れていて、おまけに、けさのドーナツ作りの匂いがしみついていることに気づき、マージと話をする前に、シャワーと着替えのためにいったん家に帰ることにした。ただ、この方法には難点がある。母と話をしなくてはならない。ふだんなら、それほど辛い試練ではないのだが、非公式の調査をフルスピードで進めているところなので、母にばれるのが怖かった。もしばれたなら、殺人事件の捜査は警察にまかせてドーナツ作りに専念するように、とお説教を食らうことになるだろう。

7

「そのワンピース、とってもすてきよ」

わたしがシャワーを終えて階下に戻ると、母が言った。さっき帰宅したときは母の姿がなかったので、うまく逃げられたと思っていたのに、いつのまにかリビングに母がすわっていた。

「ありがと」わたしは言った。「いつものブルージーンズをやめたら、すてきな気分転換になるかなと思って」

母は首をふり、わたしに笑顔を見せた。

「スザンヌ、ママをだまそうとしてもだめよ。何か企んでるでしょ」

「何か特別な理由がないかぎり、ギャルがドレスアップしてかわいく見せちゃいけないの？」

「いけなくない子もいるけど、あなたは無理ね。どこへ行くの？」

「外」

十代のころは、こんな返事じゃ許してもらえなかったけど、いまなら大丈夫かもしれない。

「外ってどこ？」母が訊いた。

やれやれ、やっぱりだめか。

どう答えようかと必死に考えていたら、母が急に微笑した。

「ジェイクに会いにいくんでしょ」

「そうかも」まったくの嘘ともいいきれない。偶然鉢合わせすることだってあるもの。そうでしょ？

「名案だと思うわ」母は言った。「こういう状況が続くと、あなたたちの関係にひびが入りかねないもの」

ときには自分の立場を主張する必要があり、嘘偽りのない真実を述べてその結果を甘んじて受けとめるべき瞬間のあることは、わたしも知っている。

でも、いまはそのときではなかった。

わたしは母に笑顔を向け、クロスさせた指を見せて言った。「幸運を祈ってて」

「あなたはいつだって幸運に恵まれた子よ」

マージの家へ向かって車を走らせながら、いまの母との会話について考えこんだ。口喧嘩ひとつしないまま何週間もすぎることだってあるのに、そのうち何かが起き、それをきっかけに、わたしたちは母親と娘という昔の関係に戻ってしまい、こっちがもう一人前の女性で、結婚を――そして離婚までも――経験ずみであることなどおかまいなしに、母がわたしの生き方にくちばしをはさもうとする。

ひとつ屋根の下で暮らすかぎり、この状況が大きく変わることはないだろう。マックスが愛人と一緒にいるところを見つけたあとで実家に駆けこんで以来、これで千回目ぐらいになると思うが、この家を出ることを考えた。でも、どうしても踏ん切りがつかない。

とりあえず、いましばらくはこの生活を続けることにしよう。


「まあ、すてき」マージの家のリビングに入っていくと、彼女が言った。きのう気まずい別れ方をしたので、歓迎してもらえるかどうか自信がなかった。だから、こうして訪問することにしたのだ。電話するより、直接押しかけたほうが、マージもわたしを追い払いにくいだろうと予想して。

「うれしいわ。あなたもすてきよ」

マージは言った。「紅茶でもどう？　ちょうど淹れようと思ってたところなの」

「わあ、いいわね」

マージは桃色がかったワンピースを着ていて、靴の色もおそろいだった。紅茶の用意をしながら、わたしに言った。「わたしの記憶に間違いがなかったら、前にギャビーの店でそれとそっくりの服を見たことがあるわ」

「これがそうよ」わたしは白状した。「よそ行きの服はギャビーの店でしか買わないの」

それは事実だ。なにしろ、わたしのクロゼットのなかで〈ドーナツ・ハート〉へ着ていけないのは、このワンピース一着だけだもの。

「利口なやり方だわ。ギャビーのところへ行けば、すごくお得な値段で上等の服がよりどりみどりだもの。わざわざ定価で買うことはないわよね。ところで、今日はなんのご用？」

わたしは唇を嚙み、どうやってバートの話を持ちだそうかと考えた。デリケートな問題なので、巧みに話を進めないと険悪なことになりかねない。

「あなたの助けが必要なの」

唐突にこんなことを言ってしまい、自分でもびっくりした。率直に話をするのを渋る人々にアプローチするための最上の方法は、助けを乞うことだというのを、ずっと以前に学習した。そうすれば、相手はこちらを受け入れる気になってくれる。

マージはうなずいた。「いいわよ。わたしにできることなら、どんな力にでもなるわ」

「ペグ・マスタースンのことなの。あんな殺され方をしたために、わたしが何か関係してるんじゃないかってしきりに噂されてるから、その汚名をなんとかそそぎたいの」

「わたしは噂なんかしてないわよ」マージは片手を胸に当てた。「誓ってもいいわ、スザンヌ、するもんですか」

「あなたに文句を言いにきたんじゃないのよ」わたしはあわてて言った。「ただ、ペグがなぜ殺されたかを突き止めなきゃいけないし、不躾《ぶしつけ》な質問をしないことには、それができないの」

マージはうなずいた。「わたし、バートと話をしたから、彼との関係をあなたに知られたことは承知してるわ。秘密にしておきたかったけど、小さな町では、こういうことってすぐに洩れてしまうのね」

「この町で秘密を守ろうと思ったらひと苦労よ」わたしは同意した。「でも、考えてみたら、わたし、ペグとバートのことも知らなかった」

マージは宙で片手をふった。「わたしの見たところ、たいした関係じゃなかったようよ。何回か一緒に食事をして、一回か二回映画に行った程度ですって」

「ところが、あなたがあらわれたため、バートはそれすらやめてしまった。合ってる？」

マージはわたしに紅茶のカップを渡してくれた。手が軽く震えているのに気づかざるをえなかった。紅茶の表面に広がる輪が、マージの緊張をはっきり示していた。

「いまも言ったように、交際をやめたといっても、たいしたことじゃなかったのよ。バートはペグと真剣につきあってたわけじゃないんですもの」

「バートがそう言ったのね」紅茶をひとくち飲んで、わたしは言った。

マージは眉をひそめた。「あの人がどうして嘘をつかなきゃいけないの？」

「わからないけど。あなたの新しいボーイフレンドの以前のガールフレンドがあなたの家の庭で殺されるなんて妙だな、と思ってるだけ」

マージは首をふった。「ペグのこと、ガールフレンドなんて呼ばないで。図々しい女で、わたしを脅して彼と別れさせようとしたんだから。信じられる?」

「なんて言って脅したの?」

マージは怒りの形相になって打ち明けた。「あの女、バートの狙いはわたしじゃなくて、わたしのお金だって言ったの。望みのものが手に入ったら、ペグを捨てたみたいに、わたしのことも捨てるだろうって」

「あの金物店、経営難にでも陥ってるの?」そんな噂はまったく聞いていないが、わたしも町のゴシップをひとつ残らず耳にしているわけではない。

マージは首をふった。「バートの話だと、季節的なものなんですって。じきにまた持ち直すから、そしたら金利をつけて返してくれるそうよ」このときの彼女の顔は、得意満面といってもいいほどだった。

「いくら渡したの?」

マージはここで不意に、よけいなことを口走ってしまったと気づいたに違いない。あわてて言った。「スザンヌ、根掘り葉掘り訊かれても困るんだけど……」

わたしは自分の立場をぼかそうとした。

「べつに詮索なんてしてないのよ。警察がどんな目で見るだろうって思っただけ。ペグのことで、警察から何か訊きにこなかった? ぜったいきてると思うけど」

マージはうなずいた。「マーティン署長にこちらの事情を話したわ。それから、州警察の警部さんでクイーンとかいう人にも、もう一度」

「ビショップじゃなかった？」わたしは訊いた。

「チェスの駒の名前だってことは覚えてるけど、どっちだか思いだせなかったの。そう言われれば、ええ、きっとビショップね。どっちにしても、わたしがペグとぎくしゃくしてたなんて、二人ともあまり信じてなかったみたい」

「でも、二人はバートの件を知ってたのね？」

「わたしにわかるわけないでしょ。スザンヌ、ここにきた目的はそれ？　わたしを犯人扱いして尋問するため？　こんな話、あなたとはもうしたくないわ」

「そもそも、しなきゃよかったんだ」キッチンに入ってきたバートが言った。「あんたもなんでしつこく質問するんだね？」

「真実を知りたいだけよ」

バートは答えた。「スザンヌ、あんたがペグ殺しの犯人を見つけようとしてることには感謝するが、われわれに質問しても時間の無駄だ。さて、申しわけないが、映画に遅れてしまうんでね」

マージは一瞬驚いた顔になったが、つぎの瞬間、同意のうなずきを見せた。

「そうだわ、もう出かけなきゃ。うっかり忘れるところだった」

二人がわたしをジープのところまで送ってきて、みんなでそろって車をスタートさせた。尋問からはたいした成果は得られなかったが、二人が一緒のところを見られただけでも収穫だった。バートはマージを守ろうと必死になっている。つい最近つきあいはじめたばかりにしては、必死すぎないかしら？　二人の交際に関して、どちらも口にできない事情が何かあるのだろうか。わたしが二人にいくら好意を持っていようと、その可能性も考えておかなくてはならない。これが人気コンテストではなくて助かった。もしそうなら、わたしは最下位に決まってるもの。

さて、せっかくおしゃれしたのに、どこへも行くあてがない。家に帰って着替えるのがいちばん自然な流れだろう。ワンピースなんて、わたしが真っ先に選ぶ服じゃないんだから。でも、トレードマークみたいなブルージーンズ以外のものを着ている姿を町の人たちに見せるのも、悪いことじゃないかも。携帯が鳴りだした。グレースからだとわかってホッとした。

「もしもし」と言ってから、グレースに尋ねた。「何かわかった？」

「まずそっちから」

「ややこしすぎて電話じゃ話せないわ。あなたはどうだか知らないけど、わたし、パイが食べたい。〈ボックスカー〉で待ちあわせることにしない？」

「四分で行くわ」グレースは言った。

精一杯おしゃれをしたわたしを見たら、トリッシュが大喜びして、わたしを笑わせてくれるに違いない。目下、笑いこそがわたしの人生に欠けている唯一のものだ。

砂利敷きの駐車場に車を入れてから、客車を改装した店に入るためにステップをのぼった。

「だめよ、ここにきちゃ」トリッシュがわたしに近づいてきて言った。こっちはまだドアを通り抜けてもいないのに、友達からこんな言い方をされてびっくりした。

「わたしが何をしたっていうの？　わたしがここで食事する姿をほかの客に見せたくないなんて言わないでね。一部の人から容疑者扱いされてはいるけど」

「ふざけてる場合じゃないわ」トリッシュは言った。「あなたのために言ってるのよ」

「わたしは一人前の女性よ、トリッシュ。どんなことであれ、守ってもらう必要はないわ」

「好きになさい」トリッシュはわたしの服装に気づいて、つけくわえた。「ひとことだけ言わせてね。とってもすてき」

わたしは微笑しようとしたが、笑みを浮かべるのに苦労した。

「あら、いつもすてきよ。今日はいつも以上にすてきなだけ」

勘定を払おうとする客がレジのところからトリッシュを呼んだので、わたしはすわる場所を探すことにした。

そのとき、トリッシュがわたしを追い返そうとした理由がわかった。奥のほうのボックス席に別れた夫のマックスがすわっていた。いつもながらハンサムで魅力的だ。町のあちこちでマックスを見かけることには慣れているが、わたしを唖然とさせたのは彼の食事相手だった。

一緒にいたのはダーリーン・ヒギンズ。マックスがわたしたちの結婚生活をぶちこわした日に彼と寝ていた女。わたしはこの女が嫌いで、金髪は生まれつきだとしても身体の曲線はどうも違うようで、その事実を喜んでいる。いまこの瞬間、本当はこっそり逃げだしたかったが、気をひきしめて、まっすぐ二人の席まで行った。

「あら、マックス。こんにちは、ダーリーン」

マックスは感心なことに、穴にもぐりこんで死んでしまいたいという顔になった。それにひきかえ、ダーリーンのほうは、新聞の一面にでかでかと広告をのせたそうな様子だった。

「スザンヌ、やあ」マックスは言った。「ランチを食べてたら、たったいまダーリーンが入ってきて腰をおろしたところなんだ。きみも一緒にどう？」

ダーリーンがわたしと同席するぐらいならガラスを食べたほうがましだという顔をしたので、彼女への嫌がらせのためだけにでも一緒にすわってやろうかと思ったが、わたしの胃袋が耐えられそうになかった。「遠慮しとくわ」と言った。「パイをテイクアウトしようと思って寄っただけなの」別れた夫がデートをしているというのに、この店でグレースと一緒に腰を落ち着けるなんてとんでもない。

ダーリーンが言った。「あなたを尊敬するわ。節制もせずに、食べたいものをどんどん食べるなんて、あなたくらいの年齢の女性にしてはすごく勇敢だもの」

わたしは二分の一秒だけダーリーンに目を向け、それから言った。

「正直に白状すると、自分と一緒にいる気のなくなった相手にすがりつこうとするのをやめれば、そういうことも楽にできるようになるのよ。でも、あなただってよくご存じよね。どう？」

ダーリーンが反論する前に、もしくは、マックスが抗議する前に、わたしはつけくわえた。

「あーあ、急に食欲をなくしちゃった。じゃあね」

〈ボックスカー〉を出た。マックスが追いかけてきたのでびっくりした。

「デートみたいに見えたかもしれないけど、違うんだ」マックスが言った。

「マックス、わたしがいまも気にしてるなんて思ってるの？　弁解の必要はもうないのよ。離婚したんだもの。覚えてる？」

マックスはうなずいた。「忘れられるわけがない。おれがダーリーンをランチに誘ったんじゃないからな。同じ席にすわれとも言ってない。追い払おうとしてたら、きみが入ってきたんだ」

「必死に追い払ってるようには見えなかったけど」わたしはそう言いながら、ジープのほうへ歩きつづけた。

「きみ、すごくすてきだよ」歩き去るわたしを見つめて、マックスは言った。

「あら、マックス」わたしは笑った。もっとも、楽しげな響きはまったくなかった。「腕が鈍ったわね。昔ならそれだけで女がひっかかったでしょうに」

ジープに乗りこんでスタートさせ、角を曲がるときにちらっとふり向くと、マックスがまだその場に立ってこちらを見ていた。

わたしったら、いったいどうしたの？　大人の対応ができなかった。自分でもわかってる。マックスが誰を食事相手に選ぶかを、どうしてわたしが気にしなきゃいけないの？　どうしてそんなことを気に病むの？　ようやく彼から自由になったのに。いえ、ほんとに自由になれたの？　認めるのはいやだけど――そして、もし真実を突きつけられても否定するだろうけど――マックスがダーリーンと一緒にいるのを見た瞬間に感じたのは、まぎれもない嫉妬だった。マックスへの未練がまだ残っている証拠なのかどうか、自分ではわからないし、本音を言えば、その点を確認したいかどうかもわからない。

過去は過去のことにしておきなさい――自分に言い聞かせて、グレースの携帯番号をプッシュし、会うのは家のほうにしてほしいと頼んだ。

でも、言うは易くおこなうは難し。それはわかっている。


グレースが玄関前のポーチまできて、わたしの服装に気づき、こう言った。

「マージに会うためにドレスアップしたの？　それとも、あなたのリストにそれ以外の立ち寄り先があったの？」

「ううん、マージを感心させようとしただけ」マックスとダーリーンにばったり出会ったことを話すつもりはなかった。少なくとも、いまのところは。あのときの自分の気持ちがよくわからないし、グレースに説明するのも面倒だった。

グレースはうなずいた。「ねえねえ、何があったのか話して」

「家に入らない？　二分くれたら、ジーンズに着替えてリビングへ行くから」

「もしかまわなければ、このまま外にいたいわ。爽やかな日だし」

「母は散歩に出てるわよ。それを心配してるのなら」

「いいえ。わたしの人生には新鮮な空気を吸う機会があまりないから」グレースは言った。

「なるほど、いいことだわ。すぐ戻ってくる」五分後にはジーンズと古いアメフトのジャージーに着替え、髪をポニーテールにして、わたしはふたたび外に出た。

「誰もが知ってる愛すべき女の子に戻ったのね」わたしを見るとすぐに、グレースは言った。

「仕方ないでしょ。このほうが楽なんだもん」

「それ、わたしへの嫌み？　わたしだってたまには、収入が減ってもいいからあなたと立場を交換したいって思うことがあるのよ。そしたら、ドレスアップしなくてすむもの」

わたしはグレースに笑顔を見せた。「キャリアを交換したくなったら、ひとこと言ってくれればいいのよ」

「そんな気もないくせに。わたしもそうだけどね」グレースは笑いながら言った。「あなたの尋問にマージがどう反応したか話して。知りたくてうずうずしてるのよ」

「申し分なかったわ。少なくとも最初のうちは。こっちがしつこく食い下がったら、あまりいい顔をしなくなった。で、そこにバートがあらわれた。信じられる？　そして、わたしは家から放りだされてしまった。気になるのは、バートが最初からずっと家にいて聞き耳を立ててたんじゃないかってこと」

グレースはしばらく公園のほうを見つめ、それから言った。

「あの二人、どうも隠しごとをしてるみたいね」

「わたしもそんな気がしてるの」

マックスと鉢合わせしたことをグレースに話そうかと思い、ちょっと迷ったが、やはりやめておくことにした。グレースはわたしのもと夫の大ファンではないので、火に油を注ぐようなまねはしたくない。でも、向こうはわたしが何か隠していることを察したようだ。

「スザンヌ、ほかに何があったの？　ジェイクにはほんとに会ってないの？」

「ドレスアップしてからは会ってないわ」

グレースはブランコを揺らすのをやめた。「ジェイクでないとすると、誰よ？」グレースは一瞬眉をひそめ、それから言った。「まさか、マックスだなんて言わないでね」

ついに隠しておけなくなった。「言わずにすむなら言いたくないけど、ご存じのとおり、あなたに嘘をつくのは大嫌いなの」

グレースは悲しげに首をふった。「あなたにふさわしい男じゃないわ、スザンヌ」

「〈ボックスカー〉でダーリーンと食事してた彼にばったり会ったの」わたしはそっけなく言った。

「うそっ！　あの女とよりを戻したの？　一回きりの浮気だと思ってたのに。少なくとも、マックスはみんなにそう言ってるわ」

わたしは自分の両手に視線を落としたままで言った。

「デートしてたわけじゃないって、マックスが必死に弁解したけど、かなり親密そうだった」

「二人に気づく前に、トリッシュがあなたを止めてくれればよかったのに」

わたしは肩をすくめた。「止めようとしてくれたのよ。でも、わたしが鈍いものだから、トリッシュが何を言おうとしてるかピンとこなかったの。心配しないで。マックスのためにこれ以上涙を浪費するようなまねはしないから」

グレースはわたしの肩に軽く手をかけた。

「それがいちばんだわ。そして、心の奥に埋めてしまうの」

マックスとダーリーンが一緒にいるのを見てわたしがどう感じたかを、グレースに打ち明けるわけにはいかなかった。聞きたくもないお説教を聞かされるだけで、それ以上いい結果にならないことは確実だ。「別れた夫の話はもうやめにしない？」

「二度とマックスの話をしないですむのは大歓迎よ」グレースはバッグに手を突っこみ、クリスマス用のライトの注文書をとりだした。

「ライトを買い替えるの？　ほんとに？」わたしは訊いた。

「ほかに買いたいものが浮かばなかったの」ペグのところで前に目にしたメモをよこしながら、グレースは言った。

「一致しないでしょ」見比べるわたしに、グレースは言った。ぜったいとは言いきれないが、どこをどう見ても、メモと注文書が同じ人物によって書かれたものだとは思えなかった。バートでないとすると、あとは誰が残るだろう？

いまのところ、さっぱりわからない。別れを告げるメモではないのかもしれない。最初に読んだときは、てっきりそうだと思ったのだが。

「よかったら、わたしに預からせて」わたしはそう言って、メモをポケットにしまった。

「これからどうする？」グレースが訊いた。

「まだ決めてない」

公園のほうへ目をやると、母が足早に近づいてくるのが見えた。

「とりあえず、この話題は中止。いいわね？　わたしが何をしてるのか、母はまだ知らないから」

グレースは笑った。「そこまで断言しないほうがいいわよ。あなたの不品行という問題になると、おたくのお母さんはある種のレーダーを備えてるから。わたしたちが町役場の前の噴水に洗剤を放りこんだときのこと、覚えてる？　お母さんがそれを見破って、わたしたちに掃除をさせるまでに、どれぐらい時間がかかった？」

「オーケイ、母の水差しを使うかわりに、新しいのを買うべきだった。それは認める。あのころのわたしたちは優秀な犯罪者じゃなかったものね」

「そう。でも、こうやって額を寄せて密談してたら、いまからどんな厄介なことになるか覚悟しなきゃ」

母が近づいてきた。向こうが何も言う暇を与えないうちに、わたしのほうから先制攻撃に出た。「散歩は楽しかった？　爽やかな日ねえ」

「最高だったわ。ジェイクは元気だった？」

「会えなかった」わたしは言った。

母はうなずいた。「あきらめないで」わたしたちを順番に見て、それから言った。「二人で何か企んでるでしょ」

「グレースとわたしが何かよからぬことをやってるって、ママ、反射的に思うわけ？」

「あなたたちの前歴からすれば、論理の飛躍とは言えないと思うけど。どう？」母は笑みを浮かべた。

わたしが反論しようとしたそのとき、横でグレースが笑いだした。

「お母さんにばれちゃったわね。観念しなきゃ」それから母のほうを向いて言った。「町役場にまた泡の攻撃をしかけようと計画してたんです」

「バッグをとってくるわ。仲間に入れて」母は言った。

「ミセス・ハート、そんないたずら心があるなんて知りませんでした」

母はグレースを見て微笑した。「あなたの知らないことはまだまだあるわ」

「なんとなくわかってきました」

わたしは言った。「もう一度考えたんだけど、あなたたち二人が泡攻撃をやるのなら、わたしは抜けることにする。ただでさえ、警察署長とゴタゴタしてるんだから」

母が訊いた。「最近も何かあったの、スザンヌ？」

「町のみんなから嫌われてた人物がわたしの作ったドーナツで殺された現場に、たまたまわたしが居合わせたってこと以外に？　それをべつにすれば、署長がわたしを嫌う理由なんてこの世にひとつもないはずなんだけど」

母はわたしに向かって舌打ちした。

「あなたの困った点は、フィリップ・マーティンを扱うコツがどうしても呑みこめないことね」

「はいはい。全面的に同意します」

母は頭を軽くふり、それから言った。

「家に入ってレモネードでも飲むことにするわ。あなたたちも一緒にどう？」

グレースが立ちあがりながら言った。「うれしいけど、わたし、そろそろ帰らないと」

「わたしに会ったからって、あわてて逃げだすことないのよ」母が言った。

「違いますよ。今日はまだいくつか用事があるんです」

母はうなずいた。「今回は環境にやさしい洗剤を使ってね」

「約束します。真夜中に教会の鐘楼で会いましょう」

グレースが帰ったあとで、母が尋ねた。「あの子、本気で言ったんじゃないわよね？」

「正直なところ、グレースの本心は誰にもわからないわ」

母はわたしがカジュアルな服に着替えたのに気づいて言った。

「あなたの友達の前では何も言わないことにしたけど、ひとこと言わせてちょうだい。こんなに早くワンピースを脱ぎ捨ててしまうなんて、あなたにはがっかりだわ」

「ああいう格好をしてると、弁護士になったような気がするんだもん。こっちが本当のわたし」

母は首をふった。「ママの心配してたとおりになったわね。おなかすいてない？」

「飢え死にしそう」わたしは白状した。「今夜は何を作ってくれるの？」

「先週食べたラザーニャの残りを解凍しようと思ってたの。サラダとガーリックブレッドをつければいいでしょ。なんだかお料理する気になれなくて」

「わあ、ラザーニャなら大歓迎。温めといてね。テーブルはわたしが用意するから」

食事のあとでテレビをつけ、チャンネルをつぎつぎと変えてそれを二回繰り返してから、スイッチを切った。母はケーブルテレビの大ファンではないので、うちのテレビに映るのはシャーロットでやっているものだけ。そのため、見られる番組は限られている。映画のDVDはかなりそろっているが、それを見る気にもなれなかった。

母に気づかれてしまったようだ。

「今夜はそわそわしてるわね、スザンヌ。何か気にかかることでも？」

「ううん。どういうわけか、ちょっと憂鬱なだけ」

母がわたしの横にすわった。「なんでも話せる友達が何人もいることは知ってるけど、ママもここにいるのよ。同情してくれる耳が必要なら、ママがいつでも提供するわ」

わたしは母の手を軽く叩いた。「親切に言ってくれてありがとう。でも、どこから話を始めればいいかもわからないの。今夜は早めに切りあげて二階へ行くことにするわ」

「好きになさい。おやすみ」

「おやすみ」わたしは自分の部屋へ向かった。でも、その前に母のほうを向いて言った。

「ありがと、ママ」

「何が？」小説を手にとりながら、母が訊いた。

「わたしの悩みを聞こうと言ってくれて。そのうち、ママに話すわ」

「いつでもいいわよ、スザンヌ」

自分の部屋に入り、背後のドアをしっかり閉めた。読みかけの本を手にしたが、読書に身が入らなかった。携帯電話をじっと見て、鳴ってくれるように、電話の向こうにジェイクがいてくれるように念じたが、わたしにはそういうパワーが欠けているらしく、電話は沈黙したままだった。とりあえず、ジェイクにメッセージを残すことだけはできる。

「もしもし、ジェイク、スザンヌよ。明日、時間がとれそうなら、会いたいんだけど。話をするチャンスがあればすごくうれしい」

彼からの電話を待つのはすでにあきらめていた。いつかけても留守電。べつに驚きもしないけど。事件の捜査に入るとどんなにのめりこむ人か、わたしも直接の経験から知っている。

携帯の電池の残量を確認したそのとき、画面の左下の隅で〝着信あり〟の表示が点滅していることに気づいた。ペグが亡くなった日に電話に出られなかったことをすっかり忘れていた。ほかにすることもなかったので、大事な用件が入っていないかどうかチェックしながら、消去していくことにした。メッセージの頭のところだけ聞いて消去を繰り返していったが、不意に、消去ボタンの上でわたしの指が止まった。

着信のひとつがペグ・マスタースンその人からだった。墓場から声が聞こえてきたような気がして、全身に震えが走った。

紛れもない独特の響きと口調で、ペグが言った。

「スザンヌ、どうしてもこのままやりたいというのなら、覚えておいてちょうだい。こちらの要望に添うつもりがないのなら、即刻あなたをメンバーからはずすことにする。今回のキッチンツアーをぶちこわしにするなんて、断じて許しませんからね。わかった？」

ペグが何を言っているのか理解するのにしばらくかかり、やがて、あの日の朝、マージのキッチンを出たすぐあとでこのメッセージを残したのだと気がついた。つまり、殺される直前のことだ。

すでにわたしを容疑者扱いしていることが明らかなマーティン署長がこれを聞いたらどう思うか、容易に想像がついた。

躊躇することなく消去ボタンを押し、このメッセージがほかの誰にも聞かれずにすんだことに胸をなでおろした。

8

うんざりするほど早い時刻に、目覚まし時計が息を吹き返した。母まで起こしてしまわないよう、必死にベルを止めた。母はいつも、目覚ましの音なんか聞こえないと言うけど、わたしは母がときどきベルで叩き起こされてしまうことを知っている。着替えをすませ、深皿にシリアルを入れて急いで食べながら、携帯のスイッチをONにし、こちらがメッセージを残したあとでジェイクから電話がなかったかどうか見てみた。新しいメッセージをチェックしたが、何も入っていなかったので、せめて連絡ぐらいくれてもいいのになぜ知らん顔なのか、といぶかしく思った。

ジープに乗ろうとして外に出ると、気持ちのいい夜だったので――気温は十度ぐらい、湿度はほとんどなし――徒歩で公園を抜けてドーナツショップまで行こうかと思った。でも、その衝動を抑えつけた。あたりはまだまだ暗いし、邪悪なものが潜んでいそうな物陰が多すぎるし、神経がひどく張り詰めていて、かすかな風のそよぎにも震えるほどだった。

〈ドーナツ・ハート〉は真っ暗だった。それは当然のことだが、どこか様子が変だった。その原因を突き止めるのにしばらくかかり、やがて、客のために店の表に置かれたテーブルのひとつに何かがのっていることに気づいた。

近づいてみると、うちの店で作っているレモンクリームドーナツで、真ん中に緑色のプラスチック製の小さな短剣が刺さっていた。刺さったところからレモンクリームが垂れていたので、チェリーかラズベリーのドーナツでなかったことにホッとした。血のように見えるクリームだったら、はたして耐えられたかどうかわからない。

それでおしまいだった。脅迫状も、物陰に潜む人間もなし。短剣を突き立てられた哀れな小さいドーナツがあるだけ。いたずらのつもりなら、ひどく悪趣味だし、警告のつもりなら、ばかばかしくて怖がる気にもなれない。相手は何が言いたいのだろう？　嗅ぎまわるのはやめろ、でないとドーナツの命はないぞ、とか？　脅迫としては、たいしたものじゃない。たぶん、面白半分にわたしを脅そうという十代の子たちだろう。

とはいえ、相手が本気だといけないので、店からポリ手袋をとってきて、ドーナツと短剣をトレイにそっと移し、奥のオフィスへ運んでデスクにのせた。署長に電話したほうがいい？　それとも、わたしにもっと同情的な警官に電話する？　それとも、もっと上のほうへじかに訴えることにして、いま見つけたもののことをジェイクに知らせる？

どうすればいいのか決心がつかなかったので、トレイを棚のてっぺんにのせ、本日のドーナツ作りにとりかかる準備を始めた。

エマは十分遅刻してやってきたが、わたしはすでに彼女抜きで下ごしらえにとりかかっていた。

エマが入ってくると同時にわたしが時計に目をやると、エマは言った。

「はいはい、わかってます。ごめん。大急ぎで飛んできたのよ」

「ゆうべもデートで遅くなったの？」ケーキドーナツの材料の準備を続けながら、わたしは訊いた。

エマは表情を曇らせた。「ううん、九時にポールが家の前でおろしてくれたわ」

「早くも恋がしぼんでしまったなんて言わないわよね？」

「かもしれない」そう言われて、わたしはエマを見た。ひどく落ちこんでいる様子だった。

「うそうそ、からかっただけよ」

エマは肩をすくめた。「わかってる」一瞬の沈黙ののちに言った。「スザンヌ、ちょっと質問していい？」

レシピを修正したばかりのパンプキンドーナツを作るために材料を量りながら、わたしはうわの空でうなずいた。

「男の人って、交際に何を求めてるの？　どうすれば交際を続ける気になってくれるの？」

わたしは自分を抑えきれなくなった。笑いをこらえようとする前に、思わず爆笑してしまった。

エマはわたしに向かって眉をひそめた。「あたし、真剣なのよ。笑いごとじゃないわ」

「たしかに笑っちゃ悪いわね。でも、男性に関するアドバイスがほしいのなら、もっとましな相手を選ばなきゃ。わたしは男性との交際に関する世界屈指の権威とはいえないもの」

「けど、結婚してたでしょ」

「その結婚が失敗に終わって、しかもひどくみじめな終わり方だったことを、わざわざあなたに言わなきゃだめ?」

ところが、エマはそう簡単に解放してくれなかった。「マックスが店にきたとき、あなたにどんな目を向けるか、あたし、ちゃんと見てるのよ。いまも未練があるみたい。離婚したあともそうなのよね」

「離婚したのは理由があったからよ」わたしは作業の手を止めて、エマに真剣な目を向けた。「あのね、簡単な答えはどこにもないわ。自分で見つけるしかない。誰もがそうなの。わかるでしょ」

「まあね」エマはしかめっ面になった。「大人になるのがこんなに大変だなんて思わなかった」

「世の中でいちばん大変なことのひとつよ」わたしは言った。エマの表情がさらに曇ったことに気づいてつけくわえた。「心配しないで、そう悪いことでもないから。おまけがたくさんつくんだし」

「たとえば？」

「朝ごはんにデザートがほしかったら、誰にことわることなく食べられる。うちの店もそれに貢献してるようなものよ。でしょ？」

「そうね」エマは言った。

わたしはエマのエプロンに手を伸ばし、彼女のほうへ投げた。

「じゃ、仕事を始めましょ。でないと、エイプリル・スプリングズの住民の半分をがっかりさせることになるわ」

「そんなことしちゃいけないわね」

「心配しなくていいのよ」わたしはエマをさっと抱きしめた。「最後はすべてうまくいくから。わたしを信じて」

「あたし、つい考えてしまうの——ペグ・マスタースンもそんなふうに感じてたのかなって。ペグは結局、あんなことになってしまった」

わたしは言った。「エマ、そのことでわたしたちが罪悪感を抱く必要はないのよ。何者かがペグを殺した。でも、毒を盛るために犯人がドーナツを使ったのは、わたしたちの責任ではない。わたしたちにできるのは、前へ進むこと。そして、できる範囲のことを精一杯やること」

「あなた、ほんとにそうしてる?」エマが訊いた。「ペグを殺した犯人を捜してるんじゃないの?」

「それとこれとはべつよ。わたしがやってることにはちゃんとした理由があるの」手の粉をはたきながら、わたしは言った。「さてと、おしゃべりを続けてもいいいし、ドーナツを作ってわずかなお金を稼いでもいい。どっちにする?」

「お金に一票」

「わたしも一票。じゃ、始めましょ」

本日のドーナツ作りの準備を進めるあいだ、エマの言葉が正しいのだろうかと考えこまざるをえなかった。事件のことは警察にまかせて、自分の人生を歩んだほうがいいのかもしれない。いえ、そうはいっても、いろんなことがあるたびに消極的な態度で通していたら、いまいる場所にたどり着くことはできなかっただろう。もっとも、考えてみれば、利益の出る日はほとんどないような薄利多売の世界であがいてるだけの話だけど。

ドーナツ作りという楽しい仕事のことをそんなふうに考えていると暗くなるので、それは忘れて、自分にできる最高のドーナツを作ることに集中した。わたしの人生が不意に暗雲に覆われたからといって、店にきてくれるお客さんの日々を明るくしようという努力をやめる理由にはならない。

午前五時半に開店の準備が整うころには、最近わたしの周囲で起きていることを静観しようという気になりかけていた。ところが、店に入ろうとして待っているジェイクを見たとたん、静観してはいられないという思いがよみがえった。


「いらっしゃい」脇へどいてジェイクを店に招き入れながら、わたしは言った。

「ちょっと時間あるかな？」ジェイクが訊いた。

わたしはからっぽの店内を見まわすふりをした。

「いまのところ、世界じゅうの時間がわたしのものよ」

「そして、立ち聞きの好きなアシスタントもいる」

厨房からエマが言った。「やってません」

ジェイクは肩をすくめ、わたしは「はいはい、そうね」と言って厨房のほうを向いた。

「エマ、店のほうをお願い」

タオルで手を拭きながら、エマが出てきた。

「意地悪」エマはジェイクに言ったが、彼はすでに外に出ようとしていた。

「すぐ戻るわ」わたしは言った。

「どうぞごゆっくり。店のほうはあたし一人で大丈夫よ」

わたしは外に出て、ひんやりした空気を吸いこんだ。闇のなかに夜明けの気配が濃厚に漂っていて、日の出の近いことがわかった。「何があったの？」

「電話くれただろ。覚えてる？　ぼくは話があるって女性に言われるのが大の苦手なんだ。怒り狂った悪漢三人に立ち向かうほうがまだましだ」

わたしは笑みがこぼれそうになるのを必死に抑えてうなずいた。

「たぶん、賢明な判断だわ。ねえ、あなたが仕事で町にきたことは知ってるけど、正直に言うと、会えなくて寂しいの。今夜、一緒に食事しない？」

「そんなにうれしい誘いはない。ほんとだよ。ただ、ぼくが捜査中の事件において、きみはいまも重要参考人の一人なんだ、スザンヌ」

わたしは彼にニッと笑ってみせた。「じゃ、誰かに訊かれたら、わたしを尋問してたんだって言えばいいわ。わたし、スパゲティが食べたくてたまらなかったの。〈ナポリ〉へ行かない？　初めての本格的デートがあのお店だったし、ほんの二、三時間だけでも、ほかのことをすべて忘れられるかもしれない」

ジェイクも笑みで応えてくれた。

「うん、ぼくもあの店のことを夢に見ていた」それから、急いでつけくわえた。「きみのこともだ、もちろん」

「じゃ、あなたのお返事は？」

ジェイクはイエスと言おうとした。目を見ただけでわかった。ところが、そこで彼の携帯が鳴りだした。「ちょっと待って。電話に出ないと」

わたしに背を向けて、しばらく小声で何か言ってから、ふたたびこちらを向いた。

「ごめん。行かないと」

「何があったの？　事件に新たな進展？」

「いや、事件とは関係ない。個人的なことなんだ」車のほうへ向かいながら、ジェイクは言った。

「なんなの？」

「あとで電話する」ジェイクは車に乗りこみ、悪魔に追われているみたいな勢いで走り去った。

どういうこと？　捜査の進展状況をわたしに知られないよう、嘘をついてるの？　それとも、本当に個人的な緊急事態に直面してるの？　もしそうなら、何があったかぐらいは話してくれてもいいんじゃない？　だって、わたしは彼の人生の一部なんだもの。

歩道に立ちつくしていたそのとき、マックスが近づいてきた。出会ってから何年にもなるが、彼が午前九時前に起きていることは珍しく、しかも、まだ六時にもなっていない。「徹夜だったの？」と訊いてみた。

マックスは首をふった。「いやいや。早めにベッドに入ったんだ。ここが忙しくなる前に出かけてきて、きみと話ができるように」

「いまは話をしてる時間なんかないわ、マックス」

マックスはわたしの肩越しに、誰もいない店内を見渡した。「なるほど、すごい混雑だ」

「はいはい、時間はあるかもしれない。でも、とっくにその気をなくしちゃったの」男ときたら、まったくもう……。そばにいてほしいときは、めったにいてくれないのに、きれいさっぱり縁を切ってやると、しつこくまとわりつく。

「最後まで聞いてくれよ。きのうはダーリーンとデートしてたわけじゃないんだ」

マックスをどなりつけたいのを我慢するのが精一杯だった。

「マックス、わたしがどう思おうと、もう気にしないで。わかった？」

「おれは気にする。『あなたを信じるわ』と言ってくれないかぎり、ここを動かないぞ」

わたしは彼の目をじっと見た。「はいはい、あなたを信じるわ」

「真剣さが足りない」

わたしはためいきをつき、それから言った。

「勝手にしてよ。ダーリーンとデートしてないって言うのなら、わたしはそれを信じる。あなたがわたしに嘘をつく必要はもうないもの。でしょ？」

「よかった。さて、その件が解決したところで、今夜食事をつきあってくれよ」

わたしはマックスの前へ行き、二センチのところまで顔を近づけた。

「だめ。それから今後も誘わないで。返事は同じなんだから。さ、帰って」

マックスは笑った。「帰るよ。けど、あきらめないぞ」

彼のうぬぼれが我慢できなくなった。

「マックス、ふざけないで。わたしとよりを戻すことにどうしてそんなに熱心なの、まったくもう。そりゃ、わたしもそこそこのルックスだけど、あなたみたいにハンサムな人ならドーナツ屋なんかよりずっといい女が手に入るってことぐらい、おたがいにわかってるじゃない」

「わかってないな、まったく。きみなんだ、スザンヌ。ずっときみしかいなかった」

「それが真実だったときもあったでしょうけど、いまは違うわ。ほかに誰か見つけなさい、マックス。誰でもいいから、わたし以外の人を。だって、わたしはあなたに関心がないんだもの」

ドーナツショップに戻ると、エマが不思議そうにわたしを見ていた。

「どうかした?」わたしはエマに訊いた。

エマは注意深くわたしを見てから言った。「銃がない」

「エマ、何言ってるの?」

エマは肩をすくめた。「いまも言ったように、銃はないかと見てるんだけど、見つからない。でも、あなたの言ったことが弾丸よりすごい勢いでマックスに命中したのよ。歩道であのまま倒れるんじゃないかと思った。だから、知りたくてたまらないの。マックスにいったい何を言ったのかって」

「ほんとのことを言っただけよ」わたしはそっけなく答えた。

「マックスが死んでしまいたそうな顔になったのも無理ないわね」

「奥で皿洗いが待ってるんじゃない？」

「いますぐやります、はい」エマは厨房へ戻っていった。

表に視線を戻したが、マックスの姿はもうなかった。わたしは真実を告げて故意に彼を打ちのめし、シャキッとさせ、愚かな行動をやめさせようとした。彼をきっぱり追い払って自分自身の人生を歩んでいくことを、わたしが心の底から本当に願っていればいいのだけれど……。

午前中がすぎていったが、ジョージはいっこうに姿を見せず、きのうはとても親切にしてくれた人々もやはりあらわれなかった。わたしがありがたく受けとったみんなの励ましも終わりを告げたとみえて、醜い現実が頭をもたげはじめていた。お客が一人もこないわけではないが、いまみたいなペースが続いたら、収支をとんとんにするだけの売上げも望めなくなる。

十時きっかりに、わがドーナツショップの読書クラブの面々が入ってきた。わたしもひょんなことからメンバーになり、毎月、新しい友人たちと最新ミステリを選んで討論できる一時間を楽しみにしている。母にも声をかけようかと思っていて、いずれそうするつもりだが、いまのところはわたし一人の楽しみにしておきたい。

三人の年配女性のことを、わたしはあっというまに好きになった。いつも高価な服を身に着け、王侯貴族のような物腰だが、それをべつにすれば、わたしとよく似た人たちだ。

グループのリーダーである赤毛のジェニファーがわたしを見て、温かな笑みを浮かべた。「おはよう、スザンヌ。今日は参加できそう？　三十分しかいられないんだけど、あなたにも加わってもらえるとうれしいわ」

「お店のほうはエマに頼むことにします」わたしは言った。

エマがカウンターの持ち場についたところで、わたしは『死の袋小路』を手にとり、四人分のコーヒーを注いで特大のシナモンロールをいくつかトレイにのせてから、三人のテーブルへ行った。

「これ、どうぞ」ヘイゼルとエリザベスのそばにすわりながら、わたしは言った。

「そんな気を遣わなくても、あなたのことは大歓迎よ」コーヒーカップのひとつをとりながら、エリザベスが言った。

「でも、もらえるんだったらすごくうれしい」ヘイゼルが言って、すぐさまシナモンロールに手を伸ばしたが、あとの二人からじっと見られているのに気づいて、つけくわえた。「ふざけてるだけなのは、スザンヌもわかってくれてるわ」埋め合わせをするかのように、バッグに手を入れて五十ドル札をとりだした。

「多すぎます」わたしは言った。

「お願いだからとっておいて。こんなおいしいものなら、二倍の値段でも喜んで払うわ」しばらくしてから、考えこんで続けた。「そんなこと正直に言っちゃいけなかったわね」

全員が笑いだし、ジェニファーがノートを出した。「わたしの最初の質問は、一章で銃声が聞こえたあと、どうしてそんな家に入っていく女性がいるのかってこと」

「わたしなら茂みに逃げこみます」わたしは正直に言った。

「もしくは、車で逃げる」ヘイゼルが言った。

「なるほど。でも、逃げていくところを犯人が見るでしょうから、あなたがいたことを知られてしまう。わたしなら、犯人に見られる心配がなくなるまで待って、それから逃げます」

ジェニファーがうなずいた。

「そこまでは考えなかったわ。ときどき思うんだけど、作家はプロットを進めることだけが目的で、登場人物に愚かな行動をとらせるんじゃないかしら」

わたしは微笑した。「でも、事件に巻きこまれそうになったとたん、ヒロインが警察に電話なんかしたら、おもしろい本になりませんもの。本を読むときは、〝こんなこと現実にはありえない〟という気持ちを捨てるべきだと思いますけど。いかがでしょう？」

三人がまじめな顔でうなずいたので、わたしはしてやったりと思った。


あっというまに、来月までお別れという時刻になった。

「できれば帰りたくないけど、ヘイゼルの伯父さまが入院してらして、みんなでお見舞いにいくって約束したの。よかったら一緒にいかが？」ジェニファーは明るくつけくわえた。「病院へいく車のなかで討論の続きができるわ」

「お供したいけど、やっぱりお店にいなきゃ。誘ってくださってありがとう」

ジェニファーがわたしの手に手を重ねた。「スザンヌ、あなたはこのグループの一員よ。わたしたちがどこへ行くにしても、一緒にきてくれるなら、いつでも大歓迎よ」

三人が帰ったあとで、グループに入れてとても幸運だと思った。陽気でエネルギッシュな人たちとつきあうのが、わたしは大好き。読書会をひらく場所を探して三人がわたしのドーナツショップに初めて入ってきた日、それはわたしにとって幸運な日となった。

十一時少しすぎにドアのチャイムが鳴ったとき、ドーナツが売れさえするなら小学生の団体でも歓迎しようという気になっていた。

ところが、入ってきたのはお客ではなく、〈パティ・ケーキ〉のオーナーのジャニス・デイールだったので、けさはなんの用でやってきたのかと、いぶかしく思った。

「おはよう、スザンヌ」

「いらっしゃい」内心うんざりしていることを顔に出さないよう気をつけて、わたしは言った。ジャニスはひどく挑戦的な態度だったが、今日のわたしはそれを受け止めるだけの気力がなかった。「何をさしあげましょう?」

　誰もいない店内を見まわして、ジャニスは言った。

「アドバイスをお願いと言っても、たぶん無理よね」

「どういうことに関して?」これは未知の領域だ。ジャニスと二人で新たな大地を探検する気があるかどうかなんて、自分でもわからない。

「イーストドーナツを作ったあと、グレーズをかけるにはどうすればいいの? 〈クリスピー・クリーム〉ではウォーターフォール方式をとってるけど、おたくの店でそんな複雑な装置を使ってるとは思えないし、一個ずつグレーズをかけてたんじゃ、いつまでたっても終わらないでしょ」

「どうしてそんなこと知りたいんです?」エマが厨房から出てきて訊いた。「おたくの店でもドーナツを作るつもり?」

「エマ、失礼よ」わたしは言った。

「そうよ。礼儀正しい接客術ぐらい、身につけるべきだわ」ジャニスがエマに嚙みついた。

「変ねえ、何も注文してらっしゃらないみたいなのに」エマは言った。

「厨房に戻りなさい」わたしはエマに命じた。

「でも、この人……」

　いまここでそんな会話をするつもりはなかった。「エマ。お願い、言われたとおりにして」

「わかった。あなたがボスだものね」エマはそう言いながら、ドアの奥の厨房へ戻っていった。ドアがきちんと閉まっていなかったので、エマがいまも聞き耳を立てているに違いないと思った。よしよし、わたしがつぎに言うつもりのことをエマにも聞かせてやろう。

「従業員の躾の仕方をあなたが心得てるとわかって、ホッとしたわ」ジャニスが言った。

わたしはエプロンをはずし、それをカウンターに叩きつけた。

「うちの店につかつか入ってきてスタッフを侮辱するなんて、あなた、礼儀知らずもいいところだわ。エマはただの従業員じゃないのよ、ジャニス、わたしの友達なの。そして、わたしを守ろうとしてくれただけなの」

「どうしたのよ？　ちょっとした競争をするのも怖いっていうの？」ジャニスが意地悪な口調で訊いた。

「あなたと？　まさか。まず、まともなドーナツを作れるよう努力してもらいたいわね。だって、おたくのケーキはおがくずみたいな味だし、アイシングは練り歯磨きそっくり。クッキーについての議論はいかが？　メモしたものがどこかにしまってあるから、一時間か二時間ほど時間をとってくれたら、ゆっくり話ができるわ」

わたしが酷評するあいだに、ジャニスの顔が青ざめていき、それ以上ひとことも言わずに店を出ていった。荒い足どりで出ていくついでに、デイヴィッド・シェルビーをなぎ倒しそうになった。

デイヴィッドが店に入ってくると同時に、エマが拍手を始めた。

「ワオ、すごい歓迎だな」デイヴィッドは言った。「入ってくる客の一人一人を拍手で迎えるの？」

エマが出てきて言った。「あなたじゃなくて、スザンヌに拍手したの。たったいま、ジャニス・ディールを叩きのめしてくれたから」

わたしは首をふった。「エマ、わたしがジャニスにとった態度はあまり自慢できるものじゃないわ。でも、相手がジャニスだものね。あなたにあんなひどいことを言って無事にすむと思ってたのなら、大間違いだわ」

「ジャニスも二度と同じ過ちは繰り返さないと思う」エマは言った。

わがアシスタントはデイヴィッドを見て、それから言った。

「じゃ、あたしはこれで。お皿を洗わなきゃ」

エマが奥へひっこんだあとで、デイヴィッドが訊いた。「ジャニスになんて言ったんだい？きみに生きたまま皮をはがされたような顔で出てったけど」

「ジャニスのお菓子作りの腕を酷評したの。というか、腕のなさを。どっちにしても同じことね」わたしは言った。「ときどき、口と脳をつなぐギアがもっとなめらかに動いてわたしを黙らせてくれればいいのに、って思うことがある」

デイヴィッドは笑いだした。「それじゃ面白味がなくなってしまう。きみをそこまで怒らせるなんて、ジャニスは何を言ったんだい？」

「ドーナツ作りのコツを教えてほしいって。うちの店をつぶしたいとジャニスが思ってるだけでもひどいのに、こっちが苦労して身につけたコツを教えろだなんて、ずうずうしいにもほどがあるわ」

デイヴィッドは眉をひそめて窓の外へ目をやり、ジャニスの店のほうを見た。

「それじゃあ、あの店でケーキを買うのはもうやめることにする」

「あなた、デコレーションケーキやクッキーを大量に買う人なの？」

「いや。だけど、いつ必要になるかわからないだろ」デイヴィッドは店内を見まわして、つけくわえた。「店の景気はどうか、尋ねてもいい？」

「ドーナツがいっぱい残ってるトレイと、ガラガラの客席を見れば、すべてわかるでしょ。そう思わない？」

「よし、いい考えがある」陳列ケースをながめて、デイヴィッドは言った。「ドーナツを一ダースもらっていこう。そっちで適当に選んでくれないかな」

「パーティでも？」箱を用意しながら、わたしは訊いた。

「いや。だけど、それだけあれば、仕事中のおやつにできる」

ふだんなら、同情から生まれたことが明らかな注文など喜んで受ける気になれないが、いまのわたしはほかに選ぶ道がなかった。商売は商売、そして、デイヴィッドのほうは代金に見合うだけのおいしいドーナツが食べられる。それでも、ドーナツ十二個を箱に入れたあと、サービスでドーナツホールを何個か足した。

代金をもらうさいに、わたしは言った。「どんな仕事をしてるのか、一度も話してくれたことがないわね」

お釣りを受けとりながら、デイヴィッドはニッと笑った。「うん、たしかに話してない」

わたしが強引に聞きだそうとしたそのとき、母が店に入ってきた。デイヴィッドを見るなり言った。「この町では新しい顔ね」

「ええ、そうです」

「ドーナツはご家族へのお土産？」

「いや、ぼく、一人暮らしなんです。じゃ、失礼します」

「どうも」

デイヴィッドが去ったあとで、母が言った。

「スザンヌ、ジェイクとうまくいかなくなっても、ああいうすてきな男性がいるじゃない。身なりがいいし、ドーナツが好きそうだし、わたしが店に入ったときに彼があなたを見てた様子からすると、ドーナツの作り手のことも気に入ってるようよ」

「ママ、わたしをからかうのは家にいるときだけで充分じゃない？」笑いながら、わたしは言った。「店にきてまで、やらなきゃいけないの？」

「ママはまじめに言ってるのよ。信じてくれないかもしれないけど。でも、今日はメッセージを持ってきたの。数分前にジェイク・ビショップから家のほうに電話があったわ」

「どうして家にかけたのかしら。わたしが仕事中なのは知ってるはずなのに」

「スザンヌ、携帯のメッセージをチェックしたほうがいいんじゃない？」

ポケットに手を入れたが、驚いたことに、携帯は入っていなかった。

母が携帯をかざして訊いた。「これがあなたの捜してるもの？　家にあったわよ。ドレッサーの上にのせてあって、わたしに向かってけたたましく笑いつづけてた。着信音をもっと洗練されたものに変更するつもりだと思ってたけど」

「けっこう気に入ってるの」わたしはそう言いながら、母から携帯を受けとった。「ジェイクから電話がないと思ったら、こういうことだったのね。でも、どうしてドーナツショップのほうにかけてくれなかったのかしら」

「番号を調べる時間がなかったそうよ」母が言った。「ママがあなたの携帯に出たら、けさ、あわただしく出かけてしまった理由をあなたに伝えてほしいってジェイクに頼まれたの」

「なんて言ってた？　個人的なことってなんだったの？」わたしは訊いた。

母は眉をひそめて答えた。「エイミーっていう姪御さんのことなの。ジェイクのお姉さんのサラが生んだ最初の子で、けさ、大変だったんですって」

「何があったの？　大丈夫なの？」お姉さんとその子供たちのことは、ジェイクからよく聞かされている。ジェイクには子供がいないので、その子たちを実の子供のように思っている。サラの夫はエイミーの弟のポールが生まれた少しあとに亡くなったので、ジェイクの話だと、お姉さんは彼が子供たちを可愛がってくれるのを喜んでいるという。

母が言った。「入院したそうよ」

「ジェイクは心配でおろおろしてるでしょうね。交通事故だったの？」

奥さんを事故で失ったというジェイクの話を思いだし、今回も同じことが起きたのではないよう心から祈った。

「ううん、ひどい熱を出したので、あわてて病院へ運んだんですって」

「まあ、大変。元気になるといいけど」

「容態がくわしくわかったら、電話をくれるそうよ」

「わざわざ知らせにきてくれてありがとう」わたしは言った。

「いいのよ」母はさらに何か言いたそうな様子で、もう二、三秒わたしを見ていたが、どうやら考えなおしたらしく、店を出ていった。

エマがタオルで手を拭きながら、ふたたび出てきた。

「うーん、あなたの人生には苦労がつきものね」

「わたし、この店であなたに立ち聞きされずに会話をしたことがあったかしら、エマ」

エマは考えるふりをしてから言った。「たぶんないと思う。でも、あたし、立ち聞きをさぼっちゃいけないと思って精一杯努力してるのよ」

　エマの言葉を聞いて、わたしはこらえきれずに笑いだした。

「奥で皿洗いをすませてね。そしたら帰っていいわ。今日は、お客さんもそんなに多くなさそうだし」

「あたしを追い払おうとしてるわけじゃないわよね？」

「エマ、それだったら、バイト代つきであなたを帰らせるかわりに、クビにするわ。どうしてそんなこと訊くの？」

「理由はないけど……」エマは最後の仕事を終えるために、小走りで奥へ戻った。

　十分後、ふたたび出てきたときは、エプロンをはずしてジャケットを着ていた。

「やけに早いわね」わたしは言った。「あなたの標準からしても」

「言葉もありません。早めに帰れるのがうれしくて。じゃ、今日はこれで、スザンヌ。また明日の朝ね」

「じゃ、また」

　エマが帰ったあとで、ペグ・マスタースン殺しの調査を手伝わせろと、彼女がゴリ押ししなかったことに気づいた。好奇心をなくしたのか、それとも、わたしの手伝いをすることを父親に止められたのか。エマの父親はこの町でただひとつの新聞の編集発行人。エマの仕事について話すとき、父と娘のあいだにどんなやりとりがあるのだろうと、わたしは無意識のうちに考えていた。わたしに対するエマの忠誠心は揺るぎがないので、エマに何かしてほしければ、ひとこと頼みさえすればオーケイだ。でも、今回は頼まないつもりだった。わたしと友人たちのほうが年上だが、失うものがエマより少ないような気がする。それが正しいかどうかはべつとして。

正午の三分前にドアのチャイムが鳴って、ジョージが入ってきた。カウンターにすわり、パンプキンドーナツ二個を注文してから言った。

「ペグは存在の証《あかし》をこの世にほとんど残していかなかったようだ。彼女が長年にわたって主催していた資金集めのためのチャリティイベントをべつにすれば、華々しいことはたいしてやっていない。噂によると、金を貯めこんでたそうだ。エイプリル・スプリングズの住民のほとんどが夢にも思わなかったほどの莫大な金を」ジョージはわたしをしばらく見つめ、それから訊いた。「そっちは何かわかったかね？」

わたしはグレースと二人で調べた元帳の内容と、グレースが見つけたメモのことをジョージに話したが、メモを家に忘れてきたため、見せることはできなかった。

「重要な手がかりになりそうだな」ドーナツをひと口かじってから、ジョージは言った。

「いまからどっちの方向へ調査を進めればいいと思う？」

「バート・ジェントリーがペグとつきあい、現在はマージとつきあってることが、どうもひっかかるの。あなたの仲間の誰かが、ひょっとして何か知らないかしら」

「訊いてまわってみよう」ジョージは言った。「あるいは、バートと直接話をしてもいいし。ああいうやつだから、ものにした女のことは得意になってしゃべるだろう」

「バートが？　あの人がそんなことをするなんて思えない」

「まあまあ。仕事のあとで飲みに誘うことにするよ。そうすりゃ、やつのことだから黙っていられるわけがない。昔から女にもてるのが自慢でね、それを裏づける話をこれまでにさんざん聞かされてきた」

わたしはジョージを見て尋ねた。「わたしたち、同じ人物のことを話してるのよね？　金物店のあのやさしい年配男性のことを」

ジョージは笑った。「スザンヌ、秘密をしゃべるのを好まない男もいるが、わたしはこれまでの人生で、そんなタイプの男にはあまり出会ったことがない。賭けてもいい――あいつにちょっと水を向けて、一杯か二杯飲ませてやれば、口をひらくに決まっている」

「やってみる価値ありね」

「よし、いますぐ押しかけてやろう」

ジョージが出ていったあと、店を閉める用意を始めたところにグレースがやってきた。ドーナツが八ダースも売れ残ったので教会へ持っていくことにした。今日一日、予想以上にお客の入りが悪かった。

グレースはわたしを見るなり言った。

「これ全部、家に持って帰るつもりじゃないでしょうね」

「さあ、どうしよう。あとでおなかがすくかもしれないし」

グレースは微笑した。「じゃ、とりあえず、わたしが一ダースもらっとく」

わたしはいちばん上の箱をグレースに渡した。「進呈するわ。あとは教会行き」

「もらえないわ。冗談で言っただけなんだから。これを教会に届けたあと、何か予定はあるの？」

「まっすぐここに戻ってくるつもりよ。手伝ってくれるのなら、二人で難題に挑みたいんだけど」

そう言われて、グレースははりきった。

「何を企んでるの？　警察に忍びこんで、署長の話を盗み聞きするとか？」

「ううん。それよりはるかに危険なこと」照明を消しながら、わたしは言った。

「じらさないでよ、スザンヌ」

わたしは深呼吸をして、それから言った。

「となりのギャビーのところへ話をしにいって、彼女から情報をひきだすの」

グレースは顔をしかめた。「はっきり言わせてもらうと、署長をスパイするほうがまだ楽だわ」

「同感。でも、こっちのほうが効果的よ。ギャビーは何か隠しごとをしてる。だから、それを探りだす必要があるの。いまのところ、暗闇で壁にぶつかってばかりって感じでしょ。ギャビーの前で一時間だけ我慢すれば、壁にぶつからずに正しく進めるようになるというなら、耐え抜くしかないわ」

「一時間も？　マジで？　あまりにも残酷」

わたしはうなずいた。「少なくとも、こちらは二人いるのよ」

ジープのうしろにドーナツを積みこんだあとで、わたしは店のドアをロックした。グレースが言った。「よそで用事があったのを思いだしたって言っても、たぶん信じてくれないわね」

「ぜーんぜん」わたしはグレースの腕をしっかりとつかんだ。「ギャビーの店に入るときは、あなたも一緒よ」

ドーナツを急いで教会へ届けてから、うちの店の前にふたたびジープを止めた。ピート神父は喜んでドーナツを受けとってくれた。前回、教会の事務員から受けた扱いを考えると、受けとってもらえるかどうか自信がなかったのだが。神父さまに事務員のことを尋ねたところ、今日は休みをとっているとのこと。今後ドーナツを届けるときは彼女の休みの日にしようと心に誓った。

そのあとすぐに、ギャビーの店で彼女に立ち向かい、ペグとの関係についてできるかぎりのことを聞きだすという仕事が待っていた。

9

「あなたたち、うちの店に乗りこんできてわたしを袋叩きにしようったって、そうはいかないわよ。こっちはわが身を守ることもできない小娘じゃないんですからね。あなたたちの魂胆はちゃんとわかってるわ」

わたしたちがギャビーの店に押しかけたのは質問するためで、買物するためではないことを見透かされるのに、長くはかからなかった。それに気づいたとたん、腰の低い店主はたちまち、尋問されて激怒する人物に変身した。

「ギャビー、何回も言ってるけど、ここにお邪魔したのはあなたの力になりたいからで、あなたを非難するためではないのよ」グレースが言った。いつもなら人あしらいにかけては名人級の彼女が、今日はなぜか最初からギャビー・ウィリアムズの怒りを掻き立ててしまったようで、グレースが話をすればするほど、ギャビーのほうは喧嘩腰になった。

「悪いけど、二人とも信用できないわ」と、辛辣な口調で言った。

そろそろわたしが口をはさみ、事態を好転させられないかやってみることにした。これ以上悪くなるはずもないから、べつの方向からアプローチしてみよう。本当のことを話すのだ。

わたしは両手をあげた。「はいはい、わかりました。認めます。おっしゃるとおりよ。町で起きてるいくつかのことについて知りたいんだけど、頼りにできるのはあなたしかいないの」

グレースの携帯が鳴りだし、グレースは番号をちらっと見てから言った。

「ちょっと失礼。電話に出なきゃ」

グレースが店の外に出たあとで、わたしはギャビーに言った。

「こんなふうに押しかけてきたのはフェアじゃなかったわ」すなおに謝った。「お詫びします」

ギャビーは疑いのまなざしを向けた。「その言葉に嘘偽りがないって、わたしにどうして信じられて？」

「どうして信じてくれないの？」わたしは反論し、誠意をわかってもらおうとベストを尽くした。「こちらの手の内をすべて見せるわ。力になってくれない？」

この懇願にどう応じるべきかとギャビーが迷っているのを、わたしは見守った。返事をしようとして彼女が口をひらいたときでさえ、どんな返事がくるのか予測がつかなかった。

ようやく、ギャビーが微笑した。「その正直さには感心したって言うしかないわね。わたしにできることなら力になるわ。何を知りたいの？」

やった。「ペグと、ジャニスと、マージのことを話して。バート・ジェントリーのことと、この人たちがどんな関係かについて、なんでもいいから教えてほしいの」

「まあ、ずいぶん控えめな頼みだこと」

わたしは笑った。「ずうずうしいのは百も承知だけど、わたしにかけられた嫌疑を晴らすには、あなたに頼るのがいちばんなの。わたしにとって評判がどんなに大切か、わかってくれるでしょ」

ギャビーはうなずいた。「わかりますとも」しばらく考えこみ、それからつけくわえた。「ジャニスはキッチンツアーの実行委員会の副委員長なのよ。知ってた？」

「いいえ、初耳よ」それがどう関係してくるのかといぶかりながら、わたしは正直に答えた。

ギャビーはさらに続けた。「ペグはしばしば、書類の上で誰かを自分の補佐役にしてたけど、それはあくまでも肩書きだけのことだった」ギャビーはしばらくわたしを見つめてから訊いた。「変だと思わない？」

「わからないわ。普通は変だと思うものなの？」話はどこへ進んでいくんだろう？　ギャビーに調子を合わせて、彼女がどこへ向かっているかを見届ける以外に方法はなかったが、正直なところ、わたしはこの新たな情報に困惑していた。

「スザンヌ、委員会の委員長っていうのはたいてい肩書きだけで、じっさいの仕事はすべて下の人間がやるものでしょ。ところがペグは正反対で、チャリティ関係のイベントはかならず自分がとりしきってたの。まるで国家機密を扱うような調子で。ほかの人にはいっさい権限を持たせずに、すべて自分がやるって言うのよ」

「まだよく理解できないんだけど」わたしの声は、引出しのなかでいちばん切れ味の悪いナイフみたいな響きだったが、自分ではどうしようもなかった。

「何か隠しごとをしてるような感じだったわ」ギャビーはそう言いながら、これでもまだ理解できないのかと言いたげに、わたしをじっと見た。

「はあ……」ギャビーが何を言おうとしているのかつかめないまま、わたしは答えた。ペグが何を隠してたというの？

「当然、ジャニスがその状況に不安を覚えて、ツアーが始まる日の朝、うちにやってきたの。わたしに頼めば助けてもらえると思ったのね。わたし自身、前にペグとやりあったことがあるから」

ギャビーはふたたび鼻をグスンといわせた。

「あのとき、あなたに話したでしょ。ジャニスにすごく失礼なことを言われたって」

「それから、あの日はほかにもあなたに食ってかかった人がいるって言ってたわね」

ギャビーは顔をしかめた。「忘れるもんですか」

ここらで少し強引にギャビーを問い詰めて、向こうがどう答えるか見てみよう。

「それ、ペグだったんでしょ？」

ギャビーは平手打ちを食らったような顔でわたしを見た。「なんでそんなことを？」

「そう考えれば辻褄が合うもの」

「わたし、最後にペグと口論してしまったの」ギャビーは言った。後悔の色が濃くにじむ声だった。

「殺人のあった日の朝ってことね」

ギャビーはうなずいたが、それ以上何も言えない様子だった。しばらくして、ようやく言った。「話をする必要があるって以前に電話でペグに言ったんだけど、ペグは悪態をついて電話を切ってしまった」

ギャビーはしばらく自分の手を見つめ、それから静かに続けた。

「もう一度ペグと話をして、多少は機嫌を直してくれないか説得してみようと決心したの。ほかの誰かに干渉される前に、ペグに自分の口から弁明するチャンスを与えたかったの」

「やってはいけないことをペグが何かやってたってこと？」ギャビーの話がどこへ向かうのか、ようやくわかりかけてきた。

「まさにそう言ってるのよ」

「あなたたち二人が最後に話をしたのは何時ごろだったの？」我慢できなくなって、わたしは訊いた。

「ペグがマージの家へ出かける直前」ギャビーは告白した。

「そのことを警察は知ってるの？　あなたから警察に話した？」どんな情報であれ、ギャビーがそれを隠してたなんて、どんなに重要なことかを考えもしなかったなんて、わたしには信じられなかった。

「どう思われるかわからなかったから」ギャビーは正直に答えた。「ペグとひどい口論になってしまったし、気に入った容疑者を見つけるとマーティン署長がどんな態度をとるか、わたし、よく知ってるもの」

わたしはギャビーの手に軽く触れた。「ペグとは具体的にどんな話をしたの？」

ギャビーは顔をしかめた。「あの人、カンカンになってて、わたしが彼女のやることにけいな口出しをしてるって非難したわ。知りたいのなら教えるけど、脅し文句まで並べたのよ。そこまで過剰に反応するなんて、わたしには理解できなかった。単純な質問をしただけなのに、あの反応は度がすぎてたわ」

「ギャビー、やっぱり警察に話さなきゃ」

ギャビーは〝頭がおかしいの？〟と言いたげにわたしを見た。

「無理よ。さっきも言ったでしょ。そんなことをしたら、わたしが疑われてしまう」

しかし、このままにはしておけなかった。「あなたが内緒にしてるうちに、ほかの誰かからマーティン署長の耳に話が入ってしまったら、どんなに印象が悪くなるか、考えてごらんなさい」

ギャビーはわたしからあとずさった。「スザンヌ・ハート、脅迫のつもり？」その目には氷のような冷たさが浮かんでいて、わたしは思わず身震いした。

「やだ、誤解しないでよ。あなたの許可がないかぎり、わたしから署長に話をすることはありえない。あなたの信頼を裏切るようなまねはしないわ。でも、あなたたち二人が話してるのを、ほかの誰かが見たかもしれない。署長に追及されてもかまわないの？」

「そんなわけないでしょ」ギャビーはしぶしぶ答えた。「たぶん、あなたの言うとおりね。店のドアがあくたびに、あるいは、電話が鳴るたびに、警察かと思ってビクッとするの。殺人のあった日以来、ろくに寝てないのよ」

「ギャビー、マーティン署長に話をするとき、わたしがそばについていてましょうか」

ギャビーの顔には恐怖の表情が簡単に読みとれた。

「なんでそんなことをしてもらわなきゃいけないの？　わたしは大人の女よ。話ぐらい自分でできるわ」

わたしは腕時計を見て言った。「じゃ、弁護士に電話して、きてもらう？」

「弁護士は必要ないわ。悪いことなんかしてないもの」ギャビーはためらい、それからつけくわえた。「正しいことをひとつ言ってくれたわね、スザンヌ。とにかくこの件を片づけなくては。それも大至急。あなたが帰ったら、すぐマーティン署長に電話するわ」

ギャビーを一人きりにして署長に立ち向かわせるのかと思うと心が痛んだが、はっきりことわられたのだし、またしても拒絶されるのは避けたい心境だった。

「それが何よりいいことだわ」わたしはそう言ってドアへ向かった。

ギャビーはかろうじて聞こえる程度の低い声で言った。「ありがとう」

「いいのよ」

店を出ると、グレースがリサイクル衣料の店の前を行きつ戻りつしていた。

「どうだった？」

「電話が終わったあと、どうして店に戻ってこなかったの？」

「わたしがいないほうがうまくいくんじゃないかと思って。どう？」

わたしはグレースに柔らかな笑みを送った。

「じつを言うと、そのとおりよ。いまごろギャビーが警察に電話してるわ」

「なんでギャビーがそんなことを？」

「殺人があった日の朝、ペグと口論したらしいの」わたしは軽い口調で言った。

「どうやって突き止めたの？　ギャビーがそんなことを打ち明けたの？　あなたって凄腕ねえ、スザンヌ・ハート。感心したわ」

わたしはパトカーがこないかと目を光らせていたが、時間がたつにつれて、ギャビーの気が変わったのではないかと心配になってきた。

「どうやって話をひきだしたの？」グレースが訊いた。

「ギャビーに本当のことを言って、あとはじっとすわったまま、向こうの話に耳を傾けたのよ」

グレースはうなずいた。「ギャビーにそんなふうに接するなんて、わたしなら考えつかなかったわ」わたしにつられて店のウィンドーの奥をのぞきながら質問した。「二人がどんなことで口論したのか、ギャビーは話してくれた？」

「ペグが委員長としていろんな仕事を一手にひきうけてて、副委員長は肩書きだけの立場だったそうなの」

「変わってるわね。ふつうなら逆なのに」

わたしはしばし彼女を凝視した。「わたし以外は、世間の人みんながそれを知ってるの？」

グレースは言った。「毎晩八時にベッドに入らずに、たまにはどっかの委員会に顔を出す時間を作ってれば、あなたにもわかったはずよ。ペグったらどうして、ほかの人と責任を分担しようとしなかったのかしら。仕事が山ほどあったでしょうに」

「ギャビーとジャニス・ディールもそのことが腑に落ちなかったみたい」パトカーが近づいてくるのが見え、今回だけは、うちの店ではなくギャビーの店の前で止まった。署長が車をおりて店に入ろうとしたとき、こちらにちらっと視線をよこし、グレースとわたしがカウチに腰をおろして彼を見つめているのに気づいて、ひどく驚いた顔になった。

こちらはどう挨拶するかなんて考えていなかったので、二人でほぼ同時に署長に手をふった。

署長は返事もせずに首をふり、それから〈リニュード〉に入っていった。

「どうする？」グレースが訊いた。

「あなたはどうか知らないけど、わたしは署長が出てくるまでどこへも行かない」

「それがいいわね。待つあいだ、ポップコーンがあればいいのに」

「映画じゃないのよ。現実の人生なのよ」

「あら、現実の人生ではポップコーンを食べちゃいけないの？」

長く待つ必要はなかった。店に入って十分もしないうちに、マーティン署長が出てくるのが見えた。今回は、一人でパトカーに乗りこむさいにこちらを見もしなかった。

「どういうことかしら」わたしはつぶやいた。

その瞬間、ギャビーが出てきて、それからパトカーに乗りこんだ。

グレースがドアのところに戻ってきて、パトカーが走り去るのを見た。

「わたし、何を見逃してしまったの？」

「ギャビーがパトカーで署長と一緒に行ったわ」

「逮捕されたの？」グレースの声が急に大きくなった。

わたしは首をふった。「そういう雰囲気じゃなかったわね。自分の意志で署長と一緒に行ったように見えたわ」

携帯に手を伸ばすわたしを見て、グレースが訊いた。「どこに電話するの？」

「ジョージにかけて、警察の様子を探りだせないか頼んでみる。あ、ジョージはいま、バートと話をしてる最中だったんだ」グレースの車に乗りこんだわたしは、携帯をバッグに戻した。

「すっかり忘れてたわ。いまからどうする？」

「〈パティ・ケーキ〉を訪ねることにしましょう」車を走らせながら、グレースが言った。

「じゃ、歩道の縁に車を寄せて、わたしをおろして。完全に止まってくれなくてもいいの。少しスピードを落としてくれれば、そこで飛びおりるから」

グレースはわたしにちらっと目を向けて言った。「赤ちゃんみたいなこと言わないの」

「悪夢になりそうだもん。ジャニス・ディールはわたしのことが大嫌いなのよ。なんにも話してくれるわけないわ」

「いつもやってるように、あなたの魅力でうっとりさせればいいのよ、スザンヌ」

「おことわり」

グレースは車を止め、ギアをパーキングに入れ、それから言った。「手遅れよ。着いたわ」

顔をあげると、そこはジャニスのケーキ屋の真ん前だった。わたしが火に包まれたとしても、ジャニスがバケツで水をかけてくれるかどうか怪しいものだが、店に入るしかなかった。ペグ・マスタースンが亡くなる前にとっていた奇妙な行動についてジャニスが何を知っているのか、どうしても聞きださなくてはならない。情報を得るためには、大いなる屈辱に耐えるしかないとしても。

せめてもの救いは、彼女の作ったケーキを食べずにすむことだ。

「何しにきたの？」グレースとわたしがケーキ屋に入っていくと、ジャニスが言った。

「この前のことが申しわけなくて」わたしは嘘をついた。「言い訳にはならないけど、このところストレスがすごくたまっていたから、あなたに八つ当たりしてしまったの。ごめんなさいね」

ジャニスはまる十秒のあいだ、険悪な目でこちらを見て、それから尋ねた。

「それってつまり、わたしのケーキがまずいと言ったのは嘘だってこと？」

ギャッ、やめて。まさかわたしに食べさせる気じゃないでしょうね。ペグ・マスタースンを殺した犯人を見つけたいのはやまやまだけど、そうまでしても見つけたい？　ケーキが出てきたりしないよう祈った。

「すばらしい味よ」どうにか言葉を押しだすことができた。もしわたしがピノキオだったら、鼻がぐんぐん伸びて、いまごろはドアを突き破っているだろう。

「じゃ、許してあげる」ジャニスは言った。「許しを請うよりも、許すほうが、人間としての器の大きさが必要なのよね。わたし、けっこう器の大きい人なのよ」

ジャニス・ディールのご機嫌をとり結ぶのがいかに重要であろうと、これ以上黙って聞くのはもううんざりだった。

何か言ってやろうとしたとき、グレースが横から口をはさんだ。

「わたしたち二人とも、気の毒なペグのことで心を痛めてるのよ。悲劇だわ。そうでしょ？」

「たしかに不運だったわね」ジャニスは言った。どっちつかずの曖昧な態度で通そうとしている。

グレースはさらに続けた。「いま、ギャビー・ウィリアムズと話をしてきたところなの。キッチンツアーの開催にあたってペグを手伝おうとして、あなた、困った立場に立たされてたそうね」

「わたしは副委員長なのよ」ジャニスは怒りのこもった声で言った。「小切手にサインする以外の仕事もやらせてほしかったわ」

「いまはあなたが全部やらなきゃいけないんでしょ？」わたしは訊いた。

「誰かがやらなきゃね」ジャニスは言った。「これ以降の三回の週末のツアーを中止するわけにはいかない。そんなことをしたら、チケットの払い戻しをしなきゃいけないけど、委員会の口座には返金できるほどのお金がないんだもの」

「どうしてそんなことを知ってるの？」わたしは訊いた。

「ペグの説明によると、こういうイベントには経費がつきものだそうなの。宣伝しなきゃいけないし、ちらしを作る必要があるし、ほかにもいろいろあるでしょ。傍《はた》からは想像できないだろうけど、それだけでもすごい額になるのよ」

わたしは辛辣なコメントを唇を嚙んでどうにか抑えこめたので、質問した。「キッチンツアーのために小切手をずいぶん書いたの？」

「かなりね」ジャニスは認めた。「何枚かは現金化するためだった。ペグが言ってたけど、支払いは現金にしてくれっていう業者さんが多いんですって」

「委員会の小切手帳を見せてもらえないかしら」グレースが訊いた。

「必要ないと思うけど」ジャニスは言った。「あなたたちには関係ないことでしょ」

「それもそうね」わたしは言った。「あなたが刑務所に入らずにすむよう、力になれるかと思ったんだけど、まず警察署長に見てもらったほうがよさそうね。帰りましょ、グレース。わたしたちの助けは必要なさそうだから」

ジャニスはドアの前へ走り、わたしたちが出ていくのを止めようとした。

「二人でいったいなんの話？」

わたしは言った。「小切手帳を見るまでは、はっきりしたことは言えないけど、支払った代金の領収証をペグは渡してくれた？」

「必要ないって言ってたわ」ジャニスはいささか不安そうに答えた。

「じゃ、お金がじっさいにどこへ行ったかを示す証拠は何もないのね」

「少しならあるわよ」ジャニスのしかめっ面がひどくなった。「それがふつうのやり方だってペグに言われたし、彼女を信用しちゃいけない理由は何もなかったし」

わたしは言った。「あなたがひきつぐ前に、ペグが誰を副委員長にしてたのか知らない？」

「マージ・ランキンがやってたけど、何かで喧嘩別れしちゃったみたい」ジャニスは言った。

「ちょっと待って。委員会の小切手帳をとってくる」

ジャニスが奥の部屋へひっこんだところで、わたしはグレースに訊いた。

「いまのどう思う？　なんか胡散《うさん》臭い感じね」

「宣伝費やちらしの代金を現金で受けとる業者がどこにいる？」グレースが言った。「ジャニスが書いた小切手の本物を見てみたいわ。そしたら、どこがおかしいのかわかると思う」

わたしは窓辺へ行き、ガラスに貼ってあったちらしをはがした。

「最高の品質とはいえない。カラー印刷にもなってない。たぶん、一枚につき数セントってところね」

「じゃ、ペグがいくら使ったか見てみましょう」

「はい、持ってきたわ」ジャニスがわたしに小切手帳をよこした。

わたしは振りだし済みの小切手の記録を見つけ、入念にチェックした。現金化のために振りだされた小切手と、業者宛に振りだされた小切手が混じっているのに注意を払いながら。

すぐさま不審な点が浮かびあがった。「現金化のために振りだされた小切手がここにはあまりないわね、ジャニス」

「現金化の分が多すぎると、委員会に報告したとき変に思われそうだってペグが言って、彼女の指示で、〈パーティ《P》・エンタープライズ《E》・ガロア《G》〉宛に振りだすことになったの。ペグがやってる会社で、委員会がここを利用すれば割引料金になるって言ってたわ」

わたしはグレースを見て微笑した。「賭けてもいいけど、小切手はどれも〈P・E・G〉宛になってるはずよ。ペグはきっとご機嫌だったでしょうね」

グレースがわたしから小切手帳を受けとるあいだに、ジャニスが訊いた。

「正直に言ってほしいんだけど、わたし、何か悪いことをしたの？」

慈善事業を詐欺の手段にしてお金を個人口座へ移そうと企んだペグを手伝ったことになる、と言ってやりたかったが、ジャニスがひどく動揺している様子なので、かわいそうで言えなかった。「誰かほかの人に頼んで、これを処理してもらわなきゃね」

「あなたはすぐ署長に電話して、いま打ち明けてくれたことを残らず話したほうがいいわ」グレースが言った。

「ほんとにそうしなきゃだめ？　あの署長、わたしのことが嫌いなのよ」

わたしは言った。「グレースの言うとおりよ。署長に話さなきゃ。それが原因でペグが殺されたのかもしれない」

「わたしじゃないわよ」ジャニスはすさまじい口調で言った。

「だからこそ話す必要があるのよ。あなたのほうから進んで打ち明ければ、署長もすんなり信じてくれるわ」

「二人でここに残って、そばについていてほしいんだけど、だめかしら」

ジャニスの目にみじめな恐怖が浮かんでいたので、わたしは彼女に対する感情をいったん脇へどけて、「いいわよ」と言いたくなった。

ところが、グレースが意外な態度に出た。「だめだめ。その件をわたしたちまで知ってるみたいに思われてしまう。しかも、署長はすでにスザンヌを容疑者扱いしてるのよ。これ以上疑われたら、スザンヌが気の毒だわ。わたしだけがここに残ったとしても、警察はスザンヌと結びつけて考えるでしょうね。悪いけど、一人でやってちょうだい」

グレースはジャニスに小切手帳を返して、「帰りましょ」とわたしに言った。

外に出てから、わたしは言った。「ちょっと冷たいんじゃない？　たった一人で署長に立ち向かわせるなんて」

「わたし、ジャニスに同情する気はまったくないの」グレースはそう言って、彼女の車に乗りこんだ。「あんな小切手を書くなんて、バカもいいところだわ。自分がやったことの責任はちゃんととらせなきゃ」

わたしはうなずいた。「そりゃそうだけど、でもやっぱり、少し気の毒に思わずにはいられない」

「スザンヌ、それがあなたの困った点なのよね。脳よりハートのほうが大きいの。でも、想像できる？　ペグが大胆不敵にも資金集めのイベントの費用をくすねて、ジャニスがそれに協力してたなんて」

「どうして慈善団体のお金を横領してたんだろ？　自分の財産がどっさりあるっていうのに」わたしは不思議に思った。「どうにも筋が通らない」

「なんらかの強迫観念にとらわれてたのかも」

わたしはその可能性をちらっと考え、それから言った。

「ペグとマージの喧嘩って、それが原因だったんじゃないかしら。ペグが何をやっているかをマージが突き止めたのかもしれない。でも、それだと疑問がひとつ生じる」

「マージはどうしてそれを公にしなかったのか……ただし」

わたしは黙りこみ、グレースを見た。「ただし、なんなの？」

「マージ自身が横領の仲間に加わろうとした可能性はない？」

「なくはないわね」

「でも、たしか、マージのほうもお金持ちでしょ」

「改装したキッチンを見てごらんなさい。そしたら答えが出るから。莫大なお金がかかったはずよ。それに、家のインテリアに関してマージの言ってたことが本当なのかどうか、疑わしくなってきた。最近になって高価な家具を買いこんだことをごまかすために、嘘をついた

考えればいい？」

グレースはうなずいた。「でも、問題は誰のお金が使われたかってことね。さてと、どうだけなのかも」

わたしは下唇を嚙んで、それから言った。「ペグが寄付金を横領してたんでしょうね。この〈P・E・G〉っていうのがまっとうな会社なら話はべつだけど、ま、ありえないわね。ここ何年ものあいだ、ペグは三つの郡でひらかれる資金集めのイベントをすべてとりしきってきた。お金をくすねるには絶好のチャンスだわ。とくに、そのたびに世間知らずの会計係を見つけることができたのなら」

「きっと、その点にこだわったでしょうね」

「でも、ペグにとっては端金《はしたがね》にすぎないもののために、どうしてすべてを危険にさらしたのか、わたしはいまだに理解できない」

「ペグとマージの財政状態をもっとくわしく探る必要がありそうね」

「名案だわ。ただ、どんな手段で探ればいいかがわからない」

「考えてみるから、ちょっと時間をちょうだい」グレースは言った。

ドーナツショップの前に車を止め、グレースがエンジンを切った。

「署長があの小切手帳を見たら、たぶん、あなたへの疑いだけは消えるわ」

「それは大いに疑問だと思う。わたしとしては、ジェイクが彼の容疑者リストからわたしを消してくれるだけで満足よ」

「そういえば、彼、どこにいるの？」

わたしは車をおりて、ひらいたドアからのぞきこんだ。

「身内に緊急事態が起きて、ローリーに帰ったの」

「たいしたことじゃないといいわね」

わたしは車のドアを閉めようとして、そこで言った。

「同感。午後からつきあってくれてありがとう」

グレースは笑顔になり、ふたたび車のエンジンをかけた。

「何言ってるの。わたしがチャンスを逃すわけないでしょ。さてと、わたし抜きであちこち嗅ぎまわるのはやめなさいね。わかった？　わたし、仲間はずれにされたくないの」

「大丈夫よ。相棒が必要なとき、リストのトップにくるのはあなたの名前だから」

「わたしの名前だけにしてちょうだい」そう言って、グレースは車で走り去った。

グレースとわたしが何を探りだしたかを報告するため、ジョージに電話しようかと思ったが、時刻はもうじき午後五時、わたしは空腹で、しかもひどく眠かった。日々の生活時間帯のせいで、ほかの人みたいに夜のひとときを楽しむ贅沢は許されない。早めにベッドに入る支度をしなくてはならない。でないと、翌日に響く。

ジープに乗りこんで、家までの三ブロックを走った。心のどこかでは、いくら疲れているといっても、通りを車で飛ばすかわりに公園のなかを散歩しながら帰ることができればいいのにと思っていた。以前は、散歩がいい気分転換になったものだった。木々のあいだの小道をゆっくり歩いて周囲の美しい景色をながめるのが大好きだったが、わたしが若かったころの公園とはちがい、最近のいくつかの出来事で少々汚されてしまったため、かつてのように無邪気に目を丸くしてその場所をながめることができるのかどうか、いまではわからなくなっている。

ジープをわが家の車寄せに止めて、ポーチまで歩いていくと、母が外のブランコにすわっているのが見えた。母は微笑して言った。「気持ちのいい夜ね」

「横に詰めて。わたしもすわるから」

母が詰めてくれたので、わたしはその横に腰をおろした。そよ風に吹かれて二、三分ほどブランコを揺らしたあとで、母が言った。

「こんなことって珍しいわね。今夜は外で食べることにしない？　カードテーブルを持ってきて、ここで食事しましょうよ」

「いいわねえ。何があるの？」

「あれこれ少しずつ」と母が言った。つまり、今夜は〝残りものの夜〟ってことだ。わが家では週に一度、残りものを総動員して、ビュッフェ形式の食事にする。ラザーニャが少し、ミートローフの切れ端、チキンポットパイの一部などなど、すぐに食べられるものが片っ端からテーブルに並ぶ。でも、味気ない食事ではない。いつもおいしいものばかり。

わたしがテーブルと椅子をポーチに並べるあいだに、母がテーブルクロスといちばん上等の食器を持ってきた。

「紙皿じゃないの？」わたしは訊いた。

「うちは紙皿を使ったことなんかないでしょ。知ってるくせに」

わたしは上等の陶器のお皿を一枚手にとった。

「けど、普段使いのお皿でもないわ。どういう風の吹きまわし？」

「こうして生きてて、秋が近づいてて、住む家があって、食べるものがどっさりある。お祝いする必要のあることが、ほかに何かあって？」

「そうね、ママ、どれも喜ばしいことだわ」

食事のあいだ、ペグ・マスタースン殺しの件と、それを解決するためにわたしが友達と一緒に何をやっているかということが、話題にのぼらないよう気をつけた。ジェイクの名前も、母とわたしのどちらかがムッとしそうな事柄も、会話には登場しなかった。ほんのいっときでいいから、浮世の悩みを忘れて、母子の時間を楽しむことに集中しようと双方で暗黙の了解に達したかのようだった。母をとても煩わしく思うこともあるけど、こんな夜は、とても魅力的になれる人なんだとあらためて思う。食事を終えようとしたとき、家のなかでわたしの携帯が笑い声をあげて呼んでいるのが聞こえた。

「ほっときなさい」わたしの腕に軽く触れて、母が言った。

「ごめん。でも、大事な電話かもしれない」

「食事より大事なこと？　お友達がどんなに大切かは、ママにもわかるけど、せっかくの夜なんだから電話には出ないで」

考えてみれば、どうしても話をする必要のある相手は誰もいない。少なくともこの瞬間は。母の言うとおりにして、向こうの部屋からわたしを招いている笑い声は無視することにした。

食事が終わったあと、二人でテーブルの上を片づけ、わたしはカードテーブルと椅子を玄関のクロゼットに戻した。

携帯のことと、着信を無視したことを思いだしたのは、そのときだった。

メッセージをチェックすると、ジェイクの声が流れてきた。

「スザンヌ、これを聞いたらすぐ電話をくれ。話がある」

何があったのか知らないけど、いいことではなさそうだ。母にことわって、二階の自分の部屋へ行き、ジェイクに電話をした。

10

「いろいろ話したいことがある」ジェイクが言った。

「まず、いちばん大事なことから」窓の外に目をやり、眼下の公園をながめながら、わたしは言った。「姪御さんの具合はどう？」

「熱は下がった。何かの感染症だったらしいが、もう大丈夫だそうだ」

「わあ、よかった」

「いきなり出かけてしまって悪かった、スザンヌ」

「心配でたまらなかったんでしょ。よくわかるわ。いつごろ帰れそう？」

「明日じゅうに帰りたいと思ってる」

窓の外を見ると、大木の陰から誰かがこの家の様子を窺《うかが》っているのが見えた。日の光がわずかに残っているが、ぴったりのタイミングで窓の外に目をやらなければ、その姿に気づくことはなかっただろう。

「ジェイク、あとでかけなおす」

「どうしたんだ？　声の調子がなんか変だぞ」

「またあとで」わたしは電話を切った。

急いでジョージの携帯の番号を押した。「誰かがこの家を見張ってるみたい。銃はいまも持ってる？」前にジョージが話してくれたのだが、退職したあとも、制式拳銃に愛着がありすぎて返却する気になれず、お金を払って自分のものにしたそうだ。

「もちろん。外に出るんじゃないぞ。すぐそっちへ行く」

「マーティン署長に電話したほうがいい？」

「わたし一人で大丈夫だ」ジョージは言った。

電話を切ったとたん、ジョージに電話したことを後悔した。九一一にかければよかった。ジョージをひきずりこむんじゃなかった。

折り返しジョージにかけてみたが、応答がなかった。

遅ればせながら警察の番号を押すと、グラント巡査が出た。ドーナツショップにいつもきてくれるお得意さんだ。

「頼みがあるの」わたしはまず言った。

「どうしようかな。現在のレートは一時間につきドーナツ一ダース。払う気があるなら、どんな頼みでも聞こう」

「こっちは真剣なのよ。うちの外をうろついてる人物がいるの」

彼のふざけ半分の態度がたちまち消えた。

「だったら、そいつは頼みごとじゃなくて、警察の仕事だ。すぐ行く」

「待って。ひとつ言っとかなきゃ。真っ先にジョージ・モリスに電話したから、ジョージもいまこっちに向かってるところなの。銃を持ってる」

「スザンヌ、これが一段落したら、それがいかに非常識なことか、説教させてもらうからな」

わたしが自分の行動を弁明する暇もないうちに、グラント巡査は電話を切ってしまった。もっとも、弁明の言葉もなかったが。

公園に潜んだ人物の監視を続けたが、やがてハッと気づいた。母はまだ階下にいて、何者かがこの家を見張っていることを知らずにいる。わたしはソフトボールのバットをつかむと、階段を駆けおりた。ちょうど母が玄関ドアのノブに片手をかけたところだった。

「だめ」わたしは叫んだ。

「スザンヌったら、どうしたの？　ママはまたブランコまで行くところなんだけど」

「いまはやめて」母と玄関ドアのあいだに割って入って、わたしは言った。「外に誰かがいて、この家を見張ってるの」

母はわたしの横から顔をのぞかせ、窓の外を見た。「誰も見えないわよ」

「すでにジョージを呼んだし、警察もこっちに向かってる」

母は首をふった。「誰かがうろついてるだけなのに、ずいぶんおおげさな警戒ぶりね。どうして二人も呼んだの？」

「最初にジョージに電話して、そのあとで、まずいことをしたと気がついたの。わたしのせいでジョージの身に何かあったら、ぜったい自分が許せない」

「心配しなくていいわ。きっと大丈夫」

「ママみたいに自信たっぷりに言えればいいんだけど」

カーテン越しに窓の外へ目をやり、誰が最初にあらわれるかを見ようとした。この場所からではまだ誰も見えなかったが、まあ、見えることを期待していたわけでもない。

遠くのほうに、用心深く近づいてくるジョージの姿が見えた。そして、そのすぐうしろにグラント巡査。ジョージが警官の気配を察したに違いない。なぜなら、足を止め、ふり向き、手をふってグラント巡査を追い払おうとしたからだ。

巡査が去ろうとしないので、ジョージは彼としばらく口論し、やがて一緒にやってきた。

二人が何本かの木の下草をのぞきこんで、怪しい人影が潜んでいた大木のところで足を止めるのを見たとき、わたしは胃の筋肉がこわばるのを感じた。

一分後、二人は天蓋のような木の枝の下から出てきて、広々とした場所に姿を見せ、家のほうにきた。

わたしは玄関前のポーチで二人を迎えた。「あそこにいたのよ。誓ってもいいわ」

ジョージが言った。「だが、もういなかった」

「誰かがジョギングしてただけではないと断言できるかい？」グラント巡査が尋ねた。

「ジョギングなのか、あそこに立ってわたしを見張ってたのか、それぐらいは区別がつくわ」

「今夜、ソフトボールでもする予定？」

そこでようやく、アルミ製のバットを握りしめたままだったことに気づいた。

「これは女の子にとって親友なの。銃を持つのはちょっと抵抗があるけど、これがあれば充分に身を守れると思う」

「あんたがソフトボールをやるのを見たことがある」ジョージは言った。「きっと、あんたの言うとおりだな」

グラント巡査もうなずいた。「署に戻って報告書を書かないと」

「ここだけの話にしておいてくれない？」わたしは頼んだ。

「そりゃ無理だ。署を離れる許可をとるために、勤務日誌に記入しなきゃいけなかった。今夜はぼくが夜勤でね、部下がサボらないよう、署長がきびしく目を光らせてる」

「とにかく、ありがとう」

グラント巡査はわたしに向かって制帽を軽く傾けた。

「これも警察の仕事だ、スザンヌ。おやすみ、ジョージ」立ち去ろうとして、そこでつけくわえた。「ジョージ、今度こんなことをしようとしたら、有無をいわせず銃の携帯許可証をとりあげるからな。おたくはもう警官じゃないんだ。いいね？」

「あんたは自分の仕事をするがいい」ジョージは言った。「わたしもそうする。友達の一人がわたしを必要とすれば、まずそちらを第一に考えて、許可証の心配はそのあとだ」

「好きにしてくれ」グラント巡査はそう言うと、木立のなかへ戻っていった。

ジョージとわたしは立ち去る彼を見送った。

「ごめん。もとはといえば、わたしが電話したのが間違いだった」

「わたしに応援は必要ない、スザンヌ。曲者《くせもの》の一人ぐらい、わたしだけで充分に対処できたのに」

わたしはジョージの肩を軽く叩いた。「わかってる。でも、仕方なかったの。あなたのことが心配だったから」

「心配はいらん。リタイアした身だが、死んではいない」

「わかった。せっかくきてくれたんだから、入ってコーヒーでもどう？」

「うれしいが、家に帰らないと」ジョージは木々が茂った公園を見まわし、それから言った。「そいつがまた姿を見せたら、電話してくれ」

わたしは返事をしなかった。笑顔を見せただけだった。同じ過ちを繰り返そうとは思わないが、ジョージをがっかりさせる必要もない。「おやすみなさい」

「おやすみ」ジョージは帰っていった。

家のなかに戻ると、母が玄関ドアの横に立っていた。

「見つからなかったのね？」

「うん。グラント巡査はわたしの気のせいだと思ってるみたい。でも、誰かがあそこにいて、こっちを見張ってたのよ」

母は軽く身を震わせ、それから玄関に錠をかけた。

「今夜は窓を閉めて、玄関をロックして寝ることにしましょう」

「ママが夜風を好きなのは知ってるけど、そのほうがいいと思うわ」

「ジェイクから連絡はあった？」階段をのぼりかけたわたしに、母が訊いた。

「ええ、姪御さんはもう大丈夫だって」

「まあ、よかったこと」母はそこでためらい、つぎにこう尋ねた。「でも、あなたたち二人はどうなってるの？」

「うまくいくよう努力してるところ」

「ジェイクに時間をあげなさい、スザンヌ。相手がすばらしい男なら、努力する価値があるわ」

「パパのときも大変だった？」わたしは訊いた。

「何寝ぼけたこと言ってるの。パパの場合は、亡くなったときにはわたしの努力でほぼ完璧な夫になってたけど、そこまでいくには毎日が闘いだったのよ」

言葉は辛辣だが、母のおだやかな微笑がそれを和らげていた。父が母の人生における最愛の人だったことは、母を知るすべての人の目に明らかだし、母が父の死を毎日嘆き悲しんでいることは簡単に見てとれる。

「でも、いくら完璧を望んでも、九十パーセントが限界よね」

母はうなずいた。「夫族にも多少は反抗できる余地を残しておいてあげなきゃ」

「わたしはマックスの完璧度を十パーセントまでも持っていけなかったから、コメントする資格なしだわ」

二階の部屋へ行ってから、公園に潜んでいた人物のことを告げるべきかどうか迷いながら、ジェイクにもう一度電話をかけたが、迷っただけ無駄だった。

すぐさま留守電に切り替わった。メッセージを残した。

「さっきはごめん。ちょっとだけ騒動になったけど、いまは何も異常なし。明日電話ちょうだい。もう電源を切ってベッドに入るから」

電話のあとで、いま言ったとおりに携帯の電源を切り、明かりを消し、外に誰かが潜んでこちらを監視しているかもしれないと思いつつ、眠ろうと努めた。

意外にも、あっというまに眠りに落ち、目がさめたときには、自分の思い違いだったのかもしれないと思いはじめていた。

朝の五時半、開店準備が整ったが、小麦粉ミキサーの調子がまたおかしくなっていたので、エマに「店のドアをあけてくれない？」と頼んだ。

「いいわよ」

わがアシスタントは厨房のドアから顔を出し、そのまま厨房に戻ってきた。

「あなたがあけたほうがいいと思うわ」と言った。

「どうして？　ジェイクがきてるの？　わたしが待ち望んでた豪華なプレゼントとか持って？」

「ううん、ジョージよ」

「はいはい。わたしが応対に出たほうがよさそうね」わたしはエマの横を通りすぎた。

ドアのロックをはずして、ジョージを店に入れた。

「早いのね。正午まできてもらえないと思ってた」

カウンターのスツールにすわりながら、ジョージは小声で尋ねた。

「エマに聞かれずにここで話ができるかな？　この件にエマをひきずりこむのはいやなんだ」

「エマのことなら心配いらないわ。洗いものをしながらｉＰｏｄを聴いてるから。音楽を聴くのをわたしが許可するのは、その時間だけなの。エマの注意を惹こうと思ったら、真正面に立って彼女の顔の前で両手をふるしかないわ。どうしたの？　何がそんなに緊急なの？」

ジョージは言った。「待てなかったんだ。まず重要なことから。ゆうべの不審人物だが、またあらわれたかい？」

わたしは首をふった。「ううん、あれからは何も見なかった。家を監視してるなんて思いこんだけど、なんの関係もないジョギングの人だったんじゃないかって気がしてきた。このところ、神経がかなりピリピリしてるから」

「無理もない」

彼にコーヒーを出しながら、わたしは言った。「いつもと違うのを食べたい気分なら、今日はおいしいオレンジスライスドーナツがあるわよ。新しいレシピなの」

「そりゃいいな。試してみよう」

わたしは最新レシピでこしらえたドーナツを彼のために持ってきた。ドーナツに異質の素材を合わせる試みをずっと続けていて、いちばん新しい試みはフルーツかキャンディを生地に混ぜこむことだった。なかなかの出来栄えなので、店の定番ドーナツに加えてもよさそうな気がするが、まず実地テストをやってみたかった。

ドーナツを試食する彼を見守ったが、期待していた微笑のかわりに、ジョージはしかめっ面になった。

「気に入らない？」わたしは訊いた。

「いやいや」ジョージは答えながら、コーヒーをがぶ飲みした。

「ジョージ、どこが気に入らないのかわからないと、調整のしようがないわ」

ジョージはためらい、それから言った。「わたしの好みからすると、ちょっと甘すぎる」

「じゃ、もう少し工夫が必要ね」

「おいおい、わたしの意見に左右されないでくれ。こっちはドーナツの権威じゃないんだから」

「そんなことないわ。わたしはあなたの意見を高く買ってるのよ」

いつものドーナツを彼に出しながら、わたしは言った。

「寄ってくれた理由はそれ？　わたしが無事かどうかをたしかめるため？」

「いや、知らせたいことがあったんだ」

「うれしい知らせだといいけど。それなら大歓迎」わたしはそう言いながら、ジョージに試食してもらったドーナツをとりあげて捨てた。カウンターに置いたままにしておいたら、ジョージのことだから、気を遣って残りを食べることだろう。ドーナツは楽しんで食べるべきで、義務感から食べるものではない。

「ペグの亡くなった最初の夫に関して、興味深いことがわかった。大企業で働いてたのは事実だが、そこのCEOではなかった」

「何をやってたの？」

「保守点検の担当だった。基本給もたいした額じゃなくて、わたしの調べたところでは、最初の夫が亡くなったときペグは無一文に近かった」

「でも、それは二番目の夫から離婚の慰謝料をもらう前の話でしょ」

ジョージは首をふった。「その男にしても、生涯を通じて、五千ドルなんて大金を手にしたことは一度もなかった。ましてや、ペグがもらったとされている五万ドルには縁があるはずもない」

「いったいなんの話なの、ジョージ？」

「あんたが見つけた元帳はその他の作り話と同じく、眉唾ものだったってことさ。わたしの調べたところだと、ペグは千ドルかき集めることができただけでも幸運だっただろうな」

ますますややこしくなってきた。「ペグはいいものをたくさん持ってたのよ。グレースとわたしがペグの家で目にしたわ」

「あんたの言葉を疑うつもりはない。わたしが言いたいのは、ペグがほぼ無一文だったってことだ。家具をどこで手に入れたのか知らないが、おそらく、どれも本物のアンティークじゃなくて紛《まが》いものだろうな」

「ペグがどうしてそんなことをするの？」

「人間というのは、なんとも不可解なことをするものだ。以前、本物のイングランド国王だと主張する男を逮捕したことがある。それ以外の話題に関してはきわめて理性的な男だったし、王位継承権の話になるとものすごい説得力があったから、わたしも信じそうになったほどだ。どういう理由があるにせよ、ペグの元帳に記されてるのは現実のことではなく、こうなればいいのにという妄想ばかりなんだ」

「じゃ、生活費はどうしてたのかしら。わたしの知るかぎり、ペグは一度も仕事を持ったことがなかったわ」

「そこが問題だな。瀟洒《しょうしゃ》な家に住んでいたが、住宅ローンの支払いがかなり残っていた。税金、光熱費、食料や衣服などの面倒な出費を、ペグがどうやってまかなっていたのか、わたしには見当もつかん」

「そのことだったら、わたし、わかるわ」

「気を揉ませるのはやめてくれ。ペグはどうやってたんだ？」

ちょうどそのとき、表のドアのチャイムが鳴ったので、あわてて顔をあげた。またしても、ジェイクではないかと期待して。こんなことはもうやめなきゃ。ノイローゼになりそう。

入ってきたのはパイの好きなボブだった。フライドアップルパイを四個買いにきたのだった。「医者へ行ったときだって、もっと歓迎してくれたけどな」わたしの顔を見て、ボブは言った。

「ごめんなさい。ほかのことを考えてたものだから」

「あるいは、ほかの誰かのこと？」ボブが訊いた。

「なんでそんなこと言うの？」

「わたしだとわかった瞬間、ご婦人の顔に失望の色が浮かぶのを、前にも見たことがあるからね」ボブはそう言って、言葉の辛辣さを和らげるために微笑を添えた。

ジョージがスツールを回転させてボブに笑いかけた。

「わたしも一、二度そういう経験がある」

ボブは代金をカウンターに置いて、わたしのほうにすべらせ、期待に満ちた目をパイに向けた。

わたしはボブにパイの箱を渡した。「楽しんでね」

「もちろんだとも」ボブはお釣りを受けとった。片手にお釣りを、反対の手にパイの箱を持って、「きみは最高だ、スザンヌ」と言った。

「うれしいお言葉」わたしは笑顔になった。

「わたしからでも？」

わたしは笑った。「またね、ボブ」

「バーイ、スザンヌ。それから、ありがとう」

ボブが出ていったあとで、わたしは言った。「さて、どこまで話したっけ？」

「最初の夫が死んで金がなくなったあと、ペグがどうやって暮らしてきたかを、あんたが説明しようとしていた」

「ペグはたぶん、お金を盗んでたんだと思う」

「本当かね？」ジョージが訊いた。「誰の金を？」

「ペグが委員長を務めてたあちこちの慈善団体。ペグが委員会をどうやって運営してたかについて、かなり興味深い事実がいくつかわかったの」〈P・E・G〉宛に書かれた大量の小切手のことをジョージにくわしく話し、会計係も副委員長もペグの言いなりになる者を選んでいたのではないか、というわたしの推理を披露した。

ジョージはじっと考えこみ、やがて言った。

「どうにも信じがたい話だ。確信があるのかね？」

「ううん。でも、小切手の件に関しては、ほかに満足のいく説明がつかないの。署長に一部始終を話すようジャニスを説得したから、今後の成り行きを見てみましょう」

「署長があんたを疑うのでは？」

「その件とわたしを結びつけないでくれるよう願うしかないわ。でも、もし署長が結びつけたら、わたしにはどうにもできない。でしょ？　ところで、バートに関してはどんなことがわかったの？」

「あんたのほうの成果に比べると、いまいち冴えないんだが……。バートと二、三杯飲んで、ようやくしゃべらせることができた」

「なんて言ってた？」

「ものにした女の話となると、バートはいつも露骨な自慢ばかりでね、ペグについての話も例外ではなかった。ペグをどんなふうに捨てたかを得意げにしゃべってたが、それはすでにあんたも聞いてることだからね、スザンヌ、わたしは会話をマージのほうへ持っていった。ところが、やつはそこで黙りこみ、しつこく聞きだそうとすると、憤慨してバーを出ていってしまった。もう一杯おごろうと言ってやったのに」

「もっともなことじゃないかしら。ペグとはすでに終わってた。だから平気で話題にできるわけでしょ？　でも、マージのこととなると話は違う。現在まさに交際中なわけでしょ」

ジョージは顔をしかめた。「そこが腑に落ちなくてね。バートがいつも自慢するのは、たいてい、その時点でつきあってる女のことなんだ。わかるだろ。やつの性格からすると考えられん。何か裏がありそうだ」

「わたしの過去の経験から言えば、誰かが行動パターンを変えたときは、かならず理由があるわ。バートの理由を探りださなきゃね」

ジョージは食べかけのグレーズドーナツを皿の上で動かし、やがて言った。

「さっきも言ったように、たいした収穫はなかったが、わたしの探索はまだ終わってないからな」ドーナツを見つめ、それからつけくわえた。「ペグが裕福でなかったなんて、信じられん」

「たしかに、じっさいよりお金があるみたいに、うまく見せかけてたわね。でも、服だって見かけほど高価なものじゃなかったし。グレースが言ってたけど、クロゼットの服のほぼすべてにギャビーの店のマークが入ってたそうよ」

わたしもギャビーの店で服を買ったから知っているのだが、ギャビーは店で扱う中古衣料の内側に黒糸で線を一本縫いつけている。これは仕入れた品と売れた品の在庫管理をおこなうためのギャビーなりの方法で、マークがついていることを知らなければ、たぶん見落とすだろう。「ペグが倹約しなきゃいけないのも当然だったってことが、これでよくわかったわね」わたしは言った。

グレースが両手で何かをふりまわしながら店に入ってきた。ポストカードサイズのインデックスカードのようだ。

「わたしが何を見つけたか、きっと信じられないわよ」

「まず、あなたがこんなに早起きしたことからして信じられないんだけど」

時計に目をやって、わたしは言った。まだ七時にもなっていない。グレースにとっては午前三時のようなものだ。

「眠れなかったから、ペグの家に寄って、ヘザーを朝ごはんに誘ってみることにしたの。そうすれば、叔母さんの家の片づけを手伝おうって、あらためて申しでることができるでしょ」

「どうして教えてくれなかったの？」わたしは訊いた。

「あなたがどう思うかわからなかったから」グレースは正直に答えた。

ジョージが尋ねた。「何が見つかったんだね？」

グレースがカードをさしだしたので、受けとって読んでみた。


明日の朝九時に戻ります。ヘザー・マスタースン。


わたしはカードを宙でひらひらさせた。「このカードにどういう意味があるの？　ヘザーだって、よそで寝坊する権利ぐらいあるでしょ」

グレースは首をふった。「カードがどうこうって言うんじゃないわよ」

ジョージがグレースの肩越しにカードを見ていた。「もしかして、あんたたち二人がペグのコートのポケットで見つけたメモと同じ筆跡なのか」

グレースは微笑した。「あなたがどうして刑事になったのか納得ね。白状すると、同じ筆跡だってことに気づくのに、わたしはもっと時間がかかったわ。しかも、どこかに同じ字がないかってずっと探してたのに」

わたしはもう一度カードに目をやり、じっくり見てみた。

「わたしにはわからない。同じ筆跡なのかどうか、まったく判断できない」

「こっちは急いで走り書きをしてるからさ」ジョージが言った。「もうひとつのメモ、いま持ってるかい？」

わたしはポケットに手を入れた。「ちょうどここに」

わたしがふたつをカウンターに並べて置くと、ジョージが言った。「ほら、紛れもない類似点がいくつかある。gの書き方を見てごらん」〝morning〟のgを指さし、つぎに、〝change〟のgを示した。「これだけじゃない。〝I'll〟と〝allow〟の〝ll〟のつなぎ方を見てくれ。ふたつのメモは同じ人物が書いたものだ。間違いない」

ジョージの言わんとすることが、わたしにもわかってきた。

「オーケイ、両方ともヘザーが書いたものだとしましょう。最初に見つかったメモはどういう意味かしら。ペグは何に関してヘザーの気持ちを変えさせようとしてたのかしら。それから、結果ってどういう意味？」

わたしは最初のメモをもう一度読んでみた。こう書いてあった。

ペグ
わたしの気持ちを変えさせようとしても無駄。
わたしは許さない。どういう結果になるか、覚悟しておいて。

グレースがしばらく黙りこみ、それから言った。

「ヘザーがペグの横領を知って、警察に通報する決心をしたんじゃない？」

「ありうるわね。そうよ、きっとそれだわ」

ジョージが言った。「ほかの可能性をあわてて排除してはいかん」

グレースが訊いた。「たとえばどんな？」

「なんだって考えられる。あの二人の仲がどうだったか、われわれにわかっているかね？このメモには、表に出ていない不吉なものが隠れているのでは？」

わたしは眉をひそめた。

「そんなこと考えられない。すごく仲良くやってるように見えたわよ」

ジョージはふたつのメモを同時に指で軽く叩いた。無意識にやっているのかどうか、わたしにはわからなかった。

ジョージが言った。「ちょっと考えてごらん。誰に訊けば確認できる？」しかめっ面になり、さらに続けた。「二人がどんな仲だったのか、わたしは気になってならんのだ」

「ヘザーはいつだってペグの人生の一部だったわ」わたしは言った。

「そうはいっても、ペグの身に降りかかったことにヘザーが関係してないということにはならん」ジョージは言った。

「やっぱり、みんなでもっと探ったほうがよさそうね」グレースが言った。

「みんなでやれば、成果があがるかもしれない」わたしはつけくわえた。

ジョージはコーヒーを飲み終えた。「そろそろ失礼しよう。けさは裁判所の仕事が入ってるんだ。だが、それがすんだら、こっちの件を再開するからね」

「わたしはアッシュヴィルへ出かけなきゃ」グレースが言った。「一緒に出ましょ、ジョージ」

二人が帰ったあとでお客が入りはじめ、接客で大忙しになったため、午前中にわかったことを考えてみる暇がなかった。ペグと彼女の人生のことが前よりもくわしくわかってきたが、犯人捜しが進んでいるという実感はなかった。

マーティン署長の捜査の成果があがっているよう期待したが、ジョージが警察から持ってきた乏しい情報からすると、署長もこちらと同じく捜査に行き詰まっている様子だった。

九時ごろにはふたたび雨になり、今日の売上げはどうなるやらと心配になってきた。ほとんどの人の人生において、ドーナツは必需品とはいいがたい。ちょっと天気が悪くなっただけで、客足が遠のいてしまうことがよくある。

ところが、雨足が一段とひどくなったころ、豪雨をものともしない男性が三人、表のドアからころがりこんできた。三人とも、ハイキングブーツ、キャンバス地のズボン、さまざまな色合いのジャケットという服装で、全員が野球帽をかぶっていた。それぞれ、首からいかにも高級そうな双眼鏡をぶらさげていた。どう見ても、同じ人物が人生の三段階の姿をとってあらわれたとしか思えなかった。三十代、五十代、七十代で冷凍保存されているみたいに見える。

いちばん年上の男性が野球帽をとって、腿に叩きつけ、椅子にすわる前に水滴を払い落とした。

「外はひどい天気だね」男性は片手をさしだして言った。「おはよう。わたしはフランク・スチュアート」

初めてのお客がこんなふうに自己紹介するなんてめったにないことだが、その目の生き生きした輝きから、心底女性が好きな人のようだという印象を受けた。

「ようこそ、フランク。わたしはスザンヌ。この雨じゃ、バードウォッチングはちょっと無理ですね」

フランクはクスッと笑って、一緒に入ってきた二人のほうを向いた。

「言っただろう。きっとすばらしい店だって」わたしに視線を戻した。「スザンヌ、息子のマーティンと孫のウィリアムズを紹介しよう。バードウォッチングをしていたら、どしゃ降りになってね。いつもだったら、下草を分けてよたよた進むぐらいは平気なんだが、森のほうからおたくのコーヒーの香りが漂ってきたもので」

「じゃ、少しお飲みにならなきゃ」わたしはそう言って、彼のためにコーヒーを注いだ。

フランクはひとくち飲んで、それから言った。

「きみは慈悲の天使だ」ふたたび息子と孫のほうを見て言った。「おまえたち、何をぐずぐずしておるのか知らんが、わたしはドーナツをもらって窓ぎわのテーブルにつくぞ」

フランクの息子のマーティンが言った。

「父さん、今日はそんな予定じゃなかっただろ」

フランクは息子に腕をまわした。「マーティン、ときには世界がわれわれの予定をあざ笑うこともある。おまえは好きにすればいいが、わたしはあそこのカウチから雨を見て楽しむことにする」

ウィリアムズが言った。「ぼくの腕はねじりあげなくていいよ、おじいちゃん。コーヒーが飲みたくてうずうずしてるんだ」

フランクは孫の背中を叩いた。「まさにわたしの血をひいているしるしだ。スザンヌ、ウィリアムズは医者をしている。しかも、独身」

「おじいちゃん、はい、そこまで。女の人と出会うたびに、ぼくとくっつけようとするのはやめようよ」

フランクは孫を見て、それから言った。「おまえが本当にわたしの孫かどうか、調べたほうがいいかもしれん。スザンヌ、わたしが四十歳若かったら、きみは熱烈な求愛者につきまとわれることになる」

「フランク、わたしが四十歳年上だったら、デートの約束をしないかぎり、あなたはドアから出ていけませんよ」わたしは笑顔で言った。

フランクはまたしても笑いだした。今度の笑い声は歓迎の抱擁みたいに店内に広がった。

「息子と孫を紹介したことは忘れてくれ。きみのように価値のある宝石は、こんなやつらにはもったいない」

「父さん」非難の色もあらわに、マーティンが言った。

フランクはわたしにウィンクをよこした。

「わたしが女性に純粋な愛情を寄せるのが、息子は気に入らんのだ」

「しかも美人ばっかり」マーティンはブツブツ言った。

フランクは微笑した。「ほう、この人が美人だってことだけは、おまえも気づいたわけだ。スタートとしてはなかなか有望だ」

マーティンは父親に目を向け、つぎにわたしを見た。

「お詫びします。父は不良オヤジでして」

「お詫びの必要はないわ。この店にきてくださって、わたしを楽しませてくれたんですもの」

フランクはうなずいた。「そして、きみもわたしを楽しませてくれた」

わたしが彼のほうへイーストドーナツをすべらせると、「まだ何も頼んでないが」と言った。

「これはサービスです。わたし、微笑を必要としてて、それをあなたが運んできてくださったから」それから、わたしは彼の息子と孫のほうを向いて続けた。「でも、あなたたち二人は代金を払ってね」

家族の長老はふたたび笑いだし、二人の背中を叩いて言った。

「この店が気に入ったぞ、諸君」

フランクはコーヒーとドーナツを持って、窓から廃線になった線路をながめることのできる最高のカウチへ移動した。

マーティンが言った。「父は生涯ずっとこんな調子なんです」

「それは説明なの？　それとも、謝罪？」

「両方が少しずつかな」

「いいのよ。わたしにはどちらも必要ないから。何にしましょう？」

二人が注文をすませてフランクと同じテーブルについたあとで、わたしは新たな客の応対にとりかかったが、ときおり、三人が双眼鏡をとりだして薄闇に目を凝らすのが見えた。どの程度バードウォッチングができるのか、わたしにはわからなかったが、この一家が店を出るころには、三人ともみるからに楽しい時間をすごした様子だった。

フランクはなんと、出ていくときにわたしに向かって帽子を持ちあげ、わたしのほうは自分でもあきれたことに、それに応えてクスクス笑っていた。

微笑がまだ消えずにいたそのとき、ヘザー・マスタースンが入ってきた。その渋い表情からすると、わたしの楽しい気分が長続きしそうにないことは明らかだった。

11

「おはよう、ヘザー。何か食べる？」

「大変なことになったわ」

「どうしたの？」

ヘザーはいまにも泣きだしそうな顔だった。

「わたしの大切な叔母さんはね、見かけほどお金持ちじゃなかったの。請求書が山のようにあって、それを全部払ったら、ドーナツを買うお金も残らない」

「まあ、大変」

「べつに叔母さんの遺産がほしいわけじゃないけど、大学の学資ローンを全額返済できたら楽だったと思うのよ。わかるでしょ？　あなたの見つけてくれた元帳で希望が湧いたけど、それも弁護士さんがチェックを始めるまでのことだった。弁護士さんの費用も払えないわ」

わたしはコーヒーとベアクローをヘザーに出した。

ヘザーはそれを悲しげに見た。「この代金だって払えるかどうか……」

「わたしのおごりよ。元気になるための非常用キットだと思ってね」

「抗鬱剤でも入ってないかぎり、効果があるとは思えないけど、でも、思いやりがうれしい」

ヘザーがこうして店にきたのだから、叔母との関係について尋ねる絶好のチャンスだ。そして、機会をとらえて、グレースがペグのジャケットから見つけたメモについても訊いてみよう。「ねえ、時間あるかしら」

「ええ、まあ」

「一緒にきて」

しかし、ヘザーは協力したい気分ではなさそうだった。「どこへ？」

「奥の厨房まで行くだけよ。話があるんだけど、ここではまずいでしょ。その朝ごはんを持ってきてもいいわよ」

ヘザーはベアクローとコーヒーを手にしてついてきた。もっとも、何がどうなっているのかと、ひどく困惑しているのは明らかだったが。二人で厨房に入っていくと、流し台のところで泡だらけのお湯に肘まで浸けて洗いものをしていたエマが顔をあげた。

「しばらくお店のほうをお願いね」わたしは言った。

エマはうなずいた。「ドアのチャイムが聞こえたら、すぐ店のほうへ飛んでいくわ」

「その前に、いくつかのテーブルのお皿を片づけてほしいの」わたしはそう言って、二人だけにしてほしいとほのめかした。

エマはしぶしぶ布巾をとり、手を拭きながら言った。「了解、ボス、ではさっそく」

エマが出ていったあとで、わたしは言った。「ヘザー、ごめんなさいね。辛い思いをしてるのは知ってるけど、どうしても尋ねたいことがあるの」

「はあ……何かしら」

わたしはグレースと二人で見つけたメモのことをヘザーに問い詰めたくてたまらなかったが、無防備にそんな質問をすれば、手伝いに行ったはずなのに家のなかを詮索していたことがばれてしまう。何かべつの方法で尋ねれば、手がかりを求めてわたしたちがヘザーの叔母さんの所持品をかきまわしていたことを知られずにすむかもしれない。

「こんな言い方は失礼かもしれないけど、あなた、この町での用件を大急ぎで片づけようとして焦ってるみたいね」わたしは言った。「そりゃまあ、ペグはときたまトゲのある態度をとる人だったから、さっさと用事をすませようというあなたの気持ちもわからなくはないけど」

ヘザーはコーヒーをひと口飲んで、それから言った。

「スザンヌ、町の人のほとんどが叔母をあまりよく思ってなかったことは知ってるけど、わたしは叔母が大好きだったわ。学生生活が苦しいときは、お小遣いにって叔母が何ドルかくれたのよ。ほかの人から見ればたいした額じゃないと思うけど、わたしにとっては命綱だった。叔母にもいい面はあったのよ。慈善活動だってそうでしょ」

いまは、ペグが慈善活動を自分専用の銀行口座として利用していたのではという推理を持ちだすタイミングでも場所でもなかった。「叔母さんの死を悲しむ権利があなたにないなんて言ってるんじゃないのよ。そりゃ悲しいわよね」

ヘザーはふたたび泣きそうな顔になった。「どんなに辛い思いをしてるかわかる？　わたしに残された身内は叔母だけなの。いえ、叔母だけだった。過去形で言うのにまだ慣れてなくて。わたしは何もかもこの町に置き去りにして、自分の人生を進んでいきたいの」

「あなたたち二人が最後のほうで揉めたことはなかった？」わたしはやんわりと尋ねた。

「どうして？　何か噂でも？」いまの質問はたしかにヘザーの注意をとらえた。

「狭い町だもの」わたしは言った。「すぐ噂になるわ」

「わかった、正直に言うわね。最後に話をしたとき、おたがいにきついことを言ってしまったの」

「口論の原因はなんだったの？」わたしは訊いた。

「叔母が間違ってるって指摘したんだけど、叔母は耳を貸そうとしなかった」

「間違ってるって、どういう点が？」あとひと息だ。手応えを感じた。

「人はみんな、自分の行動に、そして、決断に責任を持つべきでしょ。くわしい話はしたくないけど、スザンヌ、叔母は悪いことをしてたの。しかも、まったく反省の色がなかった。

わたし、すべてを警察に話すようにって叔母を説得したんだけど、叔母は拒絶した。最後に話をしたとき、叔母にずいぶんひどいことを言ってしまったわ。もう撤回することもできない」ヘザーは頬を伝う涙をぬぐって、さらに続けた。「ここでやらなきゃいけないことをすませて、家のなかを整理してから、この町を離れたいの。気を悪くしないでほしいんだけど、用事がすんだら、わたし、エイプリル・スプリングズの町なんか二度と見たくない」

「その気持ちはわかるわ」わたしは言った。「大変よね」

「何が？」

「あなたがやらなきゃいけないすべてのこと」わたしは言った。ヘザーを信じる気になった。叔母さんのことを話すときの傷ついた目の表情が痛々しすぎて、偽りだとは思えなかった。

ヘザーが帰ったあと、こうした手がかりがわたしをどこへ導いてくれるのかと考えつづけた。角をひとつ曲がるたびに、新たな障害物があらわれるような気がする。

エマがドアから顔をのぞかせた。「奥は万事順調？」

「大丈夫よ。どうしてそんなこと訊くの？」

「あなたにはお店で待ってるお客が何人もいるし、あたしには汚れものでいっぱいのシンクがある。いっそのこと、役割を交換する？　それとも、あたし、お皿洗いに戻ってもいい？」

「どうぞ。わたしは接客を担当するわ」

これが両方の好みのパターン。うちの店はとても小さいので、お客はオーナーが挨拶すると喜ぶし、エマのほうは、洗剤液に肘まで浸かっているときがいちばん幸せそうだ。

正午まであと十分になったとき、グレースがドーナツショップにやってきた。

「ずいぶん早いお帰りね。いくらあなたでも」わたしは言った。

「ニューヨークのボスが会議中だから、わたしはいわば、夏休みで学校から解放された子供みたいなものなの。お得意さん二カ所を短時間でまわればオーケイで、今日の仕事はそれでおしまい」

「ほかの得意客から不満が出るんじゃない？」

グレースはニッと笑った。「あなたはそういうふうに考える人。でしょ？　スザンヌ、わたしはね、その気になればいつでも転職できるのよ」

「バカ言わないで。あなたがクビにならないよう願ってるだけ」

グレースは笑った。「そんな心配はいらないわ。自分の担当地区のことなら、誰がどこに埋葬されてるかまで全部知ってるもの」グレースはちょっと考えこみ、それから言った。「最近この界隈で起きてることを考えたら、いまのはかなり趣味の悪い冗談だったわね」

「気にしないで。あなたを恨んだりしないから」

「よかった」グレースは誰もいない店内を見まわし、わたしの背後の陳列ケースに残っている三ダースのドーナツに目を向けた。「こんなに売れ残ったの？」

「半分もわかってないわね。奥にあと四ダースあるわ。売れ残りを抱えるのは憂鬱だけど、考えてみたら、心配してたほどひどい結果にはならなかった。いつもに比べれば、そりゃたしかに暇だったけど、今日は雨だったしね、最大の理由はそれよ」

「わずかな雨でも商売には痛手ってこと？」

「まさにそう。雪のときは、お店をあけるのをやめたくなるわ。このあたりがどんなところか知ってるでしょ。雪がちらついただけで、みんな、家から出なくなってしまう。四、五センチも積もったら、町じゅうが冬ごもりよ」

「なのに、あなたは一日も欠かさず店をあける」カウンターのスツールにすわりながら、グレースは言った。

「からかわないでよ。雪の降りしきるなか、わたしは月の光を浴びながら公園を通って店まで歩くか、もしくは、冬のワンダーランドをジープでゆっくり走っていく。巨大なスノードームに入りこんだような気分よ。最悪の場合はどうなるか。大雪になってジープで家に帰るのが無理なら、がんばって歩けば帰り着ける。親愛なるやさしい母とわたしが長いあいだ家のなかに閉じこめられたら、両方でいらいらすることになるしね」

グレースはスツールの上で前後に軽く身体を揺らしながらうなずいた。

「さてと、このお店の仕事がすんだら、二人で何を調べるの？　対決できそうな新たな容疑者はいないの？」

「正直に言うと、つぎに何をすればいいのかよくわからないの」

厨房からエマが出てきた。「スザンヌ、ちょっと考えてたんだけど……あら、いらっしゃい、グレース。入ってきたのに気づかなかった」

「iPodがまた大音量なんじゃない?」わたしは訊いた。

「あなたがお店のほうをやってくれてたから」エマはちょっと弁解がましく答えた。「お皿洗い、全部すんだわ。トレイがあと二、三枚残ってるけど。早めに帰ってもかまわない?」

「何があるの? 大事なデートとか?」その話題には触れないようにと、わたしが警告する暇もないうちに、グレースがエマに訊いた。

「さあ、わかんない」エマは答えた。

「新たな進展は?」わたしは尋ねた。

エマは肩をすくめた。「ポールから電話があったわ。話があるって」

「じゃ、行かなきゃね。幸運を祈ってる」

「ありがと」エマはそう言ってドアから飛びだしていった。

「何、いまの?」二人だけになってから、グレースが訊いた。

「エマが新しいボーイフレンドと揉めてるの」

グレースは笑った。「揉めるカップルなら、ほかにもいそうね」

わたしはグレースを見た。「どういうこと?」

彼女に背を向けて、陳列ケースのトレイに残っているドーナツを集めた。

「ふり向いたほうがいいかも」グレースが言った。

「何言ってるの？」

「わたしの見間違いでなければ、あなたに贈る花を持って誰かが歩道を歩いてくるわ」

ジェイクだった。

そうか、結局、わたしのご機嫌をとろうと決めたわけだ。


グレースはスツールからすべりおりた。「またあとでね。ここの用事が片づいたら電話ちょうだい」

「帰らなくてもいいのよ」ジェイクがドアに近づいてくるあいだに、わたしは言った。

「遠くへは行かない。ジェイクが帰ったら〈ボックスカー〉にきて。二人でランチにしましょう。そうすれば、食べながら、つぎに何をするか計画が立てられる」

「名案ね。じゃ、あとで」

ジェイクが店のドアをあけると、グレースがさっと出ていった。「こんにちは」と短く声をかけて、わたしたちと別れた。「帰ることなかったのに」ジェイクが言った。「ぼくも長居できないんだ」

「遠くへは行かないそうよ。姪御さんはどう？」

「うんと元気になった。具合が悪かったなんて嘘みたいだ。ぼくなんか、鼻風邪をひいただけで一週間は寝こむだろうな。ただ、風邪なんかひかないけど」

「姪御さんは若くて、わたしたちは若くない」ジェイクが何も言おうとしないので、わたしは彼が手にしたバラの花を見た。「わたしへのプレゼント？　それとも、お花を散歩させてるだけ？」

ジェイクは赤くなった。「ごめん。何回もことわったように、こういうのは得意じゃないんだ。もちろん、きみへのプレゼントだよ」

わたしは喜んで受けとった。深紅のきれいな蕾《つぼみ》がたくさんついていて、固く閉じた花弁の奥にみごとな開花が約束されていた。「すてきだわ」身を乗りだして、ジェイクの頰にキスをした。「ありがとう」

「どういたしまして」

わたしは彼に笑顔を見せたが、窓の外を見たとたん、笑みはたちまち消えた。

ジェイクもすぐそれに気づいた。「何か悪いことでも言った？」

「ううん、たったいま幽霊を見たの」

本当だった。マックスがドーナツショップのほうに歩いてきたのだが、ジェイクと一緒にいるわたしに――そして、わたしの手のバラに――気づくと、真っ青になって走り去った。ジェイクがふり向いたときには、マックスの姿はすでに消えていた。

でも、別れた夫のおかげで、浮き浮き気分が消し飛んでしまった。

「今夜、話ができないかな」ジェイクが訊いた。

「食事しながら？」

「本当はそうしたいけど、無理なんだ。ずいぶん休んでしまったから。たまった仕事を片づけないと」

「ねえ、わたしに嫌われたくなかったら、あなたにできることがひとつだけあるわよ」

「やめてくれ」ジェイクは笑いながら言った。「警察の捜査状況をきみに教えるつもりはない」

わたしは彼に笑顔を見せた。「だめもとで言ってみただけ」

ジェイクは身を乗りだして、わたしの頬にキスしてくれた。「すまない。最近なかなか会えなくて寂しかった」

「わたしも」

ジェイクが帰ったあと、奥から大きな花瓶を出してきて水を入れた。カウンターに置かれたバラはすてきだったが、家に帰るときに花瓶から出して持っていくことにした。

ほかに何もなくとも、母の顔に浮かぶ表情を見るだけでも楽しそうだ。

〈ボックスカー〉へ行くと、グレースはボックス席にすわっていた。

わたしを手招きして言った。「早く。この席を独占してるせいで、図々しい女だと思われてるんだから」

「大急ぎで飛んできたのよ」メニューをじっくり見るふりをしながら、わたしは言った。

「ええと、今日は何がお勧め？　何かいつもと違うものが食べたいな」

グレースはわたしの手からメニューをとりあげた。

「わたしはいつものでいいわ。何があったの？　くわしく話してよ」

「ジェイクとのこと？」

「とぼけないで。わかってるくせに」

わたしは笑った。ここしばらく、笑うことなんてめったになかった。

「お互いもっとがんばるつもりよ」わたしは正直に言った。

「少なくとも、ジェイクは努力してくれてるわね」

「たしかに」わたしの胃がグーッと鳴った。「おなかがペコペコ。でも、忘れちゃいけないんだわ。店にドーナツが四ダース残ってるから、どうにかしないと」

「どうするの？」

「そのうち何か思いつくでしょ」

トリッシュがやってきて微笑した。「いらっしゃい。二人とも注文は決まった？」

わたしたちからオーダーをとったあとで、トリッシュは言った。

「ところで、バラの花がきれいだったそうね。聞いたわよ」

「どこで聞いたの？　グレース、わたしのことでまた嘘を広めてるの？」

グレースはうなずいた。「ええ、もちろん。でも、バラのことはトリッシュにはひとことも言ってないわ。誓ってもいい」

トリッシュが笑いだした。「フラワーショップのサラが急いで食事にやってきて、あなたにぴったりのブーケを選ぶために警官の彼氏がどんなに時間をかけたかを、わたしに話してくれたの」

グレースは言った。「バラなら失敗のしようがないわね」

トリッシュは肩をすくめた。「どうかしら。わたしはデイジーのほうが好き。デイジーって楽しそうにしてるもの」

わたしは言った。「彼、花を選ぶのにほんとにそんな時間をかけたの？」

トリッシュはうなずいた。「サラの話だと、三十分もかかったそうよ」

わたしたちの注文を厨房へ伝えるためにトリッシュが立ち去ったあとで、グレースを見ると、わたしに向かってニヤッとしていた。「何よ、その笑い？」

「いまの話であなたはハッピー。でしょ？」

わたしは笑った。「悪口を言われるより、花をもらうほうがうれしいわ。花をもらってハッピーにならない人間がいる？」

「わたしが最後に男性から花をもらったのがいつのことだったか、思いだせないわ」グレースは悲しげに言った。

「あのバラを半分あげる」わたしは冗談で言った。

グレースは本気だと思ったらしい。しばらく考えこんだ。

「気持ちはうれしいけど、それじゃ男性からもらうのと同じではないわ。そうでしょ？」

「うん、それもそうね。誰かにもらいたいのなら、わたしが送ってあげてもいいわよ」

「それもうれしいけど、でも、だめ」グレースは手にしたフォークをもてあそび、テーブルの上で物憂げに回転させながら尋ねた。「さてと、わたしたちのつぎの予定は？」

「まずは食べましょうよ。事件の話はそのあと」

とりとめのない雑談をしながら、二人で食事をし、食事がすむとようやく、世界にもう一度立ち向かう気力が湧いてきた。

そして、そこにはペグ・マスタースン殺しの犯人を見つけることも含まれていた。

二人分の食事代を払うためにお金を出しながら、わたしは言った。

「あなたも協力してくれるなら、つぎに何ができるか思いついたんだけど」

「やりましょ」

「わたしが何を企んでるのか、先に知っておきたいと思わない？」

グレースは首をふった。「あなたが気に入ってるのなら、わたしはそれでオーケイ」

「はいはい、わたしの思いついたことを話すわね。もう一度マージを訪ねるつもり。それにはあなたの協力が必要なの。ここだけの話だけど、マージを動揺させれば、ペグとのあいだに何があったのか、ほんとのことを白状させられると思うのよ」

グレースは彼女の皿から顔をあげて質問した。「スザンヌ、マージがペグ殺しに関係してるなんて、本気で信じてるの？　わたしたち二人とも、マージを昔から知ってるのよ。人殺しのできるような人じゃないわ」

「マージが人殺しだとは思えないって気持ちはわかるわ。でも、正直なところ、どうしてそう断言できる？　人殺しってどんな外見をしてるの？　マージにはもしかしたら、ペグに死んでもらいたい充分な理由があったのかもしれない」

グレースはアイスティーをもうひと口飲んだ。「とにかく信じられない」

「容疑者としてはバートのほうがいい？　わたしたち、バートのことも生まれたときから知ってるのよ。ペグの姪のヘザーはどう？　あの子が人殺しに見える？　正直言って、誰を見てもペグを殺した犯人だとは思えないけど、ペグが自分で自分に毒を盛ったわけではない。そうでしょ？　こんなこと信じたくないでしょうけど、エイプリル・スプリングズのどこかに犯人がいるのよ。それが誰にしろ、わたしはその犯人を見つけなきゃいけない。うちでドーナツを売った時点ですでに毒が入ってたって思いこんでる人たちが、ずいぶんいるのよ。そんなの耐えられない」

「そうね。ええ、わかったわ。あなたの言うとおりね。わたし、他人の人生をこんなふうに嗅ぎまわることに、ちょっと抵抗があるんだと思う」

「前にもやったじゃない」

「わかってる。でも、あのときはなぜか、リアルな感じがしなかったの」

わたしは肩をすくめた。「容疑者が親しい人ばかりというケースは、今回が初めてだものね。手をひきたいのなら、ぜんぜんかまわないのよ」

グレースは渋い表情になって、からっぽの皿の上でフォークをすべらせた。

「ううん、手伝うって言ったんだし、そのつもりよ。マージにタックルして、口を割らせることができるかどうかやってみましょう」

「ちょっと待って」わたしはグレースの手に自分の手を重ねた。「わたしは人の人生をこわそうとしてるわけじゃないわ。真実を追求してるだけなの」

「じゃ、追求の途中で相手に被害を及ぼすこともあるとは思ってないわけ？」

わたしは立ちあがった。「たまたま誰かに迷惑をかけることはあると思う。でしょ？」

「変ねえ。そういう言い方だと、罪もない人の人生を破滅させるっていうより、ずっとおだやかな印象になる」

わたしたちはそれぞれ自分だけの思いにふけりながら、黙りこくったままマージの家へ向かった。運転はグレースがしてくれたので、わたしは窓の外へ目をやって、小さなわが町をながめ、こんなに平和で牧歌的な町にどうして数多くの秘密が埋もれているのだろうと首をひねった。子供のころは、エイプリル・スプリングズで安心して成長し、ホタルと長い夏の日々に満たされた平和な暮らしを送っていたが、大きくなるにつれて、いたるところに秘密があり、ひと皮むけば嫉妬と怒りと苦しみが潜んでいることを知るようになった。ときには、それらが表面に出てきて、まわりのものをことごとく汚してしまう。わたしはいまもこの町とさまざまな種類の珍しい小鳥を愛しているが、だからといって、町の欠点に気づいていないわけではない。

「二人でなんのご用?」わたしを見て、マージは露骨にいやな顔をした。でも、マージを責めることはできない。前に話をしたとき、和気藹々《あいあい》たる雰囲気で別れたとは言えないのだから。

わたしだとわかると、マージは玄関ドアをあけようともせず、掛け金がかかったスクリーンドアの奥に立ったままだった。どんなに想像力をたくましくしても、堅固な防壁とはいいがたいドアだが、閉ざされたドアが象徴するものにわたしが気づかないわけはなかった。

「ちょっとおしゃべりしたいと思って」わたしは言った。

「この前みたいに?　おことわりよ」

「わたしの態度が無礼だったのなら、お詫びするわ。今日はうんとお行儀よくするから。約束する」

グレースがつけくわえた。「スザンヌに失礼があれば、わたしが手綱を締めます」

グレースは彼女の魅力を最高レベルまでひきあげていたが、マージが感銘を受けていないのは明らかだった。

わたしはもう一度頼んだ。「入ってもいい？」

「遠慮してもらいたいわ」

「いま一人なの？」

「バートは金物店のほうよ。あなたの訊きたいのがそれなら。バートに言われてるの——彼が一緒でないかぎり、あなたとは口を利かないようにって」

「さっき謝ったでしょ」

「謝ればすむってものじゃないわ」マージは頑なに言った。

「じゃ、とりあえず話だけでも聞いて。ペグが慈善団体のお金を使って何をやってたかわかったの。それから、あなたたち二人が喧嘩をした本当の理由も突き止めたわ。父親どうしのことなんて、何も関係なかったのね」

マージの目が細くなった。「誰から聞いたの？」

「わたし、情報源は極秘にしておく主義なの。だから、あなたがわたしに何を話しても町じゅうに広まることはないから安心してね」

マージには、わたしたちの訪問を喜んでいる様子はまったくなかった。

「教えてもらわなくてもわかるわ。ジャニス・ディールでしょ。ジャニスが何を話したか知らないけど、みんな嘘よ」

どう切り返せばいいのかと、わたしが途方に暮れたそのとき、グレースが言った。

「ご心配なく。過去十年間の会計監査をすれば、すべて明らかになるから」

「監査ってなんのこと?」マージが尋ねた。同じ質問がわたし自身の頭のなかにもこだましていた。

「ああいうチャリティイベントは慈善資金を集めるために開催するわけでしょ。ジャニスが小切手のことをすでに警察に話してるから、当然、真っ先に本格的な監査がおこなわれることになる。ペグが過去に委員長を務めた委員会の会計係は全員、責任を問われるでしょうね」

痛いところを突かれたようで、マージはあわてふためき、両手を震わせながら言った。

「ペグに言われるままに小切手を書いたわ。それがわたしの仕事だったから」

「当ててみましょうか」わたしは言った。「その多くは〈P・E・G〉宛だったでしょ?」

「委員会のためのオフィス用品や資材を卸値で買うために作った会社だって、ペグが言ってたわ」マージは説明した。

「胡散臭いと思わなかった?」わたしは訊いた。「社名がペグのファーストネームと一緒だとわかっても。ねえ、マージ、あなたはもっと頭のいい人だわ。ペグがくすねたお金の一部をもらってたの？　何があったの？　もっとほしくなったの？　あなたたち、ほんとはそれで対立してたの？」

「スザンヌ・ハート、バカなこと言わないで！」マージがわたしに向かってわめいた。

「そういうことだったの、マージ？　いまここでわたしに話して。いやなら、あとで警察へ行ってちょうだい。遺産を相続したとたん、あなたが使用済みのクッキーシートを捨てるみたいにペグから離れたことは、わたしも気づいてたわ。どういうことなの？　お金なんてもう必要ないでしょ？」

「ペグからは一セントだってもらってないし、間違ったことは何ひとつしてないわ」マージは強く言った。感情が高ぶるにつれて涙声になってきた。

「じゃ、どうしてペグの下で副委員長をやるのをやめたの？」

「ペグがやってはいけないことをやってるってわかったから」マージの口からいっきに言葉が飛びだした。

グレースが訊いた。「それが本当なら、どうして誰にも言わなかったの？」

「誰に言えばいいのよ？　ペグはエイプリル・スプリングズのあらゆることをとりしきってた。もしわたしが波風を立てれば、ペグのことだから、この町でのわたしの評判をズタズタにしたでしょうね。こちらの疑惑を突きつけてみたけど、ペグは、わたしが探りあてたことを誰かに話したら、すべての責任をわたしになすりつけてやるって言ったわ。だって、どの小切手にもわたしのサインが入ってるわけだし。ペグはぜったいにサインしないで、〝入金用のみ〟というスタンプを押して、それをべつの口座へ入れるだけだった。二通りの記録が残してあるってペグは言ったわ。ひとつはペグの筋書きに沿ったもの。そして、もうひとつはわたしにすべての罪をかぶせるためのもの」

ペグはどうやら、離婚後ずっと記載を続けてきた偽の元帳だけでなく、それ以外のところでも、自分の財務に関して偽りの記録を作ってきたらしい。わたしは前に見つけた元帳にペグが何を記入したかを知っているので、彼女がやってきたあらゆる慈善活動に関して少なくとも二通りの記録があると言われても、それほど驚かなかった。

「それがほんとなら」わたしは訊いた。「どうしてツアーでおたくのキッチンを公開することに同意したの？」

「やりたくなかったわよ！　ペグに脅されて仕方なく」マージの頬を涙が伝いはじめた。

「承知するしかなかったの」

さらにマージを追及しようとしたそのとき、バートがトラックでやってきた。こちらに駆け寄りながら、「ここで何をしている？」と言った。

「おしゃべりしてるだけよ」わたしは言った。

マージをひと目見ただけで、バートはすべてを察した。「二人とも帰ってもらおう」

グレースもわたしも負けてはいなかった。

わたしはマージのほうを身ぶりで示して言った。

「マージに帰れと言われるまでは帰らない」

マージはわたしたちからバートに視線を移し、またこちらに戻した。

「帰ってちょうだい」と、低く言った。

バートが勝ち誇ったようにわたしたちを見た。

わたしは彼に勝利の瞬間を味わわせてなるものかと思った。

「いいわよ。どっちにしても、用はすんだから。必要なものは残らず手に入ったわ。帰りましょ、グレース」

グレースの車のそばまで戻ったとき、バートが近づいてきた。これまで見たことのない怒りがその顔に浮かんでいた。「話がある」

「はっきりしてよ」車のドアをあけながら、わたしは言った。「最初は帰れと言っておいて、今度は帰るなと命令するわけ？」

「マージはあんたに何を話した？」低いうなり声とほぼ変わらない口調で、バートが尋ねた。

「マージに直接訊けばいいでしょ」グレースが車をスタートさせるあいだに、わたしは言った。

「どこへも行かせんぞ」

「どうやって止める気？　車の前に身を投げだすの？　わたしたちをそそのかさないでね、バート」

バートは首をふった。「スザンヌ、いったい何を考えてるんだ？　あんたには関係ないことなのに、よけいな詮索ばかりして」

わたしはグレースの腕に手をかけた。「ちょっと待って」それから、バートのほうを向いて言った。

「何者かがうちのドーナッツに毒を仕込んだ瞬間から、わたしに関係のあることになったの。だから、首を突っこむ権利があるの。そうだ、ひとつ教えてあげましょうか。金物店を経営してる男性以上に殺鼠剤を入手しやすい立場にある人は、この町にはたぶん誰もいないでしょうね」彼をにらみつけて、わたしは思わず口走った。「いま気がついたんだけど、あなたの髪の色、ペグが殺される直前にわたしが犯行現場で目撃した人物にそっくりよ」

それは事実だった。マージの家で奥の庭の角のところ潜んでいるのをわたしが目撃したのは、バートだったと考えてもおかしくない。

わたしがそう言ったとたん、バートの目に怒りが燃えあがった。

「失敬な。われわれのことはほっといてくれ」

「気をつけなさい。わたしがつぎに狙うのはあなたよ。マージじゃなくて」

「脅迫する気か、スザンヌ」

「いいえ。どちらかといえば、約束ね」

グレースのほうを向いて言った。

「用事はすんだわ。行きましょ」

12

グレースが車をスタートさせると同時に、わたしはバートがどうしているか見るためにふり返った。バートは玄関ポーチにいるマージのところへ戻ろうとする様子もなかった。かわりに、車寄せに立ったまま、こちらの車が見えなくなるまでじっと見ていた。

グレースが言った。「わたしがあなただったら、今後、金物類を買うときはべつの店を見つけるわ」

わたしは肩をすくめた。「それはすでに考えてる」肺いっぱいの空気を吐きだして、さらにつけくわえた。「なかなかの見ものだったわね」

「マージのほうは、自分がたったいま、殺人の強力な動機をわたしたちに示したことに気づいてるかしら」

「まだ気づいてないとしても、わたしたちの会話の内容をバートに伝えたとたん、それがどんな結果を招くか、バートが悟るでしょうね。ねえ、おかしなことを教えてあげましょうか」

グレースは言った。「ええ、ぜひ。笑えるネタはいつだって歓迎よ」

「そういうおかしさじゃなくて、変だという意味。こっちがいくら喧嘩腰になっても、あの二人、警察を呼ぶなんてひとことも言わなかったでしょ」

「喧嘩腰だったのはあなた。わたしはいい子だったわ」グレースは言った。

「はいはい、わかりましたよ。それって変だと思わない？」

「思わないわ。マージはペグに脅されたって言ったとき、何か隠してることがあるのを認めたんだし」

「秘密ってそういうものよね。時間がたてば、かならず表面に浮かびあがってくる」

グレースが訊いた。「じゃ、まず誰と話をすればいい？　ピート神父さまはどう？　エイプリル・スプリングズの人たちを調べてまわるとなれば、神父さまも疑ってかからなきゃ」

「そりゃそうよ。ペグ・マスタースンの死に神父さまが関わってると思ったら、わたし、遠慮はしない」

わたしの携帯が笑い声をあげたので見ると、母からだった。わたしが電話に出る前に、グレースが言った。

「その着信音、まともなのに変えるって言わなかった？」

「そのつもりだったけど、なんか慣れちゃって」電話に出て、「もしもし、ママ、どうしたの？」と言った。

母は甲高い声でわめいた。「スザンヌ・ハート、完全に頭がおかしくなったの？」

「かもしれない。なんでそんなことを訊くの？」

「マージ・ランキンから電話があって、たったいま切ったところなの。気の毒に、涙声だったわよ。あなた、マージに何を言ったの？」

「害のない質問をいくつかしただけ」

それを聞いてグレースの眉があがったのが見えたので、顔をしかめてやった。

少し声を和らげて、母が言った。「ママの聞いた話とは違うわね」

「ママ、誰を信じるの？　マージ？　それとも、自分の娘？」

母はわたしの好みからすると長すぎるほどの沈黙に陥った。

「ママ、返事を待ってるんだけど」

「考えてるところ」母は言った。

「答えが出たら、もう一度電話ちょうだい」わたしはそう言って、さっさと電話を切った。

グレースが言った。「あらら、あとが怖いわよ」

「こっちはもう大人なんだから、外出禁止令なんて効き目なし。母に妥協してもらうしかないわ」

「あなたって偉い。わたし、あなたのお母さんの前に出ると、めちゃめちゃビビっちゃう。昔からそうだった」

「気迫で母に負けてるからよ」

「さてと、芝居じみたやりとりはこのへんにして、つぎはどうする？」

「まだ決めてないの」わたしは言った。「返事はあとでね。何か思いつくまで、しばらくドライブでもしない？」

グレースが腕時計を見てばかりいるので、わたしはついに尋ねた。

「どこかへ行く用でもあるの？」

「男性から食事に誘われてるんだけど、あなたを手伝う必要があれば、キャンセルしてもかまわないのよ」

「車を道路脇へ寄せて」

ドーナツショップまであと一ブロックのところにきていたが、グレースはわたしに言われたとおりにした。

わたしは車をおりて言った。「どうかしちゃったの？　あなたに夢中になってデートに誘ってくれる男性がいるのなら、早く行かなきゃ」

「わたしもそう思ってたのよ」グレースは微笑した。

「誰なの？　わたしの知ってる人？」

「ううん。ユニオン・スクエアの住人。〈ナポリ〉で夕食の約束なの」

ジェイクがたまに町にいるときにわたしと二人で食事に行く店が〈ナポリ〉だということ

は、グレースも知っている。どうりで、自分の予定について、何も言いたがらなかったわけだ。

「じゃ、行きなさい。さっさと出発して。わたしのせいで遅刻なんかしちゃだめ。楽しんできて。いいわね？」

「わかった。何かあったら電話ちょうだい。まじめに言ってるのよ」

「はいはい」車で走り去るグレースにわたしは言った。

少なくとも、わたしたちのうち一方には男性とのデートがあるわけだ。ジェイクは夕食をどうしてるんだろう。きっと、何かテイクアウトして警察本部で食べながら、彼の留守中にマーティン署長が進めた捜査の成果に目を通していることだろう。事件ファイルが分厚いものになっているとは思えない。だって、わが町のご立派な署長が、わたしはあまり信頼できないんだもの。

〈二頭の牛と一頭のヘラジカ〉の前を通りかかったので、寄っていくことにした。店名の由来となった三匹のぬいぐるみがレジの上にある特等席の棚にすわっていて、見ると、それぞれハロウィーンのコスプレをしていた。ウシはヴァンパイアのマント、マダラウシはカウボーイの格好、そして、ヘラジカはスーパーヒーローの衣装一式。店主のエミリー・ハーグレイヴズから前に教わったのだが、二頭の牛を見分けるには、マダラウシのしっぽに結んである緑色のリボンを目印にすればいい。

若いブルネット美人のエミリーが、彼女の大切なぬいぐるみに見とれているわたしに気づいた。「とってもゴージャスでしょ？」

わたしはうなずいた。「ぴったりサイズのコスチュームをどこで見つけてきたの？」

エミリーは微笑した。「わたしにはミシンと想像力があるのよ。それ以外に何が必要なの？」

「わたしだったら、その両方を使える人が必要だわ。《エラリー・クイーンズ・ミステリ・マガジン》と《アルフレッド・ヒッチコック・ミステリ・マガジン》の最新号はある？」

エミリーは棚のところへ行き、両方を一冊ずつとりだした。「もちろんよ。ほかに何かほしいものは？」

わたしは首を横にふり、雑誌のお金を払った。エミリーがお釣りをよこしながら言った。「とんでもない災難だったわね。ドーナツのような楽しさいっぱいのものを選んで、それを凶悪なものに変えてしまう人がいるなんて、わたしには理解できない。あんまりだわ」

わたしはうなずいた。「まったく同じ意見よ」

帰りぎわに、ぬいぐるみに敬礼して「ハッピー・ハロウィーン」と声をかけた。返事をくれるのではと薄々期待したが、三匹とも店内の監視を続けていて、自分の仕事をサボるつもりはなさそうだった。

また家へ向かって歩きながら、わたしが勝手に電話を切ったあとで母からうんともすんとも言ってこないことに気づいた。いきなり電話を切られて、いまも腹を立てているのだろう。家に帰ってもいいものかどうか迷った。

でも、遅かれ早かれ母と顔を合わせなくてはならない。だったら、早く終わらせたほうがいい。

少なくとも、何か食べるものはあるだろうし。わたしはおなかがぺこぺこだった。


「もうじき夕食よ」

玄関ドアを入ったわたしに、母が言った。わたしは母を見て、ご機嫌を推し量る手がかりを探してみたが、母の態度を見るかぎりでは、さきほどのやりとりを忘れることにしてくれたのは明らかだった。

わたしも異議なし。今日は芝居じみたことばかりだったから、当分もううんざりだ。

「おいしそうな匂い」わたしは言った。「レモンチキン？」

母はうなずいた。「マッシュポテトとサヤインゲンを添えて、自家製のクランベリーソースがかけてあるの。それから、デザートはチェリーパイ」

「ワオ、女王さまになった気分。パイを作る時間がいつあったの？」

「今日はずっと家でお料理してたの」

「わたしたち二人だけのために？」母が自分たちのために凝った料理を作るのは珍しいこと

ではないが、今日のはちょっと凝りすぎだ。

「ジェイクがきてくれないかと思って」母は言った。「電話して夕食に誘うことはできないの？」

「ごめん、ママ。ジェイクは忙しいの。それでも、わたし、食べさせてもらえる？」

「もちろんよ。テーブルの用意をお願い。そしたら、食事にしましょ」

わたしはまず手を洗い、それから二人分の食器を並べた。そうか、母が〝究極のクッキングモード〟に入った理由はそれだったんだ。

食卓についたとたん、自分がどんなに空腹だったかに気づいた。

お皿に料理をどっさりとるわたしを見て、母が言った。

「ジェイクがこられなくて、そのほうがよかったかも。あなたときたら、木こりみたいな勢いで食べることがあるわね、スザンヌ」

「木こりに負けない食欲の持ち主だもん。それに、わたしが食べる姿をジェイクはすでに見てるわ。小食じゃないのを喜んでくれてる」

わたしが母の言葉のジャブに応じる気のないことを、母も悟ったようだ。電話をいきなり切られたことで、ちょっと神経過敏になっているのだろう。今夜のスパーリングは中止。そして、わたしは母とのおしゃべりを食事に劣らず楽しんでいる自分に気がついてびっくりした。母は魅力的にふるまう気になれば、ちゃんとできる人なのだ。もちろん、母のほうもわたしのことを同じように言っているのを、聞いた覚えがある。血は争えないというのは、やはり真実なのだろう。

ベッドに入る支度をすませ、電源を切ろうとして携帯をとった瞬間、手のなかで携帯が笑いだした。ジェイクからだった。

「起こしてしまったんじゃないだろうね」ジェイクが訊いた。

「まだ夜の八時にもなってないのよ。ちゃんと起きてたわ」

「だけど、いつまで起きてられる？　ベッドに入る支度をしてたんだろ？」

わたしは窓の外を見た。「どうして？　外でわたしを見張ってるの？」

「いや。だけど、そのことで電話したんだ。ゆうべ、家の外に不審者がいたことを、どうして黙ってたんだ？」

ジェイクは狼狽していた。声にそれが出ていた。

「あなたにできることは何もなかったのよ、ジェイク。ローリーにいたんだもの。わたし一人で対処したわ」

「ジョージに電話して、それから警察にもかけたそうじゃないか。まさか自分で外に出てみるほど無鉄砲ではなかっただろうね？　野球のバットを持っても無駄だぞ。誰かが襲いかかってきたら、身を守る役には立たない」

「わたしはバットで満足してるわ。銃は好きじゃないし、剣なんか持ち歩いたら、変人だと思われるだろうし」

ほんの一瞬、携帯を下に置き、外に目を凝らした。小枝の折れる音が聞こえなかった？　それとも、わたしの気のせい？　感覚がひどく鋭敏になっていて、ありもしない危険に神経をとがらせていることは、自分自身がまず認めるところだ。でも、夜になると森がさまざまな物音に満ちることも、わたしは知っている。人々が寝静まった夜の静寂のなかでは、なおさら強く感じられる。

でも、暗がりに必死に目を凝らしても、怪しげなものは見当たらなかった。

携帯を耳に戻すと、ジェイクの大きな声が聞こえた。「……いますぐそっちへ行く！」

「えっ？　どうして？」

「スザンヌ、何があった？　大丈夫か」

「大丈夫よ。公園からリスの走りまわる音が聞こえてきて、そのとたん、暗がりに不審者が潜んでるような気がしたの」

「ゆうべもそうだったんだろ？」ジェイクが訊いた。

「ううん。ゆうべはたぶん、ジョギングの人がシューズの紐を結ぼうとして身をかがめてただけだと思う。最近、想像力がつい暴走してしまうの。それは自分でも認める」

「とにかく、そっちへ行く」

「ジェイク、なんでもないってば。ほんとよ。それに、五時間後に起きるために、わたしはそろそろ寝ないと」

「ぼくを家に入れて歓待してくれる必要はないんだ、スザンヌ。そっちへ行って、あたりを見てまわって、どこにも異常のないことを確認する。ぼくが外にいることに、きみは気づきもしないいさ」

「そこまでしなくていいって」わたしは繰り返した。

「それはわかってる。けど、ぼくがそうしたいんだ」

ジェイクが電話を切ったので、公園に懐中電灯の光が見えても心配しなくていいと母に告げるために、わたしは一階におりた。

母はテレビを見ていた。めったにないことだ。

顔をあげてわたしに気づくと、照れくさそうな顔になった。

「いまつけたところなの」と言った。

しばらくしてから尋ね。「ところで、どうして起きてるの？　ベッドに入る時間をすぎてるんじゃない？」

私はうなずきながら、玄関ドアと窓のロックを調べなおし、きちんと戸締りされていることを確認した。

「ジェイクがくるそうよ」と言った。

「それで、彼が入れないようにしてるわけ？　スザンヌ、男の気を惹くためにわざと冷たくするって手は、ママも聞いたことがあるけど、それじゃやりすぎだわ」

「うちを訪ねてくるわけじゃないの。公園でリスの走りまわる音が聞こえたことをついうっかり話しちゃったら、大急ぎで確認しにくるっていうの」

「じゃ、ジェイクのために何か用意しておかないと。あのチェリーパイはどう？　フリーザーにバニラアイスが入ってると思うし。コーヒーも用意するわね」

母が立ちあがろうとしたので、わたしは言った。「ママ、すわって。ジェイクはこの家には寄らないの。だから、お茶やお菓子を用意する必要はなし。外を見てまわって、それがすんだら帰るんだって。それでおしまい。ここには寄らない。おしゃべりもしない」

「きびしいのね」

「睡眠をとる必要がなかったとしても、ジェイクを家に入れるわけにはいかないのよ。プレゼントされた花をドーナツショップに忘れてきちゃったから」

もちろん、それが母の注意を惹いた。「あなたに花を？　どんな花？」

「バラよ。バラが一ダース」わたしは白状した。

「なのに、お店に忘れてきたの？」

わたしはうなずいた。「店内がパッと華やいだわ。でも、ジェイクにどう弁解すればいいのかわからない。向こうはきっと、わたしが家に持って帰るものと思ってただろうし」

「当然でしょ」母が言った。「さて、そろそろ寝たほうがいいんじゃない？」

どうして急にわたしを追い払おうとするの？　あ、わかった。

「わたし、ジェイクを家に入れるつもりはないわよ。ママもジェイクに〝入って〟なんて言わないでね」

「スザンヌ・ルイーズ・ハート、ここはいまもママの家なのよ。ママが誰かを招きたいと思えば、自由にやっていいはずよ。あなたにとやかく言われる筋合いはないわ」

わたしは首をふった。「はいはい、ちょっと時間を戻しましょう。たしかにママの言うとおり、ジェイクを家に入れたければ好きにしていいのよ。ただ、やめてほしいってわたしが頼んでるの。時間も遅いし、もうじきわたしの寝る時刻をすぎてしまう。わたしには睡眠が必要なんだから、ジェイクをデザートに誘わないほうが、どう考えてもずっと楽なの」

わたしが階段のほうへ向かうと、母が言った。「もちろん、あなたがいやだと言うなら、誰にも入ってもらうつもりはないわ」

「ママ、いまこの瞬間、わたしは〝いい〟とか〝いや〟とか言ってるんじゃなくて、ベッドに入りたいだけなの」

「はいはい」

二階へ行き、じっと耳をすませると、ふたたびテレビの音が聞こえてきた。何秒か部屋のドアの外に立ち、母がどんな番組を見ているのか推測しようとしたが、だめだった。

部屋に戻って明かりを消した。眠るつもりだったのに、ジェイクが外にいてわたしを守ろうとしているのだと思うと、なかなか寝つけなかった。窓の外にしばらく目を凝らすと、暗闇で彼の懐中電灯が上下しているのが見えた。ジェイクはわが家から二百メートル以内の木と茂みを残らずチェックしながら、玄関ポーチのほうにやってきた。玄関前のステップに近づいたとき、窓辺にいるわたしの顔を彼の懐中電灯が真正面からとらえた。

「どうしてまだ起きてたんだい？」

「あなたの無事をたしかめたくて見守ってたの」

「あたりを調べてみたが、誰もいなかった」

「やっぱり。わたしの勘違いだったのね。たぶん、リスが走りまわってただけだわ」

「いや、そうとも言いきれない。下にきて、ぼくを家に入れてくれ。話がある」

わたしはローブをつかむなり、大急ぎで階段を駆けおりた。ジェイクは冗談を言っているのではない。それだけはたしかだ。いったい何を見つけたの？

わたしの姿に気づいて、母がテレビを消しながら、「あらあら、スザンヌ、態度をはっきりさせなさい」と言った。また何か見ていたようだ。ちらっと目にした画面からすると、英国のコメディ『時の過ぎゆくままに』の再放送のようだった。母と一緒に何回か見たことがある。ジーンとライオネルが母のお気に入りのカップルで、正直に言うと、わたしも番組を見るたびにこの二人の物語を楽しんでいた。

玄関ドアをあけると、ジェイクが入ってきた。

母がそわそわしていた。「ジェイク、よくきてくれたわね。ちょうどあなたの噂をしてたところなの。パイはいかが？」

「いや、遠慮しときます」

ジェイクはわたしのほうを向いて言った。

「マーティン署長に電話しておいた。もうじきここにくる」

「どういうこと？」と尋ねるわたしのそばで、母が「コーヒーを淹れてくるわ」と言った。

ジェイクが言った。「やはり何者かがこの家を監視していた。きみの気のせいではなかった」

「あなたも誰かの姿を見たの？」

「いや。だが、そいつが立っていた場所を見た」

「そこへ連れてって」

「署長を待ったほうがいい」

「お好きなように」わたしは玄関のクロゼットから父の古い懐中電灯をとりだした。スチール製のばかでかい怪物で、グリズリーを殴り倒すことだってできそうだ。「一人で見にいってくる」

ジェイクはわたしを追って外に出ると、木々のほうへ向かおうとするわたしに言った。

「何を見つけたかも、どこで見つけたかも、教えないぞ」

「けっこうよ。闇のなかであなたの懐中電灯が上下するのを見てたもの。どこにいたのか、だいたい見当がついてるわ」

わたしが鬱蒼たるアオトウヒの木立に近づくと、ジェイクは言った。「そこで止まれ」

「正解に近づいてる。でしょう？」

「きみは犯行現場を荒らそうとしてる」

わたしはあわてて立ち止まった。「まさか、死体なんてころがってないわよね？」

「いや。しかし、きみを監視してた人物を突き止める手がかりがあるかもしれない。ひょっとすると、それがペグ殺しの犯人ってこともありうる」

とにかく見てみようとしたそのとき、マーティン署長が車でわが家に到着し、しばらくすると、木立のところでわたしたちに合流した。

署長はわたしを見て言った。「こんなところで何をしている？」

「夜の散歩に出てただけだって言ったら、ひょっとして信じてくれる？」

「そんな格好で？　無理だな」

「恐れ入りました」わたしはニッと笑って、署長のほうへ両手をさしだした。「自分の家をのぞいてました」

署長は首をふり、ジェイクのほうを向いた。「どういうことだ?」

「こっちへ」ジェイクは木の枝を二本持ちあげ、懐中電灯で地面を照らした。

彼が先に立って木の向こうへまわると、切り落とされたばかりの枝が目に入った。

「ここに潜んでいた人物は、スザンヌの家がよく見えるようにこの枝を切ったんです」

「切り口を調べたかね?」署長が訊いた。

「いえ。署長の到着を待ってました」

マーティン署長はうなずき、それから木の周囲に落ちている針のような葉を調べた。

「足型の採取は無理だな」証拠品袋をとりだして、木の中心部へ姿を消し、しばらくしてから戻ってきた。

「自分の目で見たほうがいい」と言った。

わたしが身をかがめて枝の下をくぐろうとすると、肩に手が置かれた。

「あんたじゃない。ジェイクに言ったんだ」

文句を言う暇もないうちに、ジェイクが枝のなかへ入りこみ、一分後ぐらいにふたたび姿を見せた。「署長、彼女にも見せたほうがいい」

「なんで?」署長はつっけんどんに訊いた。

「知る権利があるからです」

「なんなの?」わたしは尋ねた。「二人のおかげでビビっちゃった」

ジェイクが署長を見ると、署長はしばらく考えたあとでうなずいた。「いいだろう」

署長の気が変わらないうちに枝の下をくぐったところ、誰かがこしらえた小さな巣のようなものが目に入った。がっしりした作りで、こしらえた人物は閉所恐怖症ではなかったようだが、わたしにはそれ以上のことはわからなかった。

「これ、いったい何なの？」

「地面に腰をおろして、きみの家のほうを見てごらん」

言われたとおりにすると、枝が切り払ってあるおかげでわたしの家がまるまる見えることがわかり、唖然とした。さらに不気味なことに、葉に縁どられた隙間がわたしの部屋の窓とぴったり重なる。

不審人物は単にわたしの家を見張っていたのではない。

わたしを見張っていたのだ。

わたしは木の下から這《は》いだして言った。「なるほど。本格的にビビったわ」

「だからスザンヌに話すのはまずいと言っただろうが」署長はジェイクに言った。

「ううん、わたしは自分が何を相手にしてるかを知っておきたい」わたしは言った。「何もわからない状態に置かれるのがいちばん怖いわ」

母が出てきて、わたしたちのところにきた。

「フィリップ」署長に気づいて、母は声をかけた。「こんなところに立って、みんなで何をしてるの？　淹れたてのコーヒーと、全員でたっぷり食べられるだけのパイがあるわよ」

「ありがたいが、外をもう少し調べなきゃならん」署長は言った。「何者かがあんたの家を見張ってたんだ、ドロシー」

母は下唇を噛み、それから言った。「あなたたち二人なら、きっとその男をつかまえられるわ。じゃ、コーヒーはここに運ぶことにしましょう。一緒にきて、スザンヌ。手伝ってちょうだい」

「悪いけど、わたしはここにいる」

「バカ言わないの。あとで署長さんから話を聞けばいいのよ。そうでしょ、フィリップ」

「もちろんだ。写真を何枚か撮るつもりだが、それ以外、警察にできることはたいしてない。うちの警官二人に公園をもう一度徹底的に調べさせるが、おそらく何も見つからんだろう。誰のしわざにせよ、プロの犯罪者ではないな」

「何を根拠にそんなことを？」母が訊いた。

署長とジェイクの両方がまったく同じしぐさで肩をすくめた。

署長が言った。「この背後にいる人物は、われわれがかならず見つけだす。心配せんでいい」

「どうやって見つける気？」わたしは無意識のうちに口に出してつぶやいていた。

「われわれもまったく無能なわけではない」署長が言った。「あんたがどう思っていようとな。あんたの助けがなくても、このあたりの犯罪のひとつやふたつは、われわれの力で解決できるんだ、スザンヌ。あんたは信じてくれんだろうが」

ふと見ると、ジェイクが必死に笑いをこらえていた。こんなにおもしろがるなんて気に食わない。かき集められるだけの威厳を集めて向きを変え、家のほうへ足を向けた。「ママも帰る？」

母がうなずいたので、二人で家に戻った。どうして誰かがわたしを見張ってたの？　ペグ・マスタースン殺しと関係があるの？　それとも、わたしの身に何か不吉なことが？

翌朝、ロングジョンに使った生地の残りにハサミを入れ、パインコーンを作ろうとしていたとき、表のドアをガンガン叩く音がした。午前四時、開店時刻までまだ一時間半もある。

エマがわたしのほうに顔をあげて言った。「ほっときましょ」

「誰かが困ってるのかも」わたしはタオルで手を拭きながら言った。

「店に入れたりしたら、今度はあたしたちが困ったことになるわ。警察に電話して、あとはまかせればいいじゃない」

わたしは厨房とダイニングエリアのあいだのドアに近づいた。

「とりあえず、誰なのか見てみる」

細目にあけたドアからのぞいたところ、ジェイクが立っていた。

「入ってもらうわ。ジェイクよ」わたしは言った。

ドアをあけ、暗がりに誰かが潜んでいる場合に備えて、彼の背後に油断なく目をやった。

「どうしてここに？」ジェイクをなかに入れ、ドアをロックしながらわたしは訊いた。

「ローリーへ戻らなきゃいけなくなった。姪がまた熱を出してね、今度は前よりひどい。出発する前にここに寄って、きみに直接話しておこうと思ったんだ」

「ありがとう。でも早く行って。お姉さん一家についててあげなきゃ」

「何かあったらすぐ電話する」ジェイクは言った。一瞬ためらってから、すばやく、でも愛情たっぷりのキスをくれた。今度は頬にではなく唇に。少なくとも彼の狙いは正確さを増している。

「じゃあ」ジェイクのためにふたたびドアをあけたわたしに、彼は言った。

ジェイクが出ていったあと、ふり向くと、エマがじっと見ていた。満面の笑みだった。

「何よ、その顔？」

「あたし？　顔？　なんのことだかわからない」

わたしは首をふり、苦笑して言った。「仕事に戻りましょ」

「はい、了解。あなたがボスよ」

わたしはカウンターにのっていたタオルでエマをピシャッと叩いた。二人でパインコーン作りに戻ったあとも、今回の緊急事態にジェイクがどう対処したかを思って、浮き浮きせずにはいられなかった。ジェイクの姪が元気になるよう心から願ってはいるが、彼がふたたび町を出る前にこの店に寄り、事情を話してくれたことが、わたしはうれしかった。

「スザンヌ、あなたがペグ・マスタースン殺しを調べてることはわかってるのよ。どうしてあたしにも手伝うように言ってくれないのか、首をひねってるところなの」

わたしの手でフライヤーから出されたばかりのイーストドーナツにグレーズをかけながら、エマは言った。

いずれそう言いだすだろうと思っていたので、すでに返事も用意してあった。

「この一週間、あなたは自分の人生だけで手一杯だったでしょ。わたしを手伝う暇なんてないと思ってたの」

「心配しないで。終わったから」

「早くも別れたっていうんじゃないでしょうね？」揚げている最中のイーストドーナツを木製の長いトングでひっくり返しながら、わたしは訊いた。

「本格的につきあったわけじゃないから、別れとも呼べないわ」

「何がいけなかったの？」熱い油からドーナツを出しながら、わたしは尋ねた。終わってしまったエマの交際について、仕事中にしばしば二人で分析することがある。エマに言わせると、何がどうなっていたのかを客観的にとらえる助けになるし、やり方が間違っていたのなら、つぎのときはそれを訂正するよう心がければいいというのだ。エマの楽天主義には感心する。つねに、至るところに新しいチャンスありという主義で人生を送っている。あとはチャンスが訪れたときに、それをつかむ準備をすればいいだけだ。

「原因はわかってるのよ」グレーズのたっぷり入ったローフパンを傾けることに必要以上の注意を向けて、エマは言った。

新たなドーナツをフライヤーに丁寧に投入しながら、わたしは言った。

「じゃ、今回は何だったのか話してちょうだい」

「横暴なやつだったの」

「あら、わたしも彼に会ったことがあるわよ。どこがそんなに横暴だったの？」

「知りたいなら教えてあげるけど、あたしに仕事をやめろって言うの」エマはついに告白した。

わたしはショックを受けた。「どうして？　彼、ドーナツが嫌いなの？」

「あたしの勤務時間が気に入らないんですって。午後九時が門限だなんてばかげてるって、何回も言われたわ」

わたしはうなずいた。「わかるわ。世間の人から見れば、非常識でしょうね。エマ、店をやめてふつうの時間帯で生活したいのなら、邪魔するつもりはないわ」

わたしの言葉に、エマは驚いた顔になった。「あたしを雇う気はもうないっていうの？」

「ううん、それは真実から遠く離れてる。正直なところ、あなたがいなかったら、どうやって店をやっていけばいいのかわからない」

エマは少なくとも、ちょっと機嫌を直したようだった。「だったらいいの」

「でも、さっきのもまじめな話なのよ。申しわけないもの。もし、あなたがわたしみたいな……」わたしは最後まで言う前に黙りこんだが、エマはこちらの胸の内を見抜いていた。

「なんて言うつもりだったの？　あなたみたいな生き方をすることになったら？」

わたしはうなずいた。「こういう非常識な労働時間で人生をよけいむずかしくしなくても、生きていくだけで大変だもの」

「ねえ、聞いて。あたしは信じてるの――クレージーな時間帯で生活してても、あたしを求めてくれる人がきっと見つかるって。そのときまで、あなたと二人でドーナツ作りに精を出し、せっせと時間を作って夜間クラスの受講を続けるつもりよ。どっちみち、いまのあたしの人生には、男性とつきあってる時間なんてないの」

「でも、すてきな気分転換になるわ。そう思わない？」

「そりゃそうよね」エマは同意した。「ところで、この生地を使って何か新しいものをデザインしてみない？　パインコーン作りにはそろそろうんざり」

「何かいいアイディアでも？　ドーナツに関するかぎり、実験はいつだって大歓迎よ」

「生地を斜めにカットできたら、ツンツン立たせるかわりに、おしゃれな編みこみ模様にできるんじゃないかと思ってたの。シナモンツイストみたいなのじゃないのよ。あたしが考えてたのは、こういう感じのやつ」

エマはロングジョンを作るためにカットした長方形の生地をひとつとると、ステンレスのハサミで攻撃をしかけた。生地をめった切りにしたあとで、結局は丸めて、あとの切れ端にくっつけた。「あーあ、イメージどおりにならなかった」

「午後にでも紙にスケッチしてみたら？　それを作るにはどうすればいいのか、明日、二人で考えましょうよ」

「あたしがミスしても、すごく寛大なのね」わたしと一緒にふたたびパインコーン作りを始めながら、エマは言った。

「ただの生地だもの。失敗しても、捨てる必要はない。フライドパイに使えばいいのよ。ほかに何もなくとも、ボブが喜んでくれるわ」

「あの人、あなたのパイの大ファンだものね」

店をあけるころには、落ち着いた気分に戻っていた。ジェイクがまだローリーの近くまでも行っていないことはわかっているが、向こうの状況がどうなっているのか、心配でたまらなかった。ジェイクは姪のことを実の娘みたいにかわいがっている。車を走らせながら、きっとやきもきしていることだろう。

困ったことに、彼の力になりたくても、わたしには何もできない。自分自身の悩みを抱えている。もっとも、彼の苦悩とは比べものにならないけれど。

　ドアのロックをはずそうとしたとき、ジャニス・ディールが急ぎ足でドーナツショップにやってくるのを見てびっくりした。その顔に浮かんだ表情から、誰かに追われているのかと思って彼女の背後に目を凝らした。もしそうなら、相手はこちらの監視を機敏にかわせる人物のようだ。

「お願い、助けて」店に飛びこんでくるなり、ジャニスは言った。「誰かがわたしまで殺そうとしてる」

13

九一一に電話しようとして受話器をあげながら、わたしはジャニスの背後に目をやった。

「誰も追いかけてきてないわよ。殺されるってほんとなの？」

「どこへ電話する気？」ジャニスが訊いた。

「警察」

「かけないで、スザンヌ。いまこの瞬間、追われてるって意味じゃないわよ」

わたしは受話器を戻してから、ジャニスのためにカップにコーヒーを注いだ。

「さ、飲んで。深呼吸して、それから、何があったのか話してちょうだい」

ジャニスはうなずき、言われたとおりにした。何秒かしてから言った。

「わたしの妄想じゃないわ。誰かがほんとにわたしを殺そうとしたの」

「どうしたんです？」

皿洗いにとりかかっていたエマが厨房から出てきた。「何かあったの？」

「ううん、こっちは大丈夫よ」わたしは言った。

エマがわたしの言葉を信じていないのは明らかだったが、それでも厨房に戻っていった。エマがそばにいたらジャニスが自由にしゃべってくれないような気がして、わたしは不安だったのだ。いまはとにかく、ジャニスが話に集中できるようにしなくては。

「ええと、どこまで話してもらったかしら」

とうてい冷静とは言えない声で、ジャニスは答えた。

「何分か前に、店のドアをあけようとしたとき、誰かにじっと見られてるみたいな、ひどく不吉なものを感じたの。ふり向くと、誰かが暗がりにひっこむのが見えたんで、そちらへ行こうとしたら、銃声が響いたのよ」

「えっ？　誰かがあなたを狙って撃ったの？」

「そうよ。証拠もあるわ」

わたしはふたたび電話に手を伸ばしながら質問した。「弾丸がどこに当たったかわかる？」

ジャニスは顔をしかめた。「ううん。でも、目撃者がいるわ。ポンコツの古い車で誰かが通りかかったの。その人も銃声を聞いてるはずよ。わたしの妄想なんかじゃないわ」

わたしは受話器を戻した。「その車、ひょっとして青い色じゃなかった？」

「そうよ。どうしてわかるの？」

「〈ハッピー・ケーン〉の車だわ。町じゅうに朝刊を配達してて、五メートルぐらい走ってはバックファイアを起こすの。あなた、こんなに早くお店に出てくることはめったにないでしょ？」

「ええ」ジャニスは認めた。「てっきり銃声だと思った」

「しょげることないわよ。わたしも初めてあの音を聞いたときは、あわてて歩道に伏せて、新品のジーンズに穴をあけちゃったもの」そこで躊躇したが、続けて言った。「ひとつ訊きたいんだけど。どうしてここに飛んできたの？」

「すでに開店してるのを知ってたし、一人でいたくなかったから」ジャニスは正直に答えた。

「携帯で警察に電話すればよかったのに」

「持ってないの。信じてないから」

わたしはバッグから自分の携帯をとりだした。「ほら、実物よ」

「存在を信じてないって意味じゃないわ、スザンヌ。誰かがわたしに電話をかけたくなるたびに、こっちがいちいち電話をとる義務はないと思うの。まったくぞっとするわ」

「ほとんどの場合、わたしもあなたの意見に賛成」わたしはバッグに携帯を戻しながら言った。「でも、緊急のときなんか便利よ」

ジャニスは顔をしかめた。「たしかにそうね。わたしも結局は、ぞっとする携帯を買うことになりそう」

「いいことを教えてあげる。誰にも番号を教えないで、必要なときだけ使えばいいのよ」

ジャニスはうなずいた。「それならできそうね」

「できないわけないわ。とにかく、ここから警察に電話する？　誰かに狙われてるのなら、マーティン署長に知らせなきゃ」

ジャニスはコーヒーをもうひと口飲んでから言った。「よくよく考えてみたら、人の姿を見たのかどうか自信がなくなってきた。暗かったし、あちこちにぼうっとした影があったから。毎日、暗いなかを仕事に出てくるなんて、あなた、よくそんなことができるわね」

「そのうち慣れてくるものよ」

「うーん、わたしは無理。うちの店でドーナツを売るアイディアは捨てることにしたわ」

ジャニスの作るドーナツはたぶんまずいだろうが、それでも、競争相手がいなくなってホッとした。ただ、ジャニスがなぜそう決心したのか知りたいと思った。

「わたしへの仁義から？」

ジャニスは噴きだしそうになった。「違うわ。利鞘《りざや》を考えると、大きな労力を注ぎこむだけの値打ちはないでしょ。おたく、よくつぶれずにやってるわね」

「苦しい月もあるわ」わたしは認めた。「ペグに関するあなたの情報に対して、警察の反応はどうだった？」

「マーティン署長が相手だから、さっぱりわからない。断言はできないけど、あの署長、わたしが犯人で、弁明もできない人間に罪をなすりつけようとしてるだけだって思ってるんじゃないかしら」

「そうね。わたしも署長にいつもそう思われてる」

ジャニスがコーヒーを飲みおえたので、おかわりを注ごうとした。

「ううん、もういいわ。大口の注文が入ってるの。そろそろ行かなきゃ。コーヒー、ごちそうさま」ジャニスは財布に手を伸ばした。

「あ、いいのよ。いまのはサービス」

ジャニスは黙って首を横にふり、カウンターに一ドル札を置いた。

「おたくの利鞘を考えると気が咎めて、おごってなんかもらえない」

ジャニスが出ていったあとで、わたしは笑いだし、ドアの閉まる音を聞いたとたん、エマが厨房から出てきた。「いったいなんだったの？」

「ジャニスったら、誰かに殺されそうだって思いこんでたの」

「誰がジャニスを殺したがってるの？」

わたしは眉をひそめた。「わたしもペグに関して、まったく同じことを自分に問いつづけてるところよ」


開店から十分後、表のドアのチャイムが鳴ったので、接客のために店のほうへ出た。

バートが入ってくるのを見てびっくりした。すぐうしろにマージがいた。

「おはよう。こんな朝早くから二人でどうしたの？　揚げたてドーナツを食べにきたとか？」

「われわれのことはほっといてくれ」バートが言った。「もううんざりだ」

「なんの話だかわからないわ」

バートはポケットに手を入れたが、捜しているものが見つからなかったようだ。マージのほうを向いて尋ねた。「見つからん。きみが持ってるのか」

「ここにあるわ」マージがバッグに手を突っこんだ。紙片をひっぱりだしてバートに渡した。

「なんなの、それ？」

「しらばっくれるのはやめろ」バートが言った。

「しらばっくれてなんかいません」わたしはきわめて率直に言った。「なんの話だか、さっぱりわからない」

バートは紙片をわたしの目の前に突きつけた。黒い大きな文字で〝人殺し〟と書いてあった。

わたしはそれを手で払いのけた。「わたしじゃないわ。どこで見つけたの？」

バートは渋い顔をした。「ゆうべ、マージの家の郵便受けに入ってた。あんたが書いたんじゃないって言うつもりかね？」

「ええ、そのとおりよ。せっかくきてくれたんだから、何かお出ししましょうか」

「いや、いらん。トッピングに何を使われるか、わかったもんじゃない」バートは吐き捨てるように言った。「行こう、マージ、さっさと帰ろう」

少なくともマージのほうは、「ごめんなさいね」と言うだけの礼儀を備えていた。

「いいのよ」わたしは一瞬黙りこみ、つぎにマージの左手の薬指をさして「新品なの？」と訊いた。真新しい金色の結婚指輪がはまっていた。バートの手にちらっと目をやると、おそろいの指輪が見えた。

「午前零時に結婚したの。ロマンティックでしょ？」

「マージ、誰かに会うたびに宣伝する必要はない。そうだろ？」

「ハネムーンにしては、変わった場所を選んだものね」わたしは言った。「このドーナッツショップのほかはどこへも行かないの？」

「いまのところ、出かけるのが最上の案とは言いきれん」バートは言った。「用事がたまってるんでな」

「やっぱりハワイへ出かけたほうがいいと思うわ、バート」マージが言った。「結婚するなんて、毎日あることじゃないもの」

バートがわたしを見た。彼の頭がすばやく回転しているのが目に見えるようだった。顔にゆっくりと笑みが広がり、バートは言った。

「そうだな、マージ。たしかにきみの言うとおりだ。二人とも、これ以上若くなるのは無理だ。金には困ってないし、店のほうはわれわれが戻るまでピート・エヴァンズにまかせておけばいい。荷物を詰めに帰ろう。そうすれば正午までに出発できる」

マージは心からうれしそうな顔になった。「本気なの？　ほんとにハワイへ行けるの？」

「とにかく出かけるんだ。行き先がどこであれ、当分戻らないことにしよう」

「おめでとう」わたしは二人に言った。

バートが新婚の花嫁をひきずるようにして店を出ていくあいだに、わたしは二人がなぜ大あわてで結婚したのかと不思議に思いはじめた。愛してるから？　それとも、妻は夫に不利な証言を強いられずにすむという理由で？　さらに言うなら、夫も妻に不利な証言をしなくてすむから？

エイプリル・スプリングズ全体が急におかしくなってしまったの？

それからもうひとつ、マージの家の郵便受けに誰かがあんな物騒なメモを投げこんでいったのはなぜ？　そして、さらに重要なことだけど、バートがわたしのしわざだと頭から決めつけたのはなぜ？

あれこれ考えつづけて十分ほどたったころ、ヘザーが入ってきた。

「おはよう。スザンヌ、毎朝よくこんなことができるわねえ。わたしなんか、けさ五時に起きただけで、もう死にそうよ」

「わたしは一時から起きてるわ。コーヒーでもどう？」

「出してくれるのなら、何リットルでも飲めそう。そうそう、ドーナツを少しもらえる？　何種類か混ぜてね。持ち帰りたいの。いまからお昼まで大忙しになるから」

「午後はどうするの？」ヘザーのドーナツを箱に詰めながら、わたしは訊いた。

「この町を出ていくわ。遺品整理が終わっても、終わらなくても。家はそのまま売りに出すつもり。エイプリル・スプリングズで朝をすごすのはこれが最後よ。気を悪くしないでほしいけど、ここは思い出が多すぎるの」

「わかるわ」コーヒーと箱に詰めたドーナツをヘザーに渡しながら、わたしは言った。ヘザーは代金を払って帰っていった。

彼女が帰ったあとで、お客がいなくなったテーブルの皿とマグを集めて流しへ運んだ。売場のほうへ戻ろうとしかけたとき、レジの横の床に落ちていたキャラメルの包み紙を踏んづけた。拾おうとして手を伸ばしたが、その瞬間――包み紙に触れる前に――ペグの遺体のそばに落ちていたのと同じものだと気がついた。きのうの午後、床をきれいに掃除したばかりだから、今日の午前中に店にきた人々のなかに、ペグが殺されたときそばにいた人物がいると見て間違いないだろう。わたしの容疑者リストの人物が絞られてきた。ジャニス、バート、マージ、ヘザー。残念ながら、いまのところ、誰一人排除できない。しかし、ペグ殺しの犯人がけさドーナツショップにきたことを、わたしは確信した。

あとはリストから削っていって、誰か一人に絞ればいいだけだ。

ジェイクがいまも町にいてくれればいいのにと思った。そうすれば、この新事実について議論できるのに。もっとも、彼が町にいたとしても、事件の話をしてくれるかどうか、これも百パーセントの自信はないけれど。とはいえ、彼がそばにいれば心強いだろう。エマなら大喜びで事件の話をしたがるだろうが、わたしは目下、必死にエマを調査から遠ざけておこうとしている。できることなら、ノースカロライナ州のこの小さな町の生活における醜い面から、今後もエマを守っていきたいと思う。

午前八時になってもジョージが顔を見せないので、少し心配になってきた。彼にも彼の人生があることはわかっているが、それでも、一日のうちいくらかを〈ドーナツ・ハート〉ですごす彼を見るのが、わたしは好き。

グレースはどこにいるのだろう？　あるいは、どこにいることになっているのだろう？ついに決心が崩れ、グレースが何をしているのかたしかめるために電話をした。

留守電になっていた。営業の仕事をやっていて、顧客とつねに連絡できるようにしておかなくてはならない女性にしては、妙なことだ。

とりあえず、一人で探偵仕事をやるしかなさそうだ。

閉店の三十分ぐらい前になると客足が途絶えたので、メモ用紙と鉛筆をとりだして、容疑者リストの作成にとりかかり、そのなかの誰にペグを殺す動機があったかを考えはじめた。ジャニスとヘザーの場合はお金、バートは愛、そして、マージには両方があてはまる。わたしに言わせれば、人殺しの動機として正当化できるものはあまり多くないが、リストのトップにくるのはもちろん、愛とお金だ。

頭に浮かんだことをメモ用紙に漫然と書いていたとき、表のドアのチャイムが鳴ったので顔をあげると、マーティン署長が近づいてくるところだった。署長がカウンターまでくる前に、わたしは紙を裏返し、メモの内容を見られていないことを願った。

「おはよう、署長さん。ドーナツを買いに寄ってくれたの？」

「いや。だが、それも悪くないな。今日のお勧めは？」

思わず口がすべった。「レモンクリームがとくにおいしいわよ」

署長はいやな顔をして首をふった。「いや、やめておこう。シナモンケーキドーナツとコーヒーのSサイズにするかな」

わたしはうなずいた。「お持ち帰り？」

「いや、ここにすわって食べることにする」

わたしが〈ドーナツ・ハート〉をオープンして以来、署長が店内でドーナツを食べたことは一度もない。きっと何かあったのだ。

コーヒーとドーナツを署長のテーブルに運び、さりげなく尋ねた。

「捜査のほうは進んでます？」

署長はドーナツにむせかけたが、やっとのことで呑みこんだ。

「わたしがそんな質問に答えると、あんた、本気で思ってるのかね？」

「そうでもないけど……」わたしは白状した。

「だったら、なんで訊くんだ？」

「署長さんがここで食べるなんて変だもの。ま、〈ドーナツ・ハート〉はどんなお客さまも歓迎だけど」

署長は肩をすくめた。「たまにはガラッと気分を変えたくなるもんだ」ドーナツをひと口かじり、コーヒーで流しこんでから、つけくわえた。「だが、せっかくきたんだから、あんたが興味を持ちそうなことを教えてやろう。ジャニス・ディールの容疑が晴れた」

「どうして？」

「容疑が晴れた理由かね？　それとも、わたしがこんなことを教える理由？」

「好きなほうを選んで。わたしとしては、両方の答えを聞きたいわ」

署長はドーナツを食べおえて立ちあがった。「容疑が晴れたのは、ジャニスに鉄壁のアリバイがあったからだ。こんなことを教えるのは、あんたの友達に恩があるからだぞ」

署長が誰のことを言っているかを悟るのに、どちらかがジェイクの名前を出すまでもなかった。

「どんなアリバイだったの？」

「図に乗るんじゃない、スザンヌ。じゃ、またな」

「またどうぞ」店を出ていく署長に、わたしは言った。

ジェイクが署長に何を言ったのか、知りたくてたまらなかったが、署長に訊いても教えてくれるとは思えない。警察がジャニスの無実を確信したのは、どんなアリバイがあったからだろう？　わたしにはわからないから、自分で確認したくてもできない。いまはとりあえず、ジェイクと署長を信じて（といっても、信用できるのは署長よりジェイクのほうだけど）、わたし自身のリストからもジャニスを消すことにしよう。

容疑者として残るのは、バート、マージ、ヘザー。

バートとマージが結婚したばかりなのを、署長は知っているだろうか。

署長はいまも表に止めたパトカーのなかにいて、誰かと無線で話していたので、さっきのお返しに情報を流すことにした。

エマに「すぐ戻るわ」と声をかけ、ドアから飛びだした。

パトカーの窓を軽く叩いた。向こうのギョッとした顔を見て初めて、署長がわたしに気づいていなかったことを知った。

車の窓を下げながら、署長は言った。「心臓発作を起こすとこだったぞ。なんの用だ？」

「バート・ジェントリーとマージ・ランキンがゆうべの午前零時に結婚したこと、知ってた？」

署長はうなずいた。「裁判所で噂を聞いた。ハーリー判事はずいぶん急な話だと思ったと言ってたが、二人はとにかく結婚したかったわけだし、先週バートがすでに結婚許可証を申請していたらしい。マージは驚いたものの、結婚できて大喜びだったそうだ」

「あの二人、ほんとに愛しあってると思う？」

署長は肩をすくめた。「わたしがどう思おうと、どうでもいいことだ。あんたはなんで詮索したがる？　突然、結婚に敵意を持ちはじめたとか？」

「違うわよ。わかってるくせに。わたしはね、容疑者二人があなたの管轄区域を離れることを、あなたが文句も言わずに認めたことに驚いてるだけ」

「勝手に決めつけるんじゃない。ハネムーンの期間はこの町ですごすつもりだとバートが言ってたから、あの二人を厳重に監視できる。ペグに死んでほしい理由が二人のどちらにもあることは、ちゃんとわかってるんだ」そう言われて、わたしは呆然たる表情になったに違いない。署長が笑いだして、こうつけくわえたからだ。「びっくりしたようだな」

「二人がハワイへ出かけること、知ってた？」わたしは訊いた。「わたし、三十分前に二人と話をしたのよ。署長さんがバートに会ったのはいつだった？」

「二時間ぐらい前だ。スザンヌ、そいつはたしかなのか」

「ドーナツショップで計画を立ててたわよ」

「どうなってるのか見にいったほうがよさそうだな」

パトカーで走り去る署長を見送りながら、こちらが思っているほど鈍い人じゃないのかも、という気がしてきた。話を聞いたかぎりでは、署長のリストの大部分がわたしのと一致している。

でも、ヘザーがまだ残っている。

ヘザーと話をするとしたら、チャンスはいましかない。ヘザーはもうじき永遠に町を離れてしまう。彼女が叔母さんを殺したのなら、うまく罪を逃れることになる。

店に戻って、わたしは言った。「エマ、もうじき正午だから、ちょっと出かけてくる。戸締りだけお願いね。あとの掃除はわたしが帰ってからやるから」

「いますぐ閉めちゃだめ？」エマの声には訴えるような響きがあり、がっかりしているのが伝わってきた。

「どうしたの？　ポールとよりを戻すつもりだなんて言わないで」

エマは目をむいた。「やだ、スザンヌ。うまくいくはずないって、最初からずっとわかってたような気がする」

それでも、エマの表情には何かがあった。

「ねえ、わたしに内緒にしてる相手がほかに誰かいるんでしょ」

「あなたがお店の外にいたあいだに、とってもすてきな男性が入ってきたの。パトリックって名前で、医者になりたいんですって。すっごくやさしい人なの、スザンヌ。信じられないぐらいよ。わたしの仕事が終わったら会おうって。そしたら、おたがいをもっと知ることができるし」

せっかちな行動をとるのも、相手のことをよく知らないうちに恋をしてしまうのも禁物だと、エマに忠告しようかと思ったが、わたしは彼女のボスであり、友達でもあるけど、母親ではない。「はいはい、行きなさい。わたし、正午までここにいるから」

「ほんと？」

「こっちの気が変わらないうちに帰ったほうがいいわ」

わたしがそう言いおえる前に、エマはドアから飛びだしていった。

エマを帰らせたときに店を閉めてしまえばよかった。お客はもう一人もこなかったし、電話も鳴らなかった。

売れ残りのドーナツを箱に詰め、洗いものを少ししてから、コーヒーを魔法瓶に入れ、ドーナツと一緒にジープまで運ぶことにした。

車のそばまで行ったとき、デイヴィッド・シェルビーが近づいてきた。

「その箱、持とうか？」

「ううん。でも、助手席のドアをあけてちょうだい」

デイヴィッドはドアをあけながら言った。「ロックしてないなんて信じられない」

わたしはドーナツの箱をシートに置いて答えた。「ええ、わかってる。だって、窓がビニール製だから、それだけで申し分のない防犯システムになるんだもん」

「よく言うよ」

わたしはジープのドアを閉め、それから尋ねた。「何か用だったの？」

デイヴィッドはしかめっ面になった。「いや、たいしたことじゃないんだ。ひきとめちゃ申しわけない」

「お店を閉めてきたところなの。いまなら時間がとれるわ」

この男性がわたしの店に初めて入ってきたときから、どこの誰だろうとずっと考えていたので、彼がせっかく話をする気になっているのなら、そのチャンスを逃したくなかった。ヘザーのことはあとまわしにすればいい。

ジープのフロントグリルにもたれて、わたしは言った。「ねっ、話して」

デイヴィッドは片手で髪を梳《す》き、それから言った。

「わかってほしいんだけど、ぼくが人と接するときって、いつもはこんなふうじゃないんだよ」

わたしは彼を観察するふりをした。「何が言いたいのかわからないわ。あなたはよそよそしくて、謎めいていて、ときにはちょっと辛辣になるって意味？」

この言葉に、デイヴィッドは口もとをほころばせた。

「はいはい、そのとおり。ただし、正直に言うと、心の奥の奥ではけっこういい人なんだ」

「どうしてわたしにそう信じてほしくて躍起になってるの？」

デイヴィッドは自分の両手に視線を落とし、つぎにわたしの目を見つめた。

「よくわからない。前にどこかで会ったような気がするけど、ぼくはデジャヴュなんて信じない。きみは？」

「じつはね、あなたが初めてこの店に入ってきたときから、わたしも同じことを感じてたの」

「たぶん、どこかで会ってるんだ」

「そこがわからないのよね。子供のころ、このあたりの学校に通ったことはある？　エイプリル・スプリングズに遊びにきたことは？」

デイヴィッドは首をふった。「いや。いちばん近くまできたのは、ウェスト・ヴァージニアの北のほうにあるキャンプ・キャメロットだった。子供のためのサマーキャンプで――」

「――参加するのは〈ユニオン・カーバイド〉の社員の子供たち」彼のかわりに言ってあげた。「わたしは女子キャンプに参加してたのよ。あなたもブルー・クリークで夏をすごしてたなんて信じられない」

「四年連続で。そのあと引っ越したけどね。きみのほうは？」

わたしはニッと笑った。「祖父が〈カーバイド〉の社員だったから、わたしも強制的に行かされたの」あらためて彼を見て、それから言った。「ある年の夏、あなたとダンスをしたような気がする」

「そう言えば……たぶん、合ってるよ。それでいろいろと納得がいく」

「胸のつかえがおりた気分だわ」

デイヴィッドはわたしに笑顔を見せた。「仕事が終わったのなら、食事にいかない？　キャンプファイアを囲んですごしたころの思い出話をしようよ」

「ごめんなさい。無理だわ」

「なるほど、ほかに誰かいるんだ。いるに決まってるよね。いないわけがない」

「よそへまわらなきゃいけないの」

「じゃ、誰もいないってこと？」

「いいえ、ご推察どおりよ。目下、わたしの人生には誰かがいるの。ごめんね」

「謝らなくてもいいよ。すてきなことだ。じゃ、また、スザンヌ」

「またね、デイヴィッド」


ヘザーが町を離れる前につかまえる時間があるよう願った。もし彼女の犯行だったとしても、告白をひきだせるかどうか疑問だが、逃亡する前に少しばかり冷や汗をかかせることはできるかもしれない。

「あら、スザンヌ。びっくりした」ペグの家に入っていくと、ヘザーが言った。「ちょうど家を出る支度をしてたところなの」

リビングを見まわすと、多くの品が箱に詰められ、運びだされるばかりになっていた。しかし、残された品も多かった。「これ全部、どうするの？」

「わたしのかわりに、ガールスカウトが処分してくれるのよ。わたしが多額の寄付をしたから、ここに残った品は、ガールスカウトがガレージセールをひらいて売ってくれることになったの。わたしも少しもらっていくわ。叔母の形見として」

わたしはうなずいた。「ペグも喜んでくれるでしょうね」コーヒーが入った魔法瓶の蓋をとって尋ねた。「出発前に少しどう？」

「わあ、うれしい。携帯用のマグをとってくるわ。向こうの部屋に置いてあるの」

ヘザーが奥の寝室へ行ったので、わたしも少し飲むことにした。マグを探してキッチンの近くに置かれた箱のところまで行ったとき、うっかりヘザーのバッグにぶつかり、中身を床にぶちまけてしまった。

「どうしたの？」部屋に戻ってきたヘザーが険しい声で訊いた。

「わたし、すごく不器用なの。あなたのバッグをひっくり返す気はなかったんだけど。ごめんなさい、ついうっかり」

こぼれた品々を集めはじめたとき、ヘザーがわたしを押しのけた。

「いいのよ。自分で拾うから」わたしの表情を目にしたに違いない。なぜなら、いきなり「スザンヌ、どうかした？」と訊いてきたからだ。

「えっ？　いえ、べつに。ちょっとめまいがしただけ。急に立ちあがったせいだわ」

「お水を持ってきてあげる」ヘザーはそう言って、キッチンのほうへ行った。

いまなら逃げだせる。わたしはドアのほうへ向かった。

「いいのよ。新鮮な空気を吸えば大丈夫」

「そうは思えないけど」背後でヘザーが言った。はっきりした冷静な声だったが、何か妙な気がした。

ふり向くと、ヘザーがわたしにナイフを突きつけていた。

14

ヘザーはわたしにじりじりと近づきながら訊いた。

「わたしのバッグに入ってるものを見たんでしょ？」

「なんのことだかわからないわ」本当らしく聞こえるよう、わたしは必死になった。

ヘザーは笑った。「スザンヌ、いい女優にはなれそうもないわね。見たってすなおに言えばいいのに。ここまできて嘘をついても、なんにもならないわよ」

事件の真相を見抜いた瞬間、ヘザーに感づかれてしまったことが、自分でも信じられなかった。

「見たのはお菓子よ」わたしは白状した。

「ふざけてるのね？　バッグにお菓子を入れてない女なんて、めったにいないわよ」

「あの特別な銘柄のキャラメルとなれば、話は違うわ。調べてみたけど、エイプリル・スプリングズでは売ってない。賭けてもいいけど、あなたが大学の近くで買ったものね」

「それがなんなの？」ヘザーは言った。「お菓子を食べるのは違法じゃないわ」

「ええ。でも、犯罪の証拠品になる。ペグの死体のそばでわたしがその包み紙を見つけたし、ペグがうちのドーナツを食べずにいられないってことは誰もが知っていた。けさ、うちの店に包み紙が落ちてたけど、バッグに同じのが入ってるのを見るまで、あなたのだとは思いもしなかった」

ヘザーは首をふった。「じゃ、わたしがいつもキャラメルを食べてるから、そう推理したわけね。くだらない」

「それだけじゃないわ。叔母さんのペグが出てくるのを、あなたがマージの家の外で待っていたとき、わたしに姿を見られたことに気づいて、あなた、そのあとペグの家で髪を染めたでしょ。賭けてもいいけど、研究所で検査すれば、その前は赤く染めてたことが確認されるはずよ。事件直後に逮捕されずにすんだので、あなたは、わたしが顔までは見ていないと悟ったに違いないわ。それでも念のため、わたしに会いにドーナツショップまでくる前に髪を染めておくなんて、用意周到だったわね。ペグの家のバスルームで、あなたが使ったヘアダイの瓶をグレースが見つけたけど、彼女もわたしも単純に、あなたのじゃなくてペグのだと思いこんでしまった。あなたの髪がペグとそっくりな色なのを見ても、何も不思議に思わなかった。血がつながってるからだと思っただけで、まさか同じヘアダイのせいだなんて考えもしなかった」

「そんなの、誰も信じやしないわ」

「甘い考えは捨てなさい。わたしに推理できたぐらいだから、警察も同じように考えるに決まってる」

「さあ、どうかしら」ヘザーは言った。「警察が事件とわたしとの関連に気づくころには――もし気づけばの話だけど――わたしはとっくにこの町から姿を消してる。ここでは期待したほどの収穫はなかったけど、ペグの秘密の隠し場所を捜しあてたから、手ぶらで出ていくわけじゃないのよ」ヘザーはバッグの隠しポケットから札束をとりだし、空いたほうの手で広げてみせた。「あなたもこれを見たんだと思ってた。ペグとわたしが無一文に近い状態だったことを考えると、どういうお金なのか、ちょっと説明に困るわよね」

「わたしを殺す気じゃないでしょうね」

「まさか。もしそのつもりだったら、とっくに実行してたわよ」

ヘザーの目を見ただけで、嘘だとわかった。自分の命を守るために闘わなくては。でないと、日暮れまで生きていられないだろう。

「どうしてわたしなの？　あなたに狙われるようなことをした覚えはないのに、この何日か、わたしをつけまわしてたでしょ？」

ヘザーは笑った。「信じてくれないかもしれないけど、あなたに疑われてると思ったの。だから、あなたの家を監視しはじめたんだけど、ほんとは何も気づいてなかったのね」

「わたしの容疑者リストに、あなたも入ってたわ」わたしは弁解がましく言った。

「ペグがいなくなったから、今度はあなたがわたしの殺害リストのトップにきてるわよ」

「毒物は学校から持ちだしたの？　午前中、わたしが店を空けたときにドーナツを一個盗みだすのは、そうむずかしくなかったはずだけど、毒物をどこで入手したかがわからなかった」時間稼ぎをしなくては。ヘザーがわたしにナイフを突き立てる前に誰かがきてくれるかもしれない。誰かきたら、すぐさま行動に移らなくては。チャンスは一度きり。失敗は許されない。ヘザーに話しかけているあいだに、ひとつの作戦が頭のなかで形をなしはじめた。いちかばちかの賭けだが、ここから生きて抜けだすにはそれしかない。

ヘザーが言った。「ドーナツは裏の小屋にあったのよ。あなたの店のレモンクリームドーナツが叔母の大好物だったことは、あなたも知ってるわね。買わずにいられない人だった。だから、小屋に置いてあるのを一個くすねてきたの」

「実の叔母さんを殺すなんて、どうしても信じられない。身内でしょ」

「とんだ身内だわ。叔母が天使じゃなかったことは、わざわざ言うまでもないでしょ。学費の援助を頼んだときも、ことわられたわ。お金を持ってたくせに。叔母がどんな服を着てたか、見てみてよ。働く必要はなかった。慈善団体をいくつも運営する時間があった。不公平よ。わたしはね、遺産相続の時期を早めようと思ったの。お金を有意義に使えるうちにね。二、三カ月前にこの家に泊まったとき、叔母が寝たあとで、仕事部屋に入って元帳を見つけたの。あんなものにだまされたなんて、いまも信じられない！」

ってたのよ」

「ペグはほかの誰よりも、まず自分自身をだましてたんでしょうね。服だってほとんどがリサイクル品よ。そして、ある程度の生活水準を維持するために、慈善団体の収益をかすめと

ヘザーは唇を噛み、それから言った。「叔母の銀行口座とクレジットカードの明細書を本格的に調べはじめて、わたしもすぐに気がついたわ。叔母を殺したあとで、とんでもないミスだったと悟ったけど、もう手遅れだった。できる範囲でお金をかき集めるしかなかったから、宝石類と上等な品をいくつかもらっておいたけど、叔母が家のどこかに現金を隠してることもわかってたの。ちゃんと見つかったわよ」

「ペグが隠したお金を捜してたのなら、どうしてグレースとわたしが遺品整理を手伝うことを承知したの？」

「あなたに元帳を見つけてもらいたかったから。ずいぶん時間がかかったわね」ヘザーは言った。「手を貸そうかと思ったぐらい」

「でも、どうしてわたしが必要だったの？」

「ほかの誰かに見つけてもらったほうが、わたしの立場がよくなるだろうと思って。でも、なんの役にも立たなかったわ」

「だけど、収穫なしで町を出ていくわけではない。そうでしょ？　現金はどこにしまってあったの？　クッキージャーのなか？」

ヘザーはしかめっ面になった。「叔母はもっとずる賢かったわ。捜しても捜しても出てこなかったけど、ついに見つけた。幅木のひとつにさわってみたら、はがれたから、縁のところを釘のかわりにマグネットで固定してあることがわかったの。お金はそこに隠してあったわ」

「全部見つけた？」わたしは訊いた。

「なんの話？」

こっちは時間稼ぎをしているだけで、それは誰が見たって明らかだが、欲に目のくらんだヘザーはきっとそこまで頭がまわらないだろう。

「けさわかったばかりだけど、あなたの叔母さん、この二年間に三十万ドル以上を横領したそうよ。一時間前に警察署長がうちの店に寄って、監査が完了したことを伝えてくれたの。それだけの金額が見つかった？」

真っ赤な嘘だが、ヘザーがマーティン署長に問い合わせの電話をかけるはずのないことはわかっていた。「いいえ」やや警戒気味にヘザーは答えた。「それよりうんと少なかったわ。でも、叔母もあれこれ使っただろうし」

「そんな莫大なお金を？　贅沢な暮らしぶりじゃなかったわよ。それは誰の目にも明らかだった。わたしがまず思ったのは、残りのお金をどこに隠したんだろうってこと」

ヘザーは顔をしかめた。「あなたを片づけてから、ひきつづき捜すことにする」

この作戦はここまで。おそらく、家にはまだお金が隠してあると思うが、わたしが生きてそれを目にすることはないだろう。

生きたままでこの窮地を脱したいなら、何かしなくてはならない。それもすばやく。武器になりそうなものが近くにないかと見まわしたが、手の届くところにあるのは古本の山だけだった。武器にするにはいまいちだが、とにかくこれしかない。

ヘザーに阻止される前に、わたしはいちばん上の本に飛びついた。古いミステリだった。ありがたいことに、ハードカバーだ。

わたしの動きにカッとなって、ヘザーがいきなり攻撃に出た。ナイフを宙にふりかざし、猛烈な勢いで切りつけてきた。刃がヒュッと通りすぎた瞬間、わたしの手を軽くかすった。一瞬、痛みが走ったが、そんなことでひるんではいられない。ヘザーの顔めがけて本をスイングさせ、渾身《こんしん》の力で鼻を狙った。

ところが、ヘザーのほうがずっと機敏だった。

彼女が反射的に身をかがめたため、本は彼女の顔に激突するかわりに、頭のてっぺんをかすめるにとどまった。

さらにまずいことに、襲撃に失敗した瞬間、本がわたしの手からすべり落ちてしまった。

ヘザーが怒りも新たにわたしを見た。

こちらから彼女めがけて突進し、運を天にまかせて反撃してもよかったのだが、それはつまり、なんの武器もないまま、ヘザーの手に握られたナイフに立ち向かうということだ。ヘザーがよこす視線からすると、わたしを殺したくてうずうずしているようだった。

とるべき道はただひとつ。

逃げるしかない。

もうひとつの部屋のほうへ駆けだすと、すぐうしろにヘザーの足音が聞こえた。

ヘザーがふたたび襲いかかってきた。わたしが落としたばかりの本を彼女が踏んづけなかったら、こちらの命はなかっただろう。幸いなことに、ヘザーがナイフを持つ手をふりかざしたのはバランスを崩した直後だったが、それでもまだナイフの狙いは正確で、わたしのシャツの裾をかすめた。その瞬間、こちらもアドレナリンが噴出していたため、自分が切り傷を負ったかどうかは意識になかった。

身を守る手段がほかに何かないかと、必死にあたりに目をやると、すぐ手の届くところにコーヒーの魔法瓶があった。でも、逆上してナイフで襲いかかってくる女をこんなものでどうやって防げというの？

目の端に、玄関ポーチで何かが動くのがちらっと見えた。ジョージだ！

入ってくるのを止めなくては。わたしの友達をヘザーに殺させるわけにはいかない。

玄関ドアがひらきはじめると同時に、わたしは警告の言葉を叫んだ。

ヘザーがナイフの向きをわたしからそらし、ジョージのほうへ突進した。

こちらも急いで行動に移らなくては。

手を伸ばしてコーヒーの入った魔法瓶をつかむなり、中身をヘザーの手にぶちまけた。ヘザーはビクッと手をひっこめ、ナイフが床にころがった。コーヒーは火傷《やけど》するほどの熱さではなかったが、それでもヘザーの不意を突くには充分だった。

ナイフを奪おうとして、二人一緒に床に倒れこんだ。ヘザーとわたしがナイフをめぐってなおも揉みあっていたとき、ジョージの声がした。

「ナイフを放せ。さもないと撃つ。本気だぞ」

ヘザーがナイフをつかんだ手をあわててゆるめたので、わたしが拾いあげ、彼女に突きつけた。

ジョージが言った。「すまん。一歩後れをとった」

「パーティに遅刻しても、すっぽかすよりましだわ」わたしは言った。「どうしてここにきたの？」

「あることに気づいたおかげで、ようやく真相にたどり着いたんだ」

「あなたもキャラメルの包み紙を手がかりに？」

「いや」ジョージは言った。ひどくまごついた様子だった。「元帳が偽物であることをヘザーは知らなかったはずだと、不意に気がついたんだ。わずかな遺産しか手に入らなかったわけだから、ヘザーが実の叔母を殺したとは考えにくいが、叔母が死ねば百万ドルが手に入ると思いこんでいたとしたら？」

「気づいてくれてよかった」わたしは言った。

ジョージはヘザーを見おろしながら、わたしに言った。「警察に電話してくれないか。わたしはこの女から目を離したくないから」

「喜んで。なんて言えばいいの？」

「ペグ・マスタースンの殺害犯が見つかったと署長に伝えてくれ」

ヘザーが拘束されたあとも、わたしはペグの家に残り、マーティン署長がヘザーをべつのパトカーに乗せたあとで彼と話をするために待っていた。署長に頼まれたからで、わたしの希望ではなかった。わたしが願っていたのは、家に帰り、熱いお風呂にゆっくり入って、一週間ほどベッドにもぐりこむことだけだった。下手をすればもっとひどい切り傷を負うところだったというのが、いまだに信じられなくて、神経がかなり不安定になっていた。

ようやく、署長がわたしと話をする時間をとってくれた。

署長が最初にやったのは、包帯が巻かれたわたしの手を身振りで示すことだった。

「大丈夫か」

「ラッキーだったわ。ほんのかすり傷ですんだから」最初のときは、ナイフの刃がわずかにわたしの手をかすめただけだったし、つぎのときは、わたしが殴りつけるのに使おうとした本にヘザーが足をとられたおかげで、刃はこちらの背中をかすりもしなかった。でも、新しいシャツを買わなくては。それぐらいきわどいところだった。

署長はうなずいた。しばらくして、わたしをにらみつけ、つぎに命令した。

「よし、何があったのか、最初から話してくれ」

「どこから始めればいいのかわからない」わたしは正直に言った。

「ヘザーが叔母殺しの犯人だってことに、あんたはいつ気づいたんだ？　スザンヌ、いいかね、けさマージとバートの名前をちらつかせてわしを見当違いの方向へ送りだしたときにすでに知ってたのなら、留置場に放りこんでやる」

わたしは白状した。「ヘザーのバッグが落ちて口がひらいたときに初めて気づいたの。キャラメルが入ってた。だから、事件に関係してるんだってわかったの」

「しかし、なぜ実の叔母を殺すんだ？　本当に金のためだったのかね？　ペグの金なんてたかが知れてたぞ」

わたしはうなずいた。「いまはみんながそれを知ってるけど、ペグは大ぼらを吹いてたわけでしょ。あの元帳のおかげで、姪の目にはペグが成功者として映っていた。まさかそれが原因で自分が殺されることになるなんて、ペグは予想もしなかったでしょうね」

「金のために、人は極悪非道なことをするもんだ」署長は言った。

「それと愛のために」

その瞬間、わたしの携帯が笑い声をあげはじめた。ちらっと見るとジェイクからだったので、署長に「もういいかしら」と訊いた。

「いまのところはな。だが、遠くへ行くんじゃないぞ」

「ポーチに出るだけよ。表のほうが、電波の状態がいいから」

「たしかにそうだ」

プライバシーも保てるということは口にしなかったが、署長がすでにそれを察しているのは明らかだった。

ポーチに出てから、わたしは言った。「もしもし、ジェイク。姪御さんの具合はどう？」

「今度のウィルスは前より少々たちが悪かったが、もう大丈夫だそうだ。院内感染に違いない。そっちの様子はどうだい？」

「べつに何も。あ、ひとつあった。あなたが留守のあいだに、わたし、ペグ殺しの事件を解決したの」

「へーえ？　つぎは世界平和のために働くつもり？」

「冗談じゃないのよ。誰の犯行かを突き止めて、犯人をつかまえたの」いささか誇張した表現かもしれないが、それでも、真実から離れてはいなかった。

しばしためらったのちに、ジェイクは言った。「スザンヌ、冗談で言ってるんじゃないんだね？」

「ええ。信じられないのなら、この電話を切ってから署長と話してみて。誰が犯人か、推理したくない？」

ジェイクは言った。「推理の必要はない。ぼくもようやく犯人の見当がついたからね。バートかヘザーのどっちかだ」

今度はわたしが驚く番だった。「どうしてわかったの？」

「バートもヘザーもペグのことを金持ちだと思いこんでいた。そして、どちらも金を必要としていた。ヘザーは学資ローンの返済で苦労していたし、バートの金物店は驚くべきスピードで赤字に転落していた。二人のどちらかの犯行だってことは、ぼくにも立証できたと思うが、それにはもっと時間が必要だった」

「じゃ、わたし、あなたの手間を省いてあげたわけね」

「きみを誇りに思う。警察の仕事に首を突っこむべきではなかったけどね。真相解明のきっかけは？　ペグが使用した毒物を見つけたとか？　ぼくの見落とした手がかりを追跡したとか？　なんだったんだい？　さあ、もったいぶらないで。知りたくてうずうずしてるんだから」

「ヘザーのバッグに入ってたキャラメルを見たの。そして、彼女の髪が叔母さんとまったく同じ色に染められたばかりだとわかった瞬間、すべての辻褄が合ったの」

「大活躍だったな、スザンヌ」ジェイクがやさしく言った。

「ローリーにはどれぐらい滞在の予定？」

「エイミーはまだ危機を脱していない。それに、きみが事件を解決したからには、ぼくが町に戻る理由はどこにもない」

「理由のひとつやふたつ、わたしが考えてあげる」

「ほんと？　たとえばどんな？」

「あなた、刑事でしょ。自分で推理しなさい」

ジェイクは笑い、それから言った。「精一杯やってみる。そのあいだ、きみはトラブルに近づかないように気をつけてくれ。いいね？」

今度はわたしが笑う番だった。「あら、そんなこと気をつけて何が楽しいの？」

電話を切ったあと、ポーチの窓からなかをのぞきこみ、ペグの持ちものが箱に詰められ運びだされるばかりになっているのを見ながら、嘘で固めた自分の人生があとに何を残すことになるのか、ペグは考えたことがあったのだろうかと思った。お金を必要とする立派な慈善団体から、ペグはお金以上のものを奪いとった。そして、偽りの人生を送った結果、殺されることになってしまった。

今回の事件では、宿命の牙は鋭く、機敏で、致命的だった。

うちの店のドーナツがヘザーの手で殺人の道具にされたことだけが残念でならない。

ある考えが浮かび、わたしの口もとがほころんだ。

マーティン署長から質問されるまで、署長がポーチに出てきて横に立っていることに、わたしは気づいていなかった。「どうした？　何か愉快なことを思いついたのなら、ぜひ拝聴したいものだ」

「ヘザーが留置場に送りこまれたら、すぐ差し入れをしようって決めたの」

署長は眉をひそめた。「あんたを殺そうとした女なのに、おいしいものを届けてやるのかね？」

「ヘザーが喜んで食べるって誰が言ったの？」わたしは訊いた。

「なら、どういうつもりでそんなことを？」

「粉砂糖をまぶしたレモンクリームドーナツを一ダース、留置場に持っていったら、ヘザーのところにちゃんと届けてくれる？」

署長はまじめな顔でうなずいたが、かすかな笑みが見てとれた。

「スザンヌ、まかせてくれ」

ふだんのわたしなら、一日に何回もドーナツ作りをやるのはごめんだが、今日だけは喜んで例外を認めようという気になっていた。

ドーナツができたらすぐ、ヘザーのところへ届けよう。ヘザーが留置場で最初の夜をすごす前に用意しよう。

ヘザーがドーナツをひと口食べるたびに叔母さんのことを思い、自分が欲を出したばかりにどんな結果になったかを考えてくれるよう、わたしは願った。

それはレモンクリームドーナツがもたらす正義の味。わたしに言わせれば、最高の味だ。

【作り方】

1. イーストをぬるま湯で溶かし、Aを加えて、よくかき混ぜる。
2. 小麦粉の半量を加え、なめらかになるまでふたたびかき混ぜる。
3. ショートニングを加え、つぎに小麦粉の残りを加える。わたしはここで伝統を破って、作業台で軽くまとめられる程度の小麦粉(材料外)を加え、生地がポロポロになるようなら、油(材料外)を少々加えることにしている。
4. 生地に覆いをして、1時間以上冷蔵庫で寝かせる。翌日までそのまま置いておいてもいいが、ひとつ警告を。どんどん発酵が進んで変質する可能性もある。
5. 生地を3〜6ミリの厚さに伸ばす。6〜8センチ角にカットする。また、伝統的な形ではないが、わたしは型抜きタイプのラビオリカッターを使って丸くカットするのも好き。
6. 熱した油に投入し、両面をそれぞれ2分ずつ、もしくは、こんがり色づくまで揚げてから、粉砂糖をまぶして食べる。温かいうちに食べるのが、わたしのいちばんのお気に入り。ジャムやプディングなどを詰めてもいいが、うちの家族はプレーンのものを好んでいる。

基本をひとひねりした
スザンヌのベニエ

さくさくしていて、おいしくて、いつものドーナツの高級バージョン。作るのに少々時間がかかりますが、時間と労力を注ぎこむだけの価値ありです！ ファネルケーキを思いだすと言う人もいますが、味わいも歯ごたえもまったく違います。専門的には、古典的なニューオーリンズふうのベニエとは言えないかもしれませんが、スザンヌはこれが大好き。うちの家族もそうなんですよ！

【材料】(3～4ダース)

ドライイースト……2パック(合計14g)
ぬるま湯……1½カップ
A ┌ 砂糖……½カップ
　│ 塩……小さじ½
　│ 卵……2個
　└ エバミルク……1カップ
小麦粉……6～7カップ
ショートニング……¼カップ
揚げ油(180度)

［トッピング用］
粉砂糖……¼カップ

【作り方】

1. 牛乳を温め、つぎにグラニュー糖と塩を加えて、完全に溶けるまでかき混ぜる。
2. 1が冷めたら、べつのボウルに小麦粉を入れてシナモンとナツメグを加え、このうち2カップを1に混ぜる。
2. 3個目のボウルにぬるま湯を入れてイーストを溶かし、2に加えて、つぎにマーガリンと卵を加える。しっかりした生地になったら、打ち粉をした作業台で5分こねる。必要とされる小麦粉の量はさまざまな要素によって変わるので、生地がしっかりするまで混ぜあわせること。油を塗ったボウルに入れ、覆いをして、そのまま30分置く。
2. 軽く打ち粉をした作業台で生地を伸ばし、0.5～1センチの厚さにする。ドーナツカッターを使って円形にカットし、つぎに、カットしたドーナツをさらに30分間発酵させる。
2. 熱した油に2、3個ずつドーナツを投入する。両面が金茶色になるまで揚げて、油から出し、ペーパータオルで油を切る。温かいうちにグレーズをかけるか、もしくは、砂糖をまぶすだけにしておく。

【グレーズの作り方】

牛乳大さじ6に粉砂糖2カップを入れて、なめらかになるまでかき混ぜる。揚げたてのドーナツにこのグレーズをかけてから、脇に置いて冷ます。

グレーズをかけた
スザンヌ特製のイーストドーナツ

このイーストドーナツはおいしくて、しかも簡単に作れます。おたくのキッチンで挑戦してみる価値が大いにあります。わたしは丸いドーナツとホールを型抜きするのが好きですが、たまに型抜きタイプのラビオリカッターを使って、フィリングを詰めるのにぴったりの楕円形にすることもあります。

【材料】(12～18個分)

牛乳……¾カップ
グラニュー糖……½カップ
塩……小さじ¼
ドライイースト……1パック(7g)
ぬるま湯……½カップ
ふるった小麦粉……4～6カップ
ナツメグ……小さじ2
シナモン……小さじ2
マーガリン……⅓カップ
溶き卵……2個
揚げ油(180度)

［グレーズ用］
粉砂糖……2カップ
牛乳……大さじ6

【作り方】

衣を作る

1. 小麦粉、塩、ベーキングパウダーをボウルにふるい入れる。
2. ボウルをもうひとつ用意して、卵を溶きほぐし、牛乳を加える。
3. 2を1に加えてよく混ぜる。

ドーナツを仕上げる

1. パンの耳をカットする。ジャムサンドを作り、4個に切り分ける。1個ずつ衣にさっとくぐらせて油に投入し、金茶色になるまで揚げる。
2. 油から出したら、シナモンシュガーを軽くふりかけて食べる。

ホーボードーナツ

子供たちがこのドーナツの大ファンで、とても簡単に作れるので、わが家ではしょっちゅう作っています。衣がちょっとべとべとしますが、作るだけの価値があります。油を熱するあいだにさっと下ごしらえができるので、このドーナツを食べるのに長時間待つ必要はありません。

【材料】(8～12個)

[衣用]

小麦粉……1カップ

塩……小さじ¼

卵……1個

ベーキングパウダー……小さじ2

牛乳……¾カップ

グラニュー糖……小さじ2

[その他の材料]

薄切りパン
(どんな種類でもいい。ただし、わが家では白パンを使います)

ジャム、または、プリザーブ
(お好みのものを。わが家のお気に入りはサクランボ)

衣(材料は左記)

揚げ油(180～190度)

[トッピング用]

シナモンシュガー
(または粉砂糖)

【材料】(8～14個分、大きさによって違う)

小麦粉……2カップ
ベーキングパウダー……小さじ2
ナツメグ、または、シナモン……小さじ2
塩……小さじ½
キャノーラ油……大さじ2
水……½カップ
揚げ油

[トッピング用]
粉砂糖

【作り方】

1. 小麦粉、ベーキングパウダー、塩、ナツメグをボウルにふるい入れ、キャノーラ油と水を加えて、全部をよく混ぜる。
2. 混ぜた生地をとりだし、軽くこねてから、バターを塗ったボウルに入れ、覆いをかけ、暖かい場所に1時間ほど置いておく。
3. 3～5ミリの厚さに伸ばしたら、好きな形にカットする。わが家では円形がお気に入りだが、一辺が5センチぐらいの菱形や正方形もお勧め。
4. 途中でひっくり返しながら、両面が金茶色になるまで揚げる。
5. 油を切って粉砂糖をかければ出来上がり。

デザートパフ

いつものドーナツからちょっと気分を変えてみるのもすてきです。ドーナツと違って、ケーキとほとんど変わらない口あたり。ラビオリカッターを使ってきれいな円形にカットすれば、ふんわり膨らんで、好きなものを詰めることができます。

【作り方】

1. ビネガーを牛乳に混ぜ、軽くとろみがつくまで数分置いておく。
2. べつのボウルにショートニングと砂糖を入れて、なめらかなクリーム状になるまでかき混ぜ、つぎに卵とバニラエッセンスを加えて、全体をよく混ぜあわせる。
3. さらにべつのボウルに、小麦粉、重曹、塩をふるって入れ、ここに1と2を少しずつ加えて、すべてがしっかり混ざりあうようにする。
4. 打ち粉をした作業台で3の生地を伸ばして、0.5～1センチの厚さにする。円形のドーナツと、ラビオリの大きさのドーナツを型抜きして、10分休ませる。
5. 熱した油にドーナツを投入し、金茶色になったらひっくり返す。ラックかペーパータオルにのせて油を切ってから、熱いうちに粉砂糖をまぶす。

とっても簡単なドーナツ

イーストドーナツを作りたくても、2回も発酵させるのを待つ時間がないとき、かわりに、楽しくて手早いこんな方法で作りましょう。おいしくて、あっというまに食べる準備ができます！

【材料】(8～12個分)

ホワイトビネガー……大さじ1
牛乳……½カップ
ショートニング……大さじ2
白砂糖……½カップ
卵……1個
バニラエッセンス……小さじ½
小麦粉……2～3カップ
重曹……小さじ½
塩……小さじ¼
揚げ油

［トッピング用］
粉砂糖……½カップ

【作り方】

1. 卵を割ってボウルに入れ、軽くかき混ぜてから、牛乳とグラニュー糖を加え、すべてをよく混ぜあわせる。
2. べつのボウルに、小麦粉2½カップ、ベーキングパウダー、塩をふるい入れる。
3. 2を1に少しずつ加えて、どろっとなめらかな状態になるまでよく混ぜる。
4. 3を大きなじょうご(口の部分が直径1センチほど)に流しこむ。そのとき、口を指で押さえておくこと。生地をたらたらと油に落としていくが、ここで注意が必要。油が高温になっていて、生地を入れたとたん跳ねる危険がある。渦巻き状、棒状など、なんでも好きな形に垂らしていくといい。
5. 片面が金茶色になったらひっくり返し、揚がったらペーパータオルにのせて余分な油を切る。粉砂糖、ココア、ジャムなどをかけ、温かいうちに食べる。

スザンヌのファネルケーキ

これを作るたびに郡《カウンティ・フェア》のお祭りを思いだします。あっというまに軽いスナックの出来上がりで、子供たちにいつも「もっと」とせがまれます。携帯用のフライヤーは使いません。生地が揚がる前にワイヤのケージにくっついてしまうので。かわりに、大鍋に油を入れてガスレンジにかけます。これならくっつきません。わたしが大きなプラスチックのじょうごを使って熱い油にじかに生地を垂らすと、うちの家族は大喜びです。

【材料】(3～6個分)

小麦粉……2½カップ
卵……2個
牛乳(脂肪分2%)……1¼カップ
グラニュー糖……⅓カップ
ベーキングパウダー……小さじ1
塩……小さじ¼
キャノーラ油(180度)

［トッピング用］
粉砂糖、ココア、ジャムなど

【作り方】

1. 作りやすいように、トウィンキー™を2、3時間フリーザーに入れておく。
2. 凍らせるあいだに、Aをボウルに入れて混ぜあわせる。
3. べつのボウルに、Bをふるい入れる。
4. 3を2にゆっくり加えて、よく混ぜあわせる。
5. 油を熱しているあいだに、4の衣を冷やしておく。
6. 油が熱くなったら（180〜190度）、トウィンキー™に小麦粉を軽くまぶしてからひと切れずつ衣にくぐらせ、手早く油に投入する。かなり高温なので、油が飛びはねないようくれぐれも注意すること。一度にたくさん入れすぎないこと。片面がキツネ色になったら、ひっくり返して反対側を揚げる。
7. 揚がったら油からとりだし、2、3分おいてから食べる。粉砂糖をふりかけてもいいし、そのまま食べてもいい。中身のトウィンキー™が白くフワフワに揚がって、とてもおいしいので、もっと食べたくなるはず。

四角いフライドケーキのレシピ

これを作るときは、パウンドケーキの大きなかたまりを使ってもいいのですが、うちの家族はカウンティ・フェアで売っているようなホステス社のトウィンキー™を使うのが好きです。アイスキャンディの棒に刺して揚げるのが好きな人もいますが、わが家ではトウィンキー™を三つに切って衣をつけただけで揚げるのがいちばんのお気に入り。でも、あれこれ試してみてね。大事なのはそれです！

【材料】(12個分)

A
- 牛乳……1カップ
- 酢……大さじ1½
- キャノーラ油……大さじ1½

B
- 小麦粉……1カップ
- ベーキングパウダー……小さじ1¼
- 塩……小さじ¼

小麦粉……衣をつける前のトウィンキー™にまぶす分

トウィンキー™……4個

揚げ油

フライドバナナ

心臓の弱い人にはお勧めできません！　ちょっと癖のある味で、わたしの家族全員の好みに合う材料の配合を見つけるまでにずいぶんかかりました。万人に好まれるものではありませんが、熟れすぎたバナナがたくさんあったら、雨の日に作ってみると楽しいかもしれません。

【材料】（1個分、もしくは、小分けにして数個）

バナナ……熟れたもの、1～2本
小麦粉……¼カップ
ベーキングパウダー……小さじ½
A ┌ グラニュー糖……¼カップ
　│ シナモン……小さじ¼
　└ ナツメグ……小さじ¼
キャノーラ油

【作り方】

1. バナナをフォークでつぶす。子供が大喜びで手伝ってくれるはず。
2. ボウルに小麦粉とベーキングパウダーをふるい入れる。
3. つぶしたバナナを2に加えてよく混ぜあわせ、つぎに、Aを加えて、ふたたび全部を混ぜる。
4. 180度に熱したキャノーラ油に3を投入し、こんがり色づいたらひっくり返す。

訳者あとがき

無性にドーナツが食べたくなるシリーズの二作目をお届けしよう。

一作目『午前二時のグレーズドーナツ』を読んでくれた友人のほとんどが、「ドーナツが食べたくなった」と言ってきた。久しぶりにドーナツを買った人、巻末のレシピを見て作ってみることにした人、自分で作らずに息子の妻に作らせようとした人など、反応はさまざま。先日、〝息子の妻に……〟の友人に会ったら、「忙しいみたいで、まだ作ってもらえない」と言っていた。

コロンとした輪っかの形をしていて、甘くて、フワフワのドーナツは、昔から人々に愛されてきたが、この可愛いドーナツが、今回はなんと、殺人の凶器として使われることになる。

ノース・カロライナ州の小さな町、エイプリル・スプリングズで、週末に〝すてきなキッチン拝見ツアー〟が開催されることになり、手作りドーナツの店〈ドーナツ・ハート〉を経営しているスザンヌがドーナツ作りの実演を依頼される。せっかくの機会なので、定番ドーナツはやめて、ちょっとおしゃれなベニエの作り方を披露しようと張り切るスザンヌ。

ベニエというのは、もともとは、肉や魚や野菜や果物に衣をつけて揚げたものか、または、シューやブリオッシュや折りこみパイの生地だけを揚げたもののことだが（『ラルース・フランス料理小事典』より）、アメリカでベニエといえば、ニューオーリンズ名物の四角い揚げ菓子を指す。

スザンヌが作ることにしたのは、もちろんこのニューオーリンズ名物のほう。巻末に彼女流にアレンジしたベニエのレシピが出ているので、興味のある方は挑戦してみてください。

さて、いよいよ週末、ツアー参加者の前で少し緊張しながら、スザンヌがベニエ作りの実演にとりかかろうとしたとき、見物客のなかから悲鳴が。会場となったキッチンの外の庭に、ツアーを主催している女性が倒れていた。しかも、スザンヌの店のレモンクリームドーナツを手にして。

女性はすでに死亡していて、ドーナツに殺鼠剤が塗りつけられていたことが判明。警察はスザンヌに疑いをかける。一作目で犯人捜しに乗りだしてさんざんな目にあい、よけいなことに首を突っこむのはやめようと決心していたスザンヌだが、容疑者扱いされたままではドーナツ商売にさしつかえる。自分にかけられた疑いは自分で晴らすしかないと覚悟し、またまた事件の渦中に飛びこんでいく。

例によって、頼りになる親友グレースと、警察をリタイアしたジョージがスザンヌに協力し、大きな力になってくれる。

別れた夫のマックスは、あいかわらずスザンヌに未練があるようで、何かと口実を作っては〈ドーナッツ・ハート〉にやってくる。スザンヌのほうは、「あんな男、もうこりごり」と言っていて、会うたびに冷淡にあしらうわりに、べつの女と食事をしているマックスに出くわすとムッとしたりする。いやはや、女心は複雑だ。一作目で出会った州警察の警部ジェイクとはラブラブだったのに、なんだか順風満帆とはいかない感じで、今後の展開から目が離せなくなってきた。

では、ここで三作目 *Sinister Sprinkles* のお知らせを。雪の季節、粉砂糖をふりかけたケーキみたいに愛らしい姿になったエイプリル・スプリングズの町は、ウィンター・カーニバルの真っ最中だ。浮かれ気分のこの町で、凄惨な殺人事件が起きる。被害者は一作目にも二作目にも登場した人物。たぶん、「ええ～っ、あの人が?」と驚かれることと思う。そして、誰に容疑がかかったかを知って、スザンヌは放っておくわけにいかなくなり、またしても事件に首を突っこんでしまう。邦訳は二〇一三年春刊行予定。謎が謎を呼ぶスピーディな展開をどうぞご期待いただきたい。

と、ここまで書いたらなんだか、またドーナッツが食べたくなってきた。近所に揚げたてドーナッツを食べさせてくれるカフェがあるので、行ってこようかな。それとも、電車に乗って、ニューオーリンズふうのベニエとチコリのコーヒーを出してくれるというカフェまで、足を延ばしてみましょうか。

コージーブックス

ドーナツ事件簿《じけんぼ》②

動《うご》かぬ証拠《しょうこ》はレモンクリーム

著者　ジェシカ・ベック
訳者　山本《やまもと》やよい

2012年　10月20日　初版第1刷発行

発行人　成瀬雅人
発行所　株式会社　原書房
〒160-0022 東京都新宿区新宿1-25-13
電話・代表　03-3354-0685
振替・00150-6-151594
http://www.harashobo.co.jp
ブックデザイン　川村哲司（atmosphere ltd.）
印刷所　中央精版印刷株式会社

落丁・乱丁本はお取り替えいたします。
定価は、カバーに表示してあります。
 ISBN978-4-562-06008-5 Printed in Japan